VERLAG
WORTREICH

Karoline Cvancara

Horak hasste es, sich zu ärgern

Roman

Coverbild: Alice Haring

1. Auflage 2018

Satz: Verlag Wortreich
Umschlaggestaltung: Judith Nicolussi
Lektorat: Mag. Johann Auer
Druck und Bindung: CPI books GmbH, Leck
Printed in Germany
ISBN 978-3-903091-40-5

Informationen über das Verlagsprogramm und Veranstaltungen
www.verlag-wortreich.at
facebook.com/verlagwortreich

Mit Unterstützung der Kulturabteilung der Stadt Wien.

WIEN KULTUR

Horak hasste es, sich zu ärgern

Oh that isolated feeling

Drives you up against, up against the wall

Van Morrison

1

Es war mitten im August und es war ein ungewöhnlich heißer Tag. Das Thermometer war in der Mittagssonne auf über vierzig Grad geklettert, das war der Wiener gar nicht gewöhnt. Der Sommer hatte die Stadt fest im Griff, seit Tagen schon, und der heutige war am unbarmherzigsten gewesen.

Es war also ein heißer Tag, Teil einer beständig heißen Phase. Die Stadt dampfte nahezu, zumindest die Autos, die sich durch die Straßen der Stadt bewegten, heimwärts bewegten, zum größten Teil jedenfalls, denn es war nach sechs und die meisten konnten bereits ihre Arbeit beenden. Und, wie meistens, sobald es etwas wärmer wurde in dieser schönen Stadt an der Donau, dominierten die Baustellen das Bild Wiens. Jeden Sommer, kaum, dass sich die Sonne zeigte, wuchsen diese aus dem Asphalt, und kaum, dass die Stadt sich urlaubsbedingt zu leeren begann, wurde der Traum von freier Fahrt zunichtegemacht.

Es war früher Abend und eine keuchende und stöhnende Parade an Autos schob sich durch die Straßen. So auch durch die Josefstadt, den achten Wiener Bezirk, gleich hinter dem Rathaus, eingeschlossen von Ring und Gürtel, den beiden wichtigsten Verkehrsverbindungen der Stadt. Diese beiden Hauptverkehrsstraßen bilden das obere und das untere Ende der Josefstadt, und diese beiden

Hauptverkehrsstraßen waren mit Baustellen übersät und so gut wie unbefahrbar. Zur Erneuerung, sagte die Stadtverwaltung, aus Bosheit, sagte der Wiener. Geschäfte leerten sich und andere sperrten bereits zu, die Straßenbahn blieb an der Haltestelle stehen und ließ Menschen aussteigen, die sich schweißgebadet heimwärts trugen, Kinder spielten besonders eifrig im Park, weil sie wussten, es war bald Zeit heimzugehen, Teenager wiederum versammelten sich an Straßenecken, um zu demonstrieren, dass diese Regeln für sie nicht mehr galten, die Vögel sangen ihr letztes Lied des Tages, Gastgärten begannen sich nach und nach zu füllen, die Schattenplätze waren heute besonders begehrt.

Ein Radfahrer fuhr seitlich an der langsam vorwärts keuchenden Fahrzeugkolonne in der Albertgasse vorbei und behielt dabei jeden Wagen genau im Auge, solange er ihn noch nicht hinter sich gebracht hatte, die Erfahrung und etliche Stürze hatten ihn dies gelehrt. Die Kolonne bewegte sich langsam vorwärts und der Fahrer eines roten Golfs ließ seinen Wagen rechts an die parkenden Autos heranrollen, um jenem Radfahrer den Weg abzuschneiden. Dieser wechselte hinter dem roten Golf einfach nach links, fuhr, so lange es ihm möglich war, links vorbei, wechselte dann nach rechts, schwenkte auf den Gehsteig, fuhr ein gutes Stück den Gehsteig entlang, zog an den Passanten vorbei, sprang an der Kreuzung über die Randsteinkante nach rechts und zog zügig in die Pfeilgasse. Nur übersah er dabei einen abbiegenden, weißen Opel, der nicht nachgab, und der Radfahrer musste abrupt bremsen, das Rad brach hinten aus und der Radfahrer konnte gerade noch einen Sturz vermeiden.

Noch während er sich vom Schreck erholte, schimpfte er auf den Autofahrer, einen Herrn um die fünfzig, der natürlich das Fenster offen hatte und umgehend den Wagen anhielt, sich über den Beifahrersitz lehnte und zurück schimpfte. Der verbale Schlagabtausch wurde immer heftiger und tat das Seinige zum Fortkommen des Verkehrs in der Josefstadt. Aber die beiden erhitzten Gemüter schienen erfreut, ihrem Unwohlbefinden aufgrund der drückenden Hitze Ausdruck geben zu können, und so war ein Ende nicht in Sicht.

Eine Gruppe Tauben saß teilnahmslos am Sims des Eckhauses Albertgasse/Pfeilgasse und beobachtete das Geschehen. Hin und wieder kommentierten sie mit einem rechthaberischen Gurren, wobei sie Partei für den Autofahrer ergriffen zu haben schienen.

Ein junger Inder beobachtete den Streit, froh darüber, eine Ablenkung gefunden zu haben. Er stand mit drei Kisten Getränkeflaschen, aufgebahrt auf einer Rodel, neben einem städtischen Glascontainer und ließ diese, wie jeden Tag um diese Zeit, in geruhsamer Eintönigkeit Stück für Stück hineinfallen.

Alles in allem war es ein ganz normaler und gewöhnlicher, wenn auch ungewöhnlich heißer Frühabend im August, bis man eine Stimme laut rufen hörte: »Ist da endlich Ruhe!«

Erwin Horak lehnte weit aus dem Fenster seiner Wohnung im zweiten Stock der Pfeilgasse 28. Die Zornesröte brannte in seinem Gesicht. Sein Rufen fand kein Gehör, blieb aber trotzdem nicht ohne Effekt, denn wenigstens die Tauben fühlten sich gestört, erhoben sich flatternd vom Sims und flogen erbost an Erwin Horaks Fenster vorbei, um sich ein Haus weiter niederzulassen. In diesem Moment drehte die junge Frau im Haus gegenüber die Stereoanlage lauter, entbrannte ein heftiger Streit zwischen dem jungen Paar im letzten Stock und öffnete sich die Haustüre des Hauses. Ein Mann mit seinem Hund trat ins Freie. Der Hund, Moritz, hob seine Nase in die Abendluft, als ob er den Streit nicht nur hören, sondern sogar wittern könnte.

Erwin Horak beobachtete das Szenario, abgelenkt von der ursprünglichen Ursache seiner Entrüstung, und schüttelte den Kopf.

»Dass die nie Ruhe geben können«, murmelte er vor sich hin und schloss das Fenster entschieden, zog mit einem kräftigen Ruck das Rollo herab und zog sich somit effektiv von seiner Außenwelt zurück.

»Es wird Zeit, dass ich mir eine Wohnung in einer ruhigeren Gegend suche«, sagte er mehr zu sich, aber auch zu dem Kaktus im Eck, der zustimmend schwieg. »Diese Gegend wird immer verrückter, das hält kein Mensch aus.«

Aber, was Horak noch mehr beschäftigte, war, warum all die Menschen in seiner Nachbarschaft es darauf abgesehen zu haben schienen, ihr Leben vor seine Nase zu tragen, wo ihn das alles doch herzlich wenig interessierte. Ständig waren ihre Zimmer hell erleuchtet, sodass man ihnen quasi bis zum Bauchnabel sehen konnte, was wahrlich nicht der beste Anblick war und außerdem einen Einblick in ihre Privatsphäre darstellte, den Horak gar nicht suchte. Er konnte es nicht vermeiden, hin und wieder musste er das Fenster öffnen, um zu lüften, hin und wieder streifte sein Blick das Fenster, und dann sah er alles, einfach alles.

Jetzt saß Erwin Horak in seinem Ledersessel und hatte eine Zigarre seitlich zwischen die Zähne geklemmt, las Zeitung und versuchte seinen Ärger zu verdrängen. Er murmelte Unverständliches vor sich hin und stieß Rauchwolken aus, nicht vor Ärger, nein, von seiner Zigarre. Er wandte seine Aufmerksamkeit wieder dem Blatt zu, denn er war es überdrüssig, sich Gedanken um die Nachbarschaft zu machen. Genau da drangen wieder die Geräusche der

Straße zu ihm durch und auch die Musik der jungen Frau gegenüber konnte er auf einmal deutlich hören. Horak fuhr auf und war drauf und dran, noch einmal hinunter zu schreien. Aber, ach, die waren die Energie gar nicht wert, und er drehte stattdessen seine Stereoanlage auf, blätterte durch seine Schallplatten, dann empfand er Woody Hermans *Thundering Herd* als just die rechte Platte, um diesen schrecklichen Krach, das Gekreische der Kinder, das Gehupe der Autos, das Dröhnen der Motorräder, das Stampfen der neumodischen Musik und das nervtötende Gequatsche der Vorbeigehenden ein für alle Mal aus seinem Wohnzimmer zu verbannen.

Und Horak hasste sich im selben Moment, dafür, dass er nicht schon vor Jahren aus der Stadt gezogen war, oder sich einen vernünftigen Job gesucht hatte, der es ihm ermöglicht hätte, zu dieser frühen Abendstunde in irgendeinem Büro ohne jeden Menschen zu sitzen.

Er ließ die Nadel sanft und zielsicher in die Rille gleiten, drehte am Knopf für die Lautstärke und Woody Herman erfüllte das Wohnzimmer. Er setzte sich erneut in seinen Ledersessel, hatte aber keinen Kopf mehr für die Zeitung und warf sie in einem großen und eingeübten Bogen auf den Abstelltisch neben dem Stuhl. Mit einem Seufzer ließ er sich in den Sessel zurückfallen, legte den Kopf auf die Nackenstütze, die Zigarre stand kerzengerade aus dem Mund und Horak kaute im Rhythmus der Musik darauf. Horak war bestrebt, sich zu entspannen und wusste, er würde sich auch entspannen, musste sich entspannen, den Wahnsinn der Welt abstreifen und zu sich selbst zurückfinden, wollte er nicht schon wieder einen Abend damit zubringen, sich zu ärgern.

Der Streit zwischen dem Radfahrer und dem Fahrer des Opels fand ein jähes Ende, als der Fahrer des Wagens hinter dem Opel die

Nerven verlor. Dieser stieg aus seinem schwarzen Audi aus, schlug die Türe hinter sich zu, baute sich mit seinen 1 Meter 93 vor seinem Wagen auf, spuckte aus.

»Geht es euch beiden Wahnsinnigen noch gut? Ihr könnt doch nicht die Straße blockieren! Verschwindet, und zwar flott! Wenn ihr etwas auszutragen habt, dann geht in den Park. Aber du«, und dabei zeigte er auf den Lenker des Opels, »fährst jetzt gefälligst weiter!«

Im Opel suchte jemand den ersten Gang, sah sich nicht mehr um, und gab Gas. Zufrieden stieg der Audifahrer zurück in seinen Wagen.

Der Radfahrer stand noch eine Weile am Fahrbahnrand und war nicht sicher, warum er sich überhaupt gestritten hatte, und noch dazu so heftig.

Gegenüber der Straßenbahnstation, im Gastgarten des Café-Restaurants *Hummel*, eines Wiener Traditions-Cafés, inzwischen in dritter Generation unter der Leitung der Familie Hummel, waren mittlerweile fast alle Tische im Schatten belegt. Nicht mehr lange und Menschen würden sich um den letzten Tisch streiten, denn nichts war ein besserer Ausklang eines solch heißen Sommertages, als ein Abend in einem der zahlreichen Gastgärten, und das *Hummel* war für einige die erste Wahl. Warum? Das müsste man sie selbst fragen, aber für manche war es nah, für andere war es gemütlich, für wieder andere war es einfach das *Hummel*.

Es war noch immer drückend heiß, von Abkühlung nicht die Spur.

Vor dem Kaffeehaus *Hummel* pickte eine Taube Krümel auf und erhob sich dann in die Lüfte. Sie flog auf den Fenstersims eines angrenzenden Hauses. Sie schluckte die letzten Reste der Nahrung und flog empor zu einer Gruppe, um dann doch weiter zu fliegen, bis zum Fenstersims des Hauses Fuhrmanngasse 8, wo sie sich genüsslich niederließ.

»Kurti«, rief die Frau, welche gerade Teller auf einen Tisch stellte, durch die Wohnung hinter dem Fenstersims.

»Kurti, komm! Das Essen steht auf dem Tisch!«

Die Frau mit den Tellern war Resi, also eigentlich Theresa, aber jeder nannte sie Resi. Theresa Gruber war eine sehr fürsorgliche Ehefrau, das war sie immer schon, von Jugend an, es lag in ihrer Natur, sie konnte nicht anders. Deshalb stand jeden Tag zwei Mal eine Mahlzeit am Tisch, egal, was kam, egal, was war. So auch an diesem Abend, eigentlich gerade an diesem Abend, denn es war kein außergewöhnlicher Tag gewesen, es war ein ganz gewöhnlicher, um nicht zu sagen, ein eher ruhiger, wenn nicht gar fader Tag. Außer, ja, außer, und Resi musste schmunzeln bei dem Gedanken, außer, dass sie den Abend heute ganz für sich haben würde. Sie stellte die Teller auf den Tisch und hörte Kurtis nahende Schritte.

»Was gibt es heute?«, fragte er.

»Roastbeef und Krensauce.«

»Hm!«

Kurt Gruber war begeistert. Kurt Gruber liebte es, wenn es Roastbeef gab. Für Kurt war es fast schon ein Feiertag, wenn es einfach nur Kaltes gab – und ein oder zwei Scheiben frisches, knuspriges Brot, das konnte Kurt das Wasser im Mund zusammenlaufen lassen, und war ihm tausend Mal lieber als Fisolengulasch, Reisfleisch, Kohlgemüse mit Rindfleisch oder was es sonst immer gab. Daran konnte Kurt erkennen, dass seine Frau guter Laune war.

Er mochte es, wenn seine Frau guter Laune war, nicht nur wegen des Roastbeefs.

»Geh, Resi, sei lieb, hol uns doch noch einen Wein dazu«, sagte er, weil er jetzt auch in guter Stimmung war. Eigentlich war er bisher nicht besonders gut gelaunt gewesen, hatte seinen Tag mit einem Buch verbracht, mit einem furchtbar langweiligen Buch, aber er hatte es nicht weglegen wollen und er würde es auch am nächsten Tag nicht weglegen, sondern weiterlesen, weil ihn das Nichtstun sonst erdrückte.

Kurt wusste, seine Frau hatte ihn um Punkt fünf Uhr zum Essen gerufen, wie jeden Tag, trotzdem sah er seitlich auf die Küchenuhr. Es war vier nach fünf und er brummte zufrieden.

»Du kannst dir ruhig Zeit lassen. Es geht sich gemütlich aus«, sagte Resi, die seinem Blick gefolgt war.

»Ja«, sagte Kurt kurz, weil er wusste, es würde sich ausgehen, es war sich bisher immer ausgegangen, es war sich jahrelang ausgegangen, trotzdem sah er jede Woche am Mittwoch kurz nach fünf prüfend auf die Uhr, mehr aus Gewohnheit denn aus Unsicherheit.

»Sag, Resi, was meinst du, sollen wir die Kinder am Wochenende einladen?«, sagte er dann, noch kauend.

Theresa Gruber sah vom Essen auf, da sie sich freute, dass ihr Mann die Kinder sehen wollte.

»Das wäre nett, sehr nett«, meinte Resi.

»Ich weiß aber nicht, ob sie so kurzfristig Zeit haben werden«, räumte sie ein.

»Natürlich. Wenn es nicht geht, dann mach doch etwas für nächste Woche aus.«

»Mache ich. Ich werde sie nachher gleich anrufen.«

Kurt nickte und aß weiter.

Was beide nicht sagten, aber wussten, war, dass Kurt die Kinder sehen wollte, weil er jetzt Zeit für sie hatte, sehr viel Zeit für sie hatte. Und weil er jetzt doch merkte, dass er am Beginn eines neuen Lebensabschnittes stand. Resi hatte ihn vor Wochen darauf hingewiesen, aber Kurt hatte nichts davon hören wollen. Resi hatte vorgeschlagen, er solle eine große Feier zu seiner Pensionierung machen, und wenn es nur mit der Familie wäre, aber Kurt wollte keinen Wind um die ganze Sache machen. Kurt wollte einfach in Pension gehen, ohne Wind, ganz still. Aber Resi hatte sehr wohl bemerkt, dass er in den letzten Wochen sehr ruhig gewesen war. Und Resi hatte sehr wohl bemerkt, dass ihm etwas fehlte. Und jetzt, da war sich Resi sicher, jetzt hatte er endlich erkannt, was das war, das ihm fehlte. Die Familie.

Resi hatte sich nicht eingemischt. Sie hatte ihn sich in sein Arbeitszimmer zurückziehen lassen, auch, wenn es nichts mehr zu arbeiten gab. Resi hatte nicht versucht, ihm zu helfen, denn Resi hatte vor Jahrzehnten beschlossen, dass es am besten war, man ließ ihn auf Dinge selbst kommen. Auch wenn es manchmal ein wenig dauerte. Was auch beide wussten, war, dass die Kinder schon lange nicht mehr die Kinder waren, dass die Kinder schon längst selbst Kinder hatten, und auch diese waren schon recht groß.

Die Taube gurrte am Fenstersims, vielleicht wurde ihr die Unterhaltung in der angrenzenden Küche zu laut.

Auf jeden Fall, die Taube gurrte, missbilligend. Theresa Gruber vernahm das Geräusch und sah zum Fenster. Sie sah eine Weile dorthin und sagte schließlich: »Macht es dir etwas aus, wenn ich das Fenster öffne? Es ist heute ein herrlich warmer Tag.«

Kurt antwortete kauend: »Nein, ganz und gar nicht. Mach es nur auf.«

Das Öffnen des Fensters behagte der Taube nicht, vor allem das laute Geräusch der einhakenden Fensterläden, und so erhob sie sich wieder und flog auf ein nah gelegenes Häuserdach.

Die Zeit verstrich. Der Verkehr schwoll weiter an, woraus resultierte, dass nun schließlich der innerstädtische Verkehr in Wien restlos zusammenbrach. Autos standen in den Straßen, Gemüter kochten über, Paare begannen zu streiten und Fußgänger fühlten sich unendlich schlau, da sie nicht im Auto unterwegs waren.

Theresa und Kurt hatten ihr Nachtmahl beendet, es war mittlerweile kurz vor sechs und Kurt machte sich fertig für den Abend.

Eine Gruppe Tauben erhob sich vom Bürgersteig zwischen Ring und Baumallee, dahinter der erste Bezirk. Ein Fußgänger hatte sie gestört, da er zu nahe an ihnen vorbeiging.

Am Ring selbst schob sich ein kleiner, silberner Polo Meter für Meter vorwärts. Dieser Kleinwagen fuhr brav in der Fahrzeugkolonne, welche sich am Ring gebildet hatte. Manche Autos fuhren ruckartig, manchen merkte man die Resignation ihrer Fahrer an, manche fuhren erhitzt, manche fuhren angespannt. Nicht so der kleine, silberne Polo, in jenem saß eine Dame Mitte fünfzig, die seelenruhig ihr Auto lenkte und mit den Gedanken spazieren ging.

Elfriede Steiner war mit ihrem Polo auf dem Weg nachhause. Endlich. Alles andere war ihr nicht weiter wichtig, nur, dass dieser furchtbar anstrengende Arbeitstag zu Ende war. Sie war heimwärts unterwegs und das war die Hauptsache, sie stand nicht mehr im Geschäft, und somit war sie in einer besseren Lage als noch Minuten zuvor. Sie lutschte an einem Pfefferminzbonbon und sah sich um. Und sie lächelte. Sie saß lächelnd und vollkommen ruhig in ihrem Wagen, das Fenster weit geöffnet, und schien die Fahrt als vielleicht Einzige zu genießen.

Es ging weiter, es ging ein gutes Stück weiter. Hoffnung breitete sich unter den Autofahrern aus, sie könnten doch noch demnächst an ihrem Ziel ankommen. Bis der Verkehr wieder stockte. Elfriede hing eine Weile ihren Gedanken nach, doch dann wurde sie abgelenkt, weil ein Herr im Wagen neben ihr die Geduld verlor. Er schimpfte, er hupte, er gestikulierte, versuchte quasi, die Autos anzuschieben, was ihm naturgemäß nicht gelingen konnte. Elfriede Steiner hätte dem Herrn gern gesagt, dass dies nichts brachte, dass er es sich nur unnötig schwer machte.

Ihre Gedanken wanderten zu ihrer Tochter, während sie den Fuß von der Bremse nahm und den Wagen mit etwas Gas ein Stück nach vorne rollen ließ. Dann pfiff sie eine Melodie, die sie aus einem in der Nähe befindlichen Auto aufgeschnappt hatte. Elfriede selbst drehte zwar nie ihr Radio im Auto auf, trotzdem genoss sie es sehr, wenn dies ein anderer tat. Sie verstand die Aufregung nicht, die manchen überkam, weil er mit anhören musste, was andere sich anhörten. Na und? Irgendwie, fand Elfriede, gab ihr das ein Gefühl für den Menschen in dem betreffenden Auto, und deshalb hatte sie vor vielen, sehr vielen Jahren den Beruf gewählt, den sie heute ausübte, weil sie ein Gefühl für die Menschen um sich herum haben wollte. Und irgendwie, empfand sie damals, wie sie es auch heute noch empfand, bekam man das nirgends besser als in einer Trafik.

Sie beobachtete die Autos um sich herum. Da standen teure Autos neben billigen, schnelle neben langsamen, und sie fand einmal mehr, ach, wenn es doch überall auf der Welt so herrlich leicht mit dem Nebeneinander klappen könnte, wie auf der Straße. Hinter ihr hupte jemand ungeduldig, sie sah ein erhitztes Gesicht im Rückspiegel, eine Frau schimpfte, wohl mit sich selbst, denn es war niemand sonst im Wagen.

Sie schweifte mit ihrem Blick über die Autos und fand vor sich in der Nebenspur wieder jenen Herrn im klimatisierten Auto, welchen sie schon vorher gesehen hatte, und der nach wie vor telefonierte. Elfriede Steiner ging in Gedanken Gründe durch, warum jemand so ausdauernd telefonieren konnte.

Langsam kam Elfriede näher Richtung Parlament.

Sie wurde von einer Gruppe Touristen abgelenkt, sie waren im Rudel unterwegs und vor ihnen schritt eine viel zu aufwendig gekleidete, junge Frau emsig her. Diese gestikulierte und sprach, während sie sich rückwärts auf dem breiten Gehsteig bewegte. Die Gruppe hörte ihr aufmerksam zu und folgte ihren Gesten. Klug, dachte sich Elfriede, dass sie am Abend unterwegs waren, sehr klug. Die Sonne stand längst nicht mehr hoch am Himmel. Sie studierte die Touristengruppe, versuchte, ihre Herkunft zu bestimmen, aber es gelang ihr nicht eindeutig. Die meisten waren eher klein und dunkelhaarig, aber das reichte nicht zu einer genaueren Bestimmung. Elfriede sah ihnen lange nach. Wann war sie zuletzt auf Urlaub gewesen? Sie wusste es nicht genau, aber es war sehr lange her, viel zu lange.

Dann kam der kleine, silberne Polo ein gutes Stück weiter und Elfriede musste auf die Straße achten. Irgendwo schimpfte ein Mann, irgendwo hupte jemand unaufhörlich, irgendwo krachten zwei Fahrzeuge aneinander. Wie konnte man nur so schrecklich ungeduldig sein? Für sie war es nicht schlimm, hier in ihrem Auto zu sitzen und nur recht langsam – das musste sie schon einräumen – heimwärts zu kommen. Das war ihr Feierabend und den würde sie sich durch nichts und niemanden verderben lassen. Das war ihre

Zeit, welche sie für sich allein hatte. Das war ihre Freizeit, in der sie tun und lassen konnte, was sie wollte. Das war nicht immer so gewesen, und genau deshalb konnte ihr der Stau nicht die Stimmung trüben.

Außerdem freute sie sich bereits seit etlichen Stunden darauf, am Abend in einem Gastgarten zu sitzen, eine Kleinigkeit zu essen, eine Zeitschrift zu lesen und einfach Gedanken nachzuhängen oder Mensch zu beobachten, dazu ein Gläschen Rotwein, und ein, vielleicht zwei Zigarettchen. Darauf freute sie sich schon sehr und deshalb machte ihr die Verzögerung nichts aus, denn sie war ihrem Ziel zumindest schon sehr nahe.

Eigentlich war Elfriede Nichtraucherin. Sie hatte nie das Bedürfnis zu rauchen verspürt und hatte es eigentlich nicht ganz verstanden, warum manche dies so sehr zum Zentrum ihrer Bedürfnisse machten. Aber es hatte ihr auch nie etwas ausgemacht, den Tabakrauch zu riechen. Eine ihrer besten Freundinnen rauchte sehr viel. Und Elfriede konnte sich noch gut an ihr Gesicht erinnern, als sie diese vor einiger Zeit um eine Zigarette bat. Sie wusste selbst nicht ganz, warum, aber ihr war danach gewesen. Sie war frisch geschieden und hatte sich plötzlich so leicht gefühlt, so unbeschwert, so frei, dass sie sich irgendein Laster zulegen musste, so dachte sie zumindest heute.

Sie stand vor einer Ampel, es waren nur mehr drei Autos vor ihr, was hieß, sie würde es beim nächsten grünen Licht über diese Kreuzung schaffen. Kurz hupte der Wagen hinter ihr. Sie hob entschuldigend die Hand und bog in die Josefstadt ab.

2

Die Nadel war am Ende der Rille angekommen, ein gleichmäßiges Knacken erfüllte den Raum und störte Horaks Entspannung. Er seufzte und erhob sich aus dem Ledersessel, um die Platte umzudrehen. Nur aus diesem einzigen Grund dachte er manchmal daran, all seine Platten wegzuwerfen und mit CDs zu ersetzen. Aber nur kurz, denn dann fiel ihm wieder ein, was er empfunden hatte, als er in einem Plattenladen diese mickrigen Dinger in der Plastikhülle in den Händen gehalten hatte. Das war nicht das Wahre, das war ein Witz, ein Spott, stand in keinerlei Relation dazu, eine Schallplatte in den Händen zu halten. Er hatte damals diese Verhöhnung jedes Musikliebhabers angeekelt aus den Händen gleiten lassen und somit war das Thema CD ein für alle Mal gestorben.

Irgendwo Mitte der Siebzigerjahre hatte so manches für ihn aufgehört, Musik zu sein, entzog sich seines Verständnisses und seiner Geduld. Erwin Horak war diesbezüglich weder aufgeschlossen noch flexibel, er wusste, was er wollte, und das schon sehr lange. Irgendwann in seinen Zwanzigern hatte Horak seinen Charakter gebildet und bis heute daran festgehalten. Er selbst fand das standfest und charakterstark, verlässlich und ehrlich, ehrlich vor allem sich selbst gegenüber. Erwin Horak kannte Menschen, die sich ständig verändern wollten, dies aber im Grunde nicht wirklich taten. Vielleicht aßen sie vorgestern Schweinefleisch, gestern Tofu und heute nur mehr chinesisch, aber im Grunde blieben sie dabei unverändert, dieselben Idioten. Bei ihm selbst konnten sich die Menschen auf Kontinuität verlassen.

Und genau deshalb würde er auch keine CDs kaufen.

Er setzte sich wieder und sah erst gar nicht auf die Uhr, er wusste, es war nicht mehr genug Zeit, die Platte zu Ende zu hören, aber er wollte wenigstens seine Zigarre in Ruhe ausrauchen. Er grummelte mürrisch vor sich hin. Außerdem wusste er genau, er würde sich heute noch ärgern müssen. Irgendwann hatte Erwin Horak erkannt, dass man sich in dieser Welt nur ärgern konnte, über Unzulänglichkeiten, Fehler, Störungen, und nie kam es so, wie er es wollte.

Was er wollte, wusste er im Grunde nicht genau. Er war nicht der Typ, sich darüber besonders viele Gedanken zu machen. Aber eines wusste er: so wollte er es nicht, nichts wollte er so, wie es war, oder kam, oder kommen würde. Es wäre allerdings zu viel, würde man sagen, Horak wäre enttäuscht vom Leben. Das würde er selbst nie sagen. Horak würde sagen, es war nicht besonders, aber es war nun einmal so. Erwin Horak war nur nicht so weit, hinzunehmen, dass die meisten Menschen weit davon entfernt waren, ihn nicht zu stören.

Woody Herman erlangte wieder Erwin Horaks gesamte Aufmerksamkeit. Er paffte seine Zigarre und ein Lächeln spielte mit seinen Gesichtszügen, ein Lächeln, das ihm eigentlich stand, obwohl er es der Welt so selten zeigte. Nur hier, hier in seinen Räumen, auf seinem Ledersessel, mit gutem Swing, vielleicht der einen oder anderen Bebop Aufnahme – aber es durfte nicht zu radikal werden – und einer Zigarre, da konnte er für einige, kurze Momente vergessen, wie unbefriedigend die Menschheit war.

Ein paar Meter stadteinwärts war Kurt Gruber im Begriff, das Haus zu verlassen. Er küsste Theresa liebevoll zum Abschied und sie wünschte ihm viel Spaß. Kurt beeilte sich nicht im eigentlichen Sinne, denn Kurt war rechtzeitig unterwegs, wie immer. Und Kurt Gruber war auch keiner dieser übereifrigen Menschen, die unbedingt als Erster am Treffpunkt sein mussten, es ergab sich nur zumeist, dass er, wenn er sich mit Erwin traf, zuerst da war. So war es nun mal, und Kurt war keiner der Menschen, die solchen Kleinigkeiten Bedeutung zumaßen. Er schritt von der Fuhrmanngasse Richtung Josefstädterstraße und dieser folgte er stadtauswärts.

Kurt Gruber war bester Laune, nicht nur, weil ihm das Roastbeef aufstieß und er das liebte, denn es verlängerte den herrlichen Geschmack des würzigen Essens, auch nicht nur, weil er wusste, dass seine Frau die Zeit genießen würde, die sie jetzt für sich allein hatte, auch nicht nur, weil das Wetter heute wirklich herrlich war, und auch nicht nur, weil er auf dem Weg in sein Stammkaffee war, nein, es war alles zusammen, und vor allem die Freude darüber, endlich wieder einen Termin zu haben.

Den gesamten Tag über war Kurt zuhause gesessen, hatte in einem Buch gelesen, dazwischen ein wenig sein Arbeitszimmer aufgeräumt, oder vielmehr in seinen Unterlagen geblättert. Der Tag war ereignislos verlaufen, genauso wie der vorherige. Er war erst ein paar Wochen pensioniert und schon ging ihm die Beschäftigung aus. Wobei, nein, so ehrlich musste er sich selbst gegenüber schon sein, das war es nicht. Es hätte schon Dinge zu tun gegeben, vor allem mit Resi konnte er jetzt mehr Zeit verbringen. Aber, er hatte es kommen sehen, seine Arbeit fehlte ihm sehr, viel zu sehr. Und umso weiter der Sommer voranschritt, umso vordergründiger wurden seine Gedanken an die Arbeit. Wie würde es ihm im September erst gehen?

Aber darüber wollte er jetzt nicht mehr nachdenken, das hatte er tagsüber zur Genüge. Genug war genug. Er wusste, er musste den Frieden wiederfinden, den Frieden mit sich selbst und den Frieden mit der Welt. Es war doch im Grunde auch schön, dachte er, während er die Josefstädterstraße entlang marschierte und dabei seine Umgebung wohlwollend betrachtete, endlich Zeit für dies alles zu haben. Wann hatte Kurt Gruber zuletzt etwas nur für sich getan? Er wusste es nicht.

Dazu sollte sie da sein, die Pension. Für all die kleinen, schönen Dinge des Lebens, für welche man sonst so wenig Zeit hat. Ja, die Familie. Es war auch die Zeit für die Familie gekommen, das war ihm heute klargeworden. Er wollte von nun an mehr für seine Söhne da sein, ihnen noch so viel mitgeben für ihr eigenes Leben.

Horak erhob sich abrupt aus dem Ledersessel, Woody Herman war gerade mit seinem Solo fertig geworden und das empfand nun Erwin Horak als genau den passenden Moment, sich ins Kaffeehaus zu begeben. Er verstaute die Platte, ging in sein Vorzimmer hinaus, zog sich Schuhe an, nahm seine Brieftasche und einige Zigarren an sich und verließ die Wohnung.

Eine Nachbarin stieg die Treppe des Wohnhauses Pfeilgasse 28 vom dritten Stock hinab. Sie war auf dem Weg zu einer Verabredung, ihrer zweiten Verabredung mit einem jungen Mann, der bei ihrem ersten Rendezvous vielversprechend nett gewesen war. Da hörte sie im zweiten Stock, wie hinter der Türe der Nummer 23 Schlösser aufgesperrt wurden. Sie beschleunigte ihre Schritte, denn sie wollte dem Mieter dieser Wohnung heute nicht über den Weg laufen. Nicht, dass es ein besonders gesprächiger Herr gewesen wäre, vielmehr war es sein griesgrämiges Gesicht, das sie heute nicht sehen wollte. Der Mieter dieser Wohnung konnte es mit wenigen Worten, ja gar mit einem Blick schaffen, ihr die Laune zu trüben.

Horak öffnete die Türe und sah das Mädchen aus der Wohnung über sich gerade noch um die Ecke des Stiegenhauses huschen. Er hörte ihre eiligen Schritte und dachte bei sich, dass man immer irgendjemanden in diesem Haus sah. Er musste in einem früheren Leben etwas wirklich Entsetzliches verbrochen haben, denn, obwohl nicht gerade viele Mieter in dem Haus wohnten – vier Stockwerke mit jeweils vier Parteien –, traf er immer auf jemanden. Und das ihm, wo er im Grunde keine Menschenseele sehen wollte.

Er schloss mit einem kräftigen Stoß seine Wohnungstüre von außen, steckte den Schlüssel ins erste Schloss und versperrte es, während er ein kräftiges und gleichsam mürrisches »Tag« durch das Stiegenhaus hallen ließ.

»Guten Tag«, rief die junge Frau zurück und huschte weiter.

Erwin Horak trat aus dem Haus und die Wärme des Sommerabends umfing ihn. So eine verdammte Hitze, dachte er bei sich. Horak war der Winter um einiges lieber, der Winter, in welchem bei jedem Atemzug klare Luft die Lungenflügel erfüllte. Aber das hier, nein, das konnte Horak nun gar nicht leiden. Er machte einige Schritte und spürte, wie sich Schweiß auf seiner Stirn bildete, auch etwas, das Horak nicht ausstehen konnte.

Und diese Euphorie, welche die Menschen im Sommer befiel, die konnte er noch viel weniger verstehen. Zwar wunderte er sich schon lange über nichts mehr, aber gefallen musste es ihm deswegen trotzdem nicht.

Er hatte Gelegenheit, sich gründlich zu ärgern, während er sich seinen Weg durch die Menschen auf der Straße bahnte. Nein, so wahnsinnig viele waren nun auch wieder nicht unterwegs, aber für

Horak waren es zu viele, eindeutig zu viele, zu viele bekannte und flüchtig bekannte Gesichter. Eine Frau grüßte ihn im Vorbeigehen und Horak murmelte ein »Grüß Sie« zurück, ohne der Dame einen Blick zu schenken. Das hätte er ruhig tun können, denn sie blieb schon lange nicht mehr stehen, um ein paar Worte mit Erwin Horak zu wechseln.

Sie plauderte gern. Aber mit Erwin Horak stellte auch sie sich nicht mehr hin. Sie wusste, wann sie störte.

Hätte Erwin Horak gewusst, was sie über ihn dachte, es hätte ihn unendlich stolz gemacht, aber er würde es wohl nie erfahren, denn mit ihm sprach sie nicht mehr, auch etwas, das Horak nie erfahren würde. Die Frau war ein Tratschweib, sie sprach über jeden und über alles, ihr Geschwätz hatte keinen Gehalt.

Er folgte dem Verlauf der Albertgasse hinauf zur Kreuzung Josefstädterstraße, der Greißler Franz räumte gerade die Ware weg.

Kurt Gruber betrat das *Hummel* und ging auf den Tisch zu, auf ihren Tisch, den zweiten Tisch im hinteren Teil des Kaffeehauses. Der zweite Tisch, das war ihr Tisch, seit Ewigkeiten schon.

»Grüß Sie, Herr Gruber!«, sagte der Kellner. »Ihr Tisch ist schon bereit«, fügte er an, obwohl er, der Tisch, das stets war.

»Wie immer?«, fragte der Kellner, und meinte Grubers Bestellung, worauf Kurt Gruber nickte.

Der Kellner war, das fiel Kurt jetzt zum ersten Mal auf, genauso lange da wie der Tisch. So schien es ihm zumindest, denn solange er und Erwin sich schon im *Hummel* trafen, so lange war auch schon jener Kellner da. Wie alt er sein mochte, konnte Kurt nicht genau sagen, aber er musste doch schon ein recht ansehnliches Alter erreicht haben, wenn man es sich genau überlegte.

Kurt ließ sich am Tisch nieder, rückte Tisch und Stuhl zurecht. Er sah auf seine Armbanduhr, Kurt war auf die Minute genau am Treffpunkt, das ließ ihn lächeln, er war zufrieden mit sich. In diesem Moment brachte der Kellner sein Bier.

Kurt Gruber ließ seinen Blick durch das Lokal schweifen. Es war recht gut besucht, im Gastgarten waren alle Tische besetzt, aber auch im Inneren des Lokals befanden sich etliche Gäste. Nur die Spieltische, die waren außer Kurts noch leer, doch das würde sich bald ändern, da war sich Kurt sicher.

Es waren oft einige Leute zum Spielen hier, wenn er und Erwin sich trafen. Das war sehr interessant. Waren es immer dieselben Männer, die abends zum Spielen ins *Hummel* kamen? Hatten andere überhaupt eine Chance auf einen Tisch? Schließlich waren die Tische so gut wie immer für Stammgäste reserviert.

Kurt erblickte eine Frau, welche er, so stellte er fest, auch jedes Mal sah. Und, das war nun wirklich interessant, es war seit Jahrzehnten dieselbe ältere Frau und sie war schon alt, als er noch ein junger Mann gewesen war. Kurt Gruber bewunderte sie. Sie saß stets allein, aß ihr Mahl und blickte in das Lokal. Sie schien nie jemand Bestimmten zu beobachten und er hatte noch nie gesehen, dass sie sich mit jemandem traf, obwohl, er war ja nur mittwochs hier, vielleicht traf sie sich donnerstags mit jemandem. Kurt Gruber versuchte, ihr Alter zu schätzen. Vielleicht fünfundachtzig? Oder neunzig? Wenn sie das war, dann war sie allerdings noch sehr agil.

Sie allein dort sitzen zu sehen, hatte etwas Beruhigendes, weil sie immer dort saß, stets am gleichen Tisch, genauso wie er und Erwin, und gleichzeitig machte es Kurt traurig. Es machte Kurt nicht nur traurig, sondern auch Angst. Das war das Schreckgespenst der Pension, nicht sie oder ihr Äußeres, sondern vollkommen allein zu sitzen und nichts zu tun zu haben, nirgends erwartet zu werden, nirgends vermisst zu werden, nirgends gebraucht zu werden. Doch gleichzeitig, dachte Kurt, wurde sie hier im *Hummel* erwartet, würde sie ihm abgehen, wenn sie nicht dort sitzen würde. Hoffentlich wusste sie das.

3

Die Eingangstüre des Kaffeehauses *Hummel* wurde kräftig aufgestoßen und Erwin Horak trat festen Schrittes ein. Er sah sich prüfend im Lokal um, nicht, weil er seinen Freund Kurt suchte, sondern weil ihm das Publikum im *Hummel* nicht behagte, hatte es noch nie, aber es waren heute zu viele junge Leute hier.

Mit zerknittertem Gesichtsausdruck durchschritt er das Lokal, um in den rückwärtigen Bereich zu gelangen, in welchem Kurt bereits auf ihn wartete.

»Wie immer?«, fragte Herr Otto.

»Ja, ja«, war Erwin Horaks Antwort, welche er mit einem ungeduldigen Winken der Hand unterstrich.

»Wo sind die Karten?«

»Servus, Erwin«, grüßte Kurt. »Warte, ich hole sie gleich.«

Erwin ließ sich schwerfällig fallen.

»Sitzt da und holt nicht die Karten!« Er schüttelte ungläubig den Kopf und zündete sich eine Zigarre an.

Kurt Gruber kam zum Tisch zurück und legte die Karten vor Erwin hin.

»Na, jetzt zufrieden?«, fragte Kurt.

»Halbwegs.«

Kurt musste lachen. *Halbwegs zufrieden* war bei Erwin schon sehr viel, er wusste gar nicht, wann er zuletzt etwas wie *gut* oder gar *sehr gut* aus Erwins Mund gehört hatte.

Erwin Horak sah Kurts belustigten Gesichtsausdruck und verzog das Gesicht.

»Setz dich und lass uns endlich anfangen«, sagte er.

Gruber setzte sich und beobachtete Erwin, während dieser die Karten aussortierte und anschließend mischte. Der Kellner trat an den Tisch und servierte Horak sein Bier, dann ging er wieder, denn er hatte viel zu tun. Im Sommer, wenn der Gastgarten voll besetzt war, so wie heute, hatte er doppelt so viele Tische wie sonst. So war er ordentlich beschäftigt, um nicht zu sagen, im Stress. Ein Begriff im Übrigen, den Erwin Horak nicht kannte. Für Horak existierte Stress nicht, war eine Erfindung der jungen Leute, die eine Ausrede suchten, warum sie ihre Sachen nicht in Ordnung brachten.

Ohne jeglichen Begriff von Stress also mischte Horak seelenruhig die Karten, Kurt Gruber beobachtete ihn dabei.

»Wie geht es dir?«, fragte Erwin unvermittelt, ohne von den Karten aufzusehen.

»Gut, danke. Und dir?«, antwortete Kurt mehr aus Gewohnheit. Erst im Nachhinein fragte er sich, ob ihn Erwin schon jemals nach seiner Befindlichkeit gefragt hatte.

»Ja, ja. Der Herbst kommt näher. Du nimmst es gelassen, ja?«, fragte Erwin Horak.

Kurt nahm einen Schluck von seinem Bier. Er hatte nicht damit gerechnet, dass er heute und hier Stellung beziehen musste. Eigentlich hatte er gehofft, sie würden einfach Karten spielen.

»Ja, ich denke schon«, antwortete er.

Horak sah kurz auf, dann legte er Kurt den Stapel Karten hin, damit jener abheben konnte.

»Irgendwie«, sagte Kurt Gruber, während er die Karten fixierte, zwei Drittel abhob und sorgfältig daneben ablegte, »fehlt schon etwas, denke ich.«

»Hm«, sagte Erwin und nahm die Karten an sich, um auszuteilen.

»Also, um ehrlich zu sein, ich denke, also, ich werde zurechtkommen.«

Und während er sein Blatt hob, fügte er noch an: »Natürlich.«

Horak nahm auch sein Blatt auf und studierte dieses.

»Ich werde zurechtkommen, keine Frage«, sagte Kurt.

»Gut«, antwortete Erwin und das Thema war für ihn soweit erledigt.

Wobei, so sehr Horak Konversation auch geringschätzte, musste er gestehen, er machte sich so seine Gedanken um Gruber, den er schon ewig kannte und den er sich so ganz und gar nicht als Pensionisten vorstellen konnte.

Kurt spielte die erste Karte aus, einen Buben, der Stich sollte an Erwin gehen. Kurt spielte immer defensiv. Erwin Horak schüttelte den Kopf und holte sich mit seiner Dame die Punkte. Sie hoben beide eine Karte ab, Erwin spielte eine Dame aus und sagte zwanzig in Herz an.

»Irgendwie, irgendwie war die letzte Zeit etwas eigenartig«, sagte Kurt Gruber.

»Hm«, meinte Erwin und wartete, dass Kurt eine Karte ausspielen würde. Er rechnete mit einer kleinen Karte, denn Kurt spielte nie am Beginn eines Spiels einen Trumpf aus.

Doch Kurt spielte einen Trumpf aus, er stach Erwins Dame.

Er war eindeutig nicht bei der Sache. Erwin schüttelte den Kopf. Kurt nahm die Karten an sich und sah Erwin an, während er eine Karte recht wahllos, so erschien es Horak, hervorholte und ausspielte.

»Es war überhaupt nichts zu tun. Das kannst du dir nicht vorstellen«, sagte Kurt und fuhr fort: »Ich weiß nicht, aber irgendwie wusste ich mir heute gar nichts mit mir selbst anzufangen.«

»Ah ja«, sagte Erwin, während er überlegte, ob er die Trumpf-Dame mit seinem König stechen sollte oder nicht.

»Eigentlich, also, um ehrlich zu sein, ich wünschte, es wäre noch nicht so weit.«

Erwin Horak stach die Dame, damit verlor er vielleicht die Partie, aber nur, wenn Kurt seine restlichen Trümpfe einzusetzen wusste, und das bezweifelte Horak in diesem Moment sehr. Er nahm die Karten an sich und wollte ausspielen, dann zögerte er und sagte: »Du wirst dich daran gewöhnen.«

»Ja sicher. Das werde ich sicher. Ich habe ja Resi und die Kinder. Und ich kann endlich lesen, was ich will, das sollte schon etwas wert sein.«

Erwin Horak nickte und spielte aus.

»Ist es auch«, sagte Kurt und stach Erwins Karte.

Sie spielten einige Minuten schweigend und Horak nahm ärgerlich zur Kenntnis, dass diese Runde an Kurt gehen würde. Er hatte sich verschätzt, dabei hätte er wissen können, dass Kurt nicht so derartig aus der Fassung sein würde, um eine Runde einfach abzugeben. Er hätte seinen Trumpf-König nicht so unbedacht ausspielen dürfen.

Kurt notierte die Punkte und mischte die Karten.

Als er die Karten gab, sagte Erwin: »Sei froh, dass du die Fratzen nicht mehr siehst«, und meinte das auch.

»Ja, sicher«, sagte Kurt. Sie nahmen beide ihre Karten auf und betrachteten diese eingehend. Erwin kaute an seiner Zigarre.

»Nur, weißt du, also im Grunde, mir haben die Kinder nie besonders viel ausgemacht.«

»Wenn du meinst«, antwortete Erwin und spielte aus.

»Nein, wirklich. Ich weiß, wir mussten uns oft ärgern.«

»Ich werde das noch eine Weile müssen«, sagte Erwin.

»Ja, natürlich«, sagte Kurt, »aber im Grunde habe ich gern mit den Kindern gearbeitet.«

Erwin nahm die Karten an sich und spielte wieder aus, weil Kurt erwartungsgemäß eine kleinere Karte auf seine ausgespielt hatte. Er spielte also aus und sagte: »Wenn du dir das einreden willst.«

»Nein, wirklich. Es hat mir Spaß gemacht, etwas zu bewirken, ihnen etwas beizubringen, etwas fürs Leben mitzugeben.«

Erwin Horak spielte aus und sagte nichts. Er wollte nicht zu viel sagen, gut, das tat er ohnehin nie, aber gerade heute hatte er das Gefühl, er sollte Kurt reden lassen. Horak hatte auch immer schon gewusst, dass Gruber ein Idealist war, dass Gruber glaubte, seine Arbeit hätte Sinn gemacht, dass Gruber glaubte, man könne den heutigen Kindern irgendetwas beibringen, dass Gruber mit seiner Pensionierung nicht zurechtkommen würde. Und irgendwie tat er ihm leid, auch wenn er selbst die Pension sehnsüchtig erwartete, mehr als das. Endlich Ruhe!

Kurt Gruber hatte seinen Beruf durch und durch gelebt, mit Hingabe und Überzeugung, jeden Tag. Er hatte Sinn in seinem Tun gesehen, und er hatte die Herausforderung gesehen. Kurt Gruber war fünfunddreißig Jahre Lehrer am Gymnasium Albertgasse. Deutsch und Philosophie waren Jahrzehnte lang das Zentrum seines Lebens gewesen.

Er hatte für diese Aufgabe gelebt, war daran gewachsen, den Kindern die Wichtigkeit dieser Fächer zu vermitteln, ihnen zu vermitteln, was Literatur bedeuten konnte, welche Welten das Öffnen eines Buches erschloss, wie aufregend es sein konnte, hineinzutauchen in die Fantasie eines anderen, und wie wichtig es war, sich ausdrücken zu können, schriftlich wie mündlich.

Und er war nicht nur ein wenig stolz auf sich, wenn er auf die jungen Menschen zurückblickte, die er in die Welt hinausgeschickt hatte mit einer Freude am Lesen und einem anständigen Artikulationsvermögen. Einer seiner Schüler war sogar Literat geworden.

Auch die Philosophie hatte es Gruber angetan, seinen Schülern zumeist weniger, aber er konnte sie dennoch ein Stück mitnehmen in die Gedankenwelten der großen Philosophen. Und auch, wenn er sich sicher war, dass nicht alle dieses Fach mochten, so hatte er dennoch das Gefühl, er hätte es ihnen nähergebracht.

Kurt Gruber war nicht nur sehr gern Lehrer gewesen, Kurt Gruber war ein guter Lehrer gewesen. Viele seiner Kollegen hatten oft über Missstände an den Schulen geklagt, über das Bildungssystem, fehlenden Respekt der Kinder oder sie resignierten, weil es ihnen nicht gelungen war, die Schüler zu begeistern. Kurt Gruber hatte diese nie verstanden. Selbst die schlimmste Klasse würde er mit Freuden im nächsten Schuljahr unterrichten. Aber das ging nicht mehr.

Kurt schluckte schwer. So schnell war alles vorbei. Wenn es nach ihm gegangen wäre, er wäre nie in Pension gegangen. Aber irgendwann musste es passieren. Der Gedanke, dass er einem Jüngeren Platz gemacht hatte, tröstete ihn nur ein klein wenig.

Kurt stach Erwins Karte.

Er spielte aus und sagte: »Aber das ist alles nicht so wichtig. Wichtig ist, dass ich jetzt viel Zeit habe, Zeit für mich, Zeit für meine Buben und meine Resi.«

»Genau«, sagte Horak, und sie spielten wieder eine Weile schweigend. Die nächste Runde ging an Erwin und seine Laune verbesserte sich etwas.

»Wenn du Sehnsucht nach Arbeit hast, kannst du jederzeit einen Stapel Hefte von mir haben und korrigieren«, sagte Erwin und Kurt musste lachen.

»Du hast auch nicht mehr lange«, sagte Kurt etwas später zu seinem Freund. Die nächsten Punkte waren an Horak gegangen. Gruber hatte sie notiert und mischte gerade.

»Zu lange auf jeden Fall«, antwortete Horak.

»Ein Jahr noch?«, fragte Kurt.

Erwin schüttelte den Kopf. »Nein, vier.«

»Vier?« Kurt Gruber war erstaunt. Er war immer der Meinung gewesen, er und Erwin wären derselbe Jahrgang, waren sie aber scheinbar doch nicht. Vier Jahre war er jünger, und das ist ihm nie aufgefallen. Nun, jetzt machte es keinen großen Unterschied mehr, aber früher hätte es den schon gemacht. Kurt versuchte sich zu erinnern an damals, als sie sich kennengelernt hatten, aber es kam ihm vor, als würden sie einander schon immer kennen.

»Das wusste ich gar nicht«, sagte Kurt.

»Was? Dass ich noch kein so alter Knacker bin wie du?«

»Nun... ja.«

»Gibst du heute noch?«, fragte Horak fordernd und deutete auf die Karten.

»Sicher.«

Gruber gab zerstreut.

»Vier Jahre«, sagte er.

»Ja, vier lange Jahre, in welchen ich mich mit den undankbaren Halbstarken herumärgern darf, statt etwas Vernünftiges mit meiner Zeit anzufangen.«

»Das meinte ich jetzt gar nicht«, sagte Kurt, während er eine Karte hervorzog und Erwins Buben stach.

»Sondern?«

»Dass du vier Jahre jünger bist.«

»Du weißt, dass du dran bist?«, fragte Erwin.

»Nicht, dass es eine Rolle spielt, es ist nur so, dass ich es interessant finde, dass wir nie über unser Alter gesprochen haben«, sagte Kurt.

»Wozu auch?«

»Weiß ich nicht.«

Der Kellner trat an den Tisch, weil Horaks Glas leer war, nahm es an sich und ging davon aus, dass Horak wie immer ein zweites Bier trinken wollte. Manchmal bestellte er nach dem ersten Bier auch etwas zu essen, deshalb blieb er kurz stehen. Horak sah auf, runzelte die Stirn und sagte dann: »Ein kleines Gulasch.«

Der Kellner nickte, sah zu Kurt, der den Kopf schüttelte, dann ging er.

Erwin Horak machte den letzten und entscheidenden Stich und lehnte sich zufrieden zurück, weil er seinen Sieg voraussah.

»Ich weiß auch nicht, aber irgendwie finde ich, wir hätten darüber reden müssen«, sagte Kurt.

»Wozu?«

»Das weiß ich doch auch nicht, aber wir sind seit Ewigkeiten befreundet und ich hatte keine Ahnung, wie alt du bist.«

»Das liegt an dir«, sagte Erwin, während er die Karten mischte.

»Wieso an mir?«

»Weil du ignorant bist.«

»Arrogant?«

»Nein, *ignorant.* Ich wusste dein Alter schon.«

»Woher?«

Kurt Gruber teilte aus und war ehrlich erstaunt. Erwin wusste sein Alter, und dabei hatte er immer gedacht, Erwin würde sich für nichts auf der Welt interessieren, außer für ihr wöchentliches Kartenspiel. Nun, eigentlich musste Kurt Gruber nach einer über dreißigjährigen Freundschaft für sich auch anmerken, dass er nicht gedacht hätte, dass sich Erwin Gedanken über sein Wohlbefinden machen würde. Das schien er aber zu tun.

»Wir haben gemeinsam deinen Fünfziger gefeiert. Bist du schon so verkalkt, dass du das nicht mehr weißt?«, fragte Erwin Horak, während er seine Karten aufnahm.

»Richtig. Du hast recht«, sagte Kurt und nickte, mehr für sich, weil er sich erinnerte, dunkel, sehr dunkel, schließlich war das schon einige Zeit her.

»Haben wir deinen Fünfziger auch gemeinsam gefeiert?«, fragte er dann.

Erwin schüttelte den Kopf.

»Warum nicht?«

»Weil ich Geburtstage nicht feiere.«

»Stimmt.«

Das wusste Kurt, er ärgerte sich, dass er überhaupt gefragt hatte.

Erwin hatte noch nie einen Geburtstag gefeiert. Und Kurt wusste auch nicht, wann er Geburtstag hatte. Kurt Gruber begann sich zu fragen, was für ein Freund er war. Warum wusste er so wenig von jemandem, mit dem er seit über dreißig Jahren befreundet war?

»Warum sprechen wir eigentlich nie über solche Dinge?«, fragte Kurt Gruber.

Erwin stöhnte und war sichtlich erfreut, dass Herr Otto an den Tisch trat und sein Bier brachte.

»Weil wir Karten spielen, darum. Was ist denn heut los mit dir?«, fragte Horak.

Kurt Gruber legte seine Karten zur Seite und sagte: »Ich weiß ja auch nicht. Ich denke ja nur.«

»Man denkt leise«, sagte Erwin.

Kurt schluckte und dachte nun wirklich leise nach. Es fiel ihm zum ersten Mal auf, dass Erwin keine seiner Fragen beantwortete, und, was ihn dabei am meisten irritierte, dass ihn das nie gestört hatte. Nein, mehr als das, es hatte ihn belustigt. Irgendwie war es Teil der Persönlichkeit seines Freundes und er hatte dies akzeptiert. Nur fragte er sich heute zum ersten Mal, ob das richtig gewesen war. Warum trafen sie sich jahrelang, wenn sie offenkundig nicht aneinander interessiert waren? Das machte ihn melancholisch. Gleichzeitig musste Kurt sich selbst gegenüber zugeben, dass er schon tagsüber melancholisch gewesen war und vielleicht heute einfach keine besonders gute Laune hatte, etwas, das eigentlich Erwin vorbehalten war.

Er spülte den Kloß in seinem Hals mit einem großen Schluck Bier hinunter und nahm die Karten wieder auf. Sie spielten eine Weile schweigend und Kurt wollte das Thema auf sich beruhen lassen.

Erwin Horak merkte den Stimmungsumschwung am Tisch und war darüber nicht begeistert. Er wusste, was der Verlust des Berufs für seinen Freund bedeutete, und es war ihm auch klar, dass er heute nicht in der besten Verfassung war. Obwohl er nicht so recht wusste, warum, fühlte er sich für seinen Freund verantwortlich. Dies war eine der Situationen, welchen Horak gern aus dem Weg ging, und er wusste auch in diesem Moment ganz genau, warum. Er war für solche Gespräche nicht geschaffen.

»Hör mal, das war jetzt nicht so gemeint«, sagte er schließlich und tat sich dabei sichtlich schwer.

»Ich weiß«, sagte Kurt sofort, weil er es wirklich wusste.

Die beiden Männer sahen sich eine Weile an, dann widmeten sie sich wieder ihren Karten. Irgendwie, dachte Kurt bei sich, wahrscheinlich hatte Erwin recht, wahrscheinlich war schon längst der Zug abgefahren, grundsätzliche Dinge auszutauschen. Wozu auch? Würden sie sich besser kennen oder verstehen, wenn sie Geburtsdaten ausgetauscht hätten, oder die Namen ihrer Eltern?

»Ich hatte heute einfach zu viel Zeit, um nachzudenken«, sagte Kurt.

Erwin nickte, sie spielten weiter, dann sagte er: »Aber das wird nicht so bleiben. Wirst sehen.«

»Glaubst du?«, fragte Kurt, der sich nicht vorstellen konnte, was er mit seiner Zeit in Zukunft anfangen sollte.

»Ich glaube nicht. Ich glaube nie. Ich weiß«, sagte Erwin.

Und jetzt musste Kurt dann doch wieder lachen.

»Zu lachen gibt es da nichts«, sagte Erwin. Und die Stimmung zwischen den beiden Männern war wieder auf genau dem Level, auf dem sie immer war und auch sein sollte.

»In ein paar Wochen wirst du genauso wenig Zeit zum

Nachdenken haben, wie alle Pensionisten. Du weißt doch, gerade in der Pension hat keiner Zeit«, sagte Erwin.

»Ja, das sagen alle, aber ich frage mich, warum.«

»Warum? Weil dich alle mit irgendetwas beschäftigen werden. Warte es nur ab.«

»Wer soll mich denn mit irgendetwas beschäftigen?«

»Deine Söhne zum Beispiel. Denkst du, denen fällt nichts ein, was du für sie tun könntest, jetzt wo du doch Zeit hast?«

»Vielleicht«, räumte Kurt ein.

»Nicht vielleicht. Ganz sicher. Du solltest ihnen nicht sagen, was du mir gesagt hast, damit öffnest du ihnen nur Tür und Tor.«

»Vielleicht sollte ich das schon machen. Ich habe wirklich nichts zu tun«, sagte Kurt.

»Ach je, Kurt, ich bitte dich, leg dir ein Hobby zu, kauf dir einen Hund oder mach etwas mit deiner Frau. Frauen können so anstrengend sein, da wünscht du dir, du hättest einen so ruhigen Tag wie heute.«

Der Kellner brachte Horaks Gulasch, das er auf dem Beistelltisch deponierte. Horak aß gelegentlich einen Bissen, während sie weiterspielten. Die nächste Runde ging an Kurt, es würde noch eine knappe Partie werden.

Erwin schimpfte über die Karten, Kurt preiste sein Können an und es schien, als wäre das Thema Pensionierung abgehakt.

»Vielleicht möchtest du dich öfter zum Schnapsen treffen«, fragte Kurt Gruber dann.

»Ich habe noch einen Beruf«, antwortete Erwin.

»Im Sommer?«

»Von mir aus.«

»Wirklich?«, fragte Kurt.

»Warum nicht. Wann willst du denn?«

»Keine Ahnung. Montags?«

»In Ordnung.«

Warum nicht, dachte Erwin Horak bei sich. Er spielte gern Karten und hatte nichts gegen Kurts Gesellschaft, außerdem war er so oder so jeden Abend im *Hummel*, da konnte er sich auch mit Kurt treffen.

Sie spielten wieder eine Weile schweigend, Erwin verlor die Runde und war grantiger als sonst. Er war ein furchtbar schlechter Verlierer.

So hatten sie sich kennengelernt, Erwin und Kurt, nicht während des Studiums und nicht an der Schule, sondern im Kaffee *Hummel*. Eine Runde junger Männer hatte dort jeden Abend gespielt. Kurt hatte schon eine Weile mit ihnen geschnapst.

Eines Abends hatte jemand Erwin mitgebracht, und Erwin hatte sie alle geschlagen. Das hatte ihn schnell in der Runde etabliert und Horak genauso schnell gelangweilt. Er hatte sich den Besten ausgesucht und sich fortan nur mehr mit diesem, ihm, Kurt Gruber, getroffen. Erst viel später waren sie Kollegen geworden.

Sie waren damals beide Ende zwanzig gewesen, nein, Kurt war Ende zwanzig gewesen, Erwin Mitte zwanzig, aber das hatte Kurt nicht gewusst. Er hatte angenommen, sie wären gleich alt.

»Warum hast du mir nie gesagt, wie alt du bist?«, fragte Kurt unvermittelt.

»Du hast nie gefragt«, antwortete Erwin und spielte weiter.

4

Endlich war sie da, wo sie hinwollte, endlich! Elfriede Steiner ging durch die Florianigasse Richtung *Hummel.* Sie war frisch geduscht und umgezogen, trug eine leichte Sommertasche mit sich, ihre schönste Sonnenbrille auf der Nase und in den noch feuchten Haaren ein gelbes Band. Elfriede Steiner ging schwingenden Schrittes, sie fühlte sich leicht, unendlich leicht und voller Freude. Sie ging als Einzige auf der Sonnenseite, alle anderen zogen den Schatten vor. Jetzt machte ihr die Sonne nichts mehr aus, jetzt erfüllte ihre Wärme sie mit einem wohligen Gefühl.

Elfriede Steiner hatte sich den Tag über darauf gefreut, ins *Hummel* zu gehen, bekleidet mit ihrem neuen Sommerkleid, einem Päckchen Zigaretten und der neuesten *Gala* in der Tasche. Jetzt konnte ihr Tag beginnen, die Müdigkeit des Arbeitstages war verflogen, Elfriede Steiner wie ausgetauscht.

Sie kam vor dem Kaffeehaus an und suchte den Gastgarten nach einem freien Tisch ab, aber es war keiner zu finden. Sie erblickte eine ältere Dame, sie mochte gut zwanzig Jahre älter als sie selbst sein, welche allein dasaß und ihre Suppe löffelte und ihr auf Anhieb sympathisch erschien.

»Entschuldigen Sie bitte«, sagte Elfriede zu der Dame.

Diese sah auf und sagte: »Ja, bitte, mein Kind?«, und war somit fest in Elfriedes Herz geschlossen.

Sie lächelte. »Würde es Ihnen etwas ausmachen, wenn ich mich an Ihren Tisch setze?«

Die Dame schüttelte heftig den Kopf und schien erbost. »Aber natürlich nicht! Wieso sollte es das denn? Ich warte auf niemanden. Bitte, setzen Sie sich.«

»Haben Sie herzlichen Dank. Es ist leider kein Tisch mehr frei«, sagte Elfriede und ließ sich auf dem Stuhl gegenüber der Dame nieder.

»Das ist auch kein Wunder bei diesem Wetter«, sagte diese und widmete sich dann wieder ihrer Suppe.

Elfriede nickte nur, denn sie wollte die Dame nicht weiter stören. Es war nett genug von ihr, ihr einen Platz zu geben.

Elfriede Steiner holte ihre Zeitschrift hervor und kramte in ihrer Tasche nach dem Päckchen Zigaretten, das sich irgendwo zwischen den Schlüsseln, ihrer Geldbörse, ihrem Kalender und ihrem Schminktäschchen versteckt haben musste.

»Grüß Sie«, sagte Herr Otto, der Kellner, der an den Tisch getreten war.

Elfriede sah auf und grüßte ebenso.

»Was darf es sein?«, fragte er.

»Bringen Sie mir bitte einen Eistee und die Karte«, sagte Elfriede, dann suchte sie weiter und fand schließlich das Gesuchte.

Sie rauchte sich noch keine Zigarette an, darauf wollte sie noch warten, nicht nur, weil die Dame ihr gegenüber aß, sondern auch, weil sie gern zuerst ein wenig ruhig dasaß und den Abend in sich aufnahm. Elfriede hatte es in dem letzten halben Jahr gelernt, unendlich zu genießen, und das tat sie jetzt auch.

»Sie können von mir aus rauchen«, sagte die Dame.

»Danke, sehr lieb von Ihnen, aber ich warte gern.«

Da sie die Dame fragend ansah, sagte Elfriede: »Ich warte immer. Ist nicht die Vorfreude das Schönste?«

Die Dame schmunzelte. »Ja, da haben Sie vollkommen recht.«

Dann löffelte sie weiter.

»Sie rauchen noch nicht lange?«, fragte die ältere Dame etwas später.

»Nein«, sagte Elfriede und war erstaunt. Was hatte sie verraten? Aber sie fragte nicht danach. Stattdessen fragte sie zurück: »Rauchen Sie?«

»Nein. Früher schon, als ich noch jung war. Aber das ist schon ewig her.«

»Warum haben Sie aufgehört?«

»Ich weiß es nicht genau«, sagte die Dame. »Warum haben Sie angefangen?«

»Das weiß ich auch nicht genau«, sagte Elfriede.

Die Dame nickte und löffelte weiter.

Der Kellner brachte Elfriedes Eistee und die Karte.

»Sicher?«, fragte die ältere Dame, welche den Löffel zur Seite legte. Sie war mit der Suppe fertig.

»Entschuldigen Sie?«, fragte Elfriede, da sie die Frage nicht verstand.

»Sind Sie sicher, dass Sie nicht wissen, warum Sie angefangen haben?«

»Nein, bin ich nicht.«

Die Dame nickte.

Elfriede schlug die Karte zu. Sie war begeistert von der älteren Dame ihr gegenüber.

»Was werden Sie nehmen?«, fragte diese.

»Den Tagesteller, aber verraten Sie mir nicht, was es ist. Ich möchte mich überraschen lassen.«

Wieder nickte die alte Dame.

Der Kellner kam und Elfriede bestellte den Tagesteller. Der Kellner ging wieder, auch er hatte Elfriede Steiner nicht verraten, was es sein würde. Sie lehnte sich in ihrem Stuhl zurück und blickte hinaus auf die Straße, im Grunde nicht auf die Straße, denn Elfriede beobachtete nichts und niemanden, sie sah einfach hinaus.

Dann sagte sie: »Es ist ein Gefühl der Freiheit, für mich«, und meinte das Rauchen.

Wieder nickte die Dame ihr gegenüber und Elfriede war sich sicher, dass jene sie verstand.

Elfriede sah weiter hinaus auf die Straße, verlor sich im Treiben der Fußgänger, Autos fuhren vorbei, die Straßenbahn rumpelte in regelmäßigen Abständen die Straße entlang, blieb an der Station stehen, ließ Menschen aussteigen und einsteigen, dann fuhr sie entweder am *Hummel* vorbei Richtung Alsergrund, oder aber geradeaus hinunter Richtung Innere Stadt. Gegenüber im Hammerling Park spielten Hunde und im Gastgarten des *Hummel*s wurde eifrig diskutiert, gepflegt unterhalten oder groß geprahlt, manche aßen nur, andere lasen in einer Zeitung oder Zeitschrift.

Elfriede liebte es, die Leute zu beobachten. Manchmal verstand sie sich selbst nicht. Sie hatte untertags genug mit ihnen zu tun, mit den Menschen, hatte sie jede Minute um sich und wünschte sich manchmal, sie würden sie nur für eine Viertelstunde allein lassen, das taten sie aber nicht. Und wenn sie dann selbst über ihre Zeit verfügen konnte, war sie plötzlich wieder an ihnen interessiert. Nein, so stimmte es auch wieder nicht. Sie war schon die ganze

Zeit an ihnen interessiert. Nur hin und wieder wurde es ihr zu viel. Manchmal brauchte sie auch eine Pause von den Menschen. Aber in ihrer Freizeit war es etwas komplett anderes, denn da wollten die Menschen nichts von ihr.

»Freiheit. Ja?«, sagte die ältere Dame. Sie sah Elfriede nicht an, auch sie hatte sich der Straße zugewandt.

Elfriede nickte: »Ja. Irgendwie.« Sie sah weiter hinaus, ließ ihren Blick über den Gastgarten schweifen.

»Genauso war es damals bei mir«, sagte die Dame.

Jetzt blickte Elfriede sie doch an, wartete auf mehr. Elfriede wusste, sie würde sich mit ihrem Gegenüber noch wirklich gut unterhalten. Sie wusste es einfach. Es war nicht unbedingt so, dass Elfriede Gesellschaft brauchte, aber sie hatte nichts dagegen einzuwenden. Es war auch nicht so, dass sie unbedingt mit irgendjemandem reden musste, aber sie liebte es, wenn sich aus zufälligen Begegnungen Gespräche entwickelten, diese waren die besten, die man führen konnte. Und sie wusste nicht einmal, warum. Vielleicht, weil einen mit seinem Gegenüber keine Geschichte verband, vielleicht.

»Ich habe als ganz junges Ding mit dem Rauchen begonnen. Ich war vielleicht sechzehn damals«, erzählte die Dame, »Alles war damals schrecklich einengend für mich.«

Sie drehte sich Elfriede zu und sagte: »Sie müssen wissen, es waren ganz andere Zeiten. Ein junges Mädchen hatte nicht viel, worauf es hoffen durfte, heiraten und Kinder bekommen, mehr war es nicht.«

Elfriede sah sie an. Sie wusste, wovon sie sprach, auch wenn es in ihrer Generation längst anders war, weil es im Grunde dann doch genau darauf hinausgelaufen war, bei ihr und vielen anderen. Aber die Gesellschaft hatte es nicht verlangt. Das war schon sie selbst gewesen.

»Und das war mir zu wenig. Viel zu wenig«, sagte die alte Dame.

Der Kellner brachte der alten Dame einen Kaiserschmarrn und Elfriede einen Backhendlsalat. Sie war zufrieden mit dem, was ihr das Schicksal zugespielt hatte.

»Mir auch«, sagte Elfriede.

Die Dame sah sie fragend an.

»Mir war das auch zu wenig. Ich kann Sie vollkommen verstehen. Ich schätze, wir haben aus dem gleichen Grund zu rauchen begonnen. Nur habe ich dazu länger gebraucht. Um zu merken, dass es mir zu wenig ist, meine ich.«

Die Dame schmunzelte: »Wusste ich es doch.«

Sie begannen zu essen. Elfriede Steiner beobachtete die Dame, nicht versteckt, denn sie stand zu ihrer Neugierde, oder ihrem Interesse, wie sie es nannte. Sie studierte sie nahezu, versuchte zu ermessen, wie alt jene sein mochte. Sie saß nicht mehr aufrecht in ihrem Stuhl, war etwas nach vorne gebeugt von der Last der Jahre. Ihr Haar war matt und grau, aber dicht, sie trug es burschikos im Pagenschnitt, die Brille dick, modisch war sie vor etlichen Jahren gewesen, ihr Kleid war von schlichter Eleganz. Es war nicht schäbig, aber man sah ihm deutlich an, dass die Dame es gern und oft trug, und es zeichnete die Dame als einen Menschen mit Geschmack aus. Elfriede Steiner wurde immer neugieriger auf die Person ihr gegenüber.

»Haben Sie Freiheit gefunden?«, fragte Elfriede.

Die alte Dame lachte, sie lächelte nicht, sie schmunzelte nicht, sie kicherte nicht, sie lachte, und wie sie lachte.

»Ja«, sagte sie schließlich. »Ja, das habe ich. Ich habe geheiratet und Kinder bekommen.«

Elfriede sah die Dame fragend an, diese saß noch eine Weile belustigt da.

»Das verstehe ich nicht ganz«, sagte Elfriede.

Die Dame zuckte mit den Schultern und aß genüsslich weiter. Ihr schien die Unterhaltung sichtlich Spaß zu machen. Elfriede Steiner aß ebenso und dachte nach, was sie gemeint haben könnte. War die Aussage der Dame denn so unlogisch? Man tat etwas, weil einem der vorgezeichnete Weg zu eng erschien, um dann doch genau dort zu landen. War es nicht immer so im Leben? Aber es war etwas völlig anderes, ob man den Weg nehmen musste, oder ob man diesen selbst wählte. Im Grunde war das gar nicht so unlogisch. Die alte Dame nahm sich die Freiheit, selbst zu entscheiden. Das war Freiheit, nicht mehr und nicht weniger.

Natürlich hätte es Elfriede Steiner ausgesprochen gut gefallen, wenn die Dame ein ausschweifendes und wildes Leben gelebt hätte, aber nur, weil Elfriede das selbst gern getan hätte, oder dachte, sie hätte es gern getan. Und welche Freiheit fand sie selbst in den letzten Jahren? Sie tat nichts Außergewöhnliches, nichts Wildes, nichts Ausschweifendes, auch wenn sie es jetzt tun konnte. Sie hatte jetzt, wo sie es tun konnte, gar nicht mehr so ein großes Bedürfnis danach. Vielleicht war es ja das, was die alte Dame ihr sagen wollte, dass es der Ausbruch aus der Fremdbestimmung war, der einem die Freiheit gab. Und Elfriede wusste, das war es auch.

»Ich glaube«, sagte Elfriede, »ich verstehe es schon.«

Wieder nickte die ältere Dame, wohlwollend, und aß weiter.

Elfriede dachte nach. Veränderung war nicht Freiheit, Veränderung war Veränderung, und Freiheit war Freiheit. Ohne Freiheit konnte sie nicht länger existieren, das hatte sie vor einiger Zeit deutlich gespürt, aber ohne Veränderung schon. Nur brauchte es Veränderung, um Freiheit zu bekommen.

So saßen sich die beiden Frauen schweigend gegenüber und aßen.

Fast zeitgleich legten sie das Besteck auf die Teller. Elfriede entzündete sich eine Zigarette. Die Dame sah ihr zu, runzelte dann die Stirn, schien zu überlegen und sagte schließlich: »Dürfte ich Sie um eine Zigarette bitten?«

»Gerne«, sagte Elfriede und reichte ihr das Päckchen. Die Dame zog eine heraus und Elfriede gab ihr Feuer.

Der Kellner räumte die Teller ab.

Die ältere Dame musste husten. »Meine Güte, ist das lange her«, sagte sie und drehte die Zigarette zwischen ihren Fingern. »Sehr lange.«

»Ich könnte Ihnen jetzt Geschichten erzählen, so viele Geschichten, von den Bars, in welchen ich war, oder besser gesagt, Keller, denn viel mehr war hinter den Bars gar nicht, in denen sie die neue Musik gespielt haben, die Musik, die wir nicht hören sollten. Diese Leute damals, sie wussten schon, warum sie das nicht wollten, warum wir diese neue Musik nicht hören sollten. Sie war aufregend und sie war so ganz anders als unsere Musik. Aber das Wesentlichste, sie war emotional. Oh, sie war emotional und das waren wir auch, und wie wir das waren. Deshalb saßen wir auch dort unten in den Kellern, nannten sie Bars oder Clubs, versperrten die Türen, hörten diese Musik und rauchten. Wir wussten damit nichts anzufangen, mit dieser Emotion, die über uns hereinstürzte, aber wir brauchten sie. In einer Zeit, in der man Gefühle versteckte oder eigenartige patriotische Gefühle zu zeigen hatte, war es für uns ein Aufbruch. Der kam dann auch, der Aufbruch, aber erst später«, die alte Dame unterbrach sich. Sie schüttelte den Kopf, dann sagte sie: »Dort habe ich gern geraucht.«

Elfriede Steiner saß da und hörte einfach nur zu.

»Dort habe ich einfach ich selbst sein können, wenn Sie wissen, was ich meine.«

Elfriede nickte. Sie stellte sich ihr Gegenüber vor, jung, mit demselben Pagenschnitt, nur nach hinten gekämmt, wie man ihn früher getragen hatte, die Zigarette auf einen Spitz gesteckt und lachend, genauso, wie sie sie vorher lachen gesehen hatte. Interessanterweise fiel es ihr gar nicht schwer, sich die alte Dame jung vorzustellen. Sie hatte viel davon behalten, zumindest kam es Elfriede Steiner so vor. Und sie nahm sich vor, selbst wieder so zu sein, wie sie war, als sie noch jung gewesen war.

»Das möchte ich auch sein, einfach ich selbst. Aber das ist gar nicht so leicht«, sagte Elfriede.

»Nein, das ist es nicht«, bestätigte die alte Dame.

»Ist es Ihnen gelungen?«

»Nicht immer, nein.«

»Mir auch nicht.«

»Sind Sie es heute?«

Elfriede dachte nach, sie wollte nicht zu schnell antworten. Irgendwie schon, aber dann auch wieder nicht, hätte sie gern geantwortet, aber das war ihr nicht treffend genug.

»Näher als zuvor«, sagte sie dann.

Die alte Dame nickte.

»Sie müssen wissen, ich war mir selbst nie besonders wichtig«, sagte Elfriede, nachdem sie ihre Zigarette ausgedämpft hatte.

»Und ich weiß nicht, ob ich es mir heute bin. Aber ich habe gelernt, nur mehr Dinge zu tun, die mir Freude bereiten oder die mich interessieren. Ich habe viel zu lange nur für andere gelebt«, erzählte Elfriede und stoppte abrupt, denn sie wollte jetzt und hier nicht wieder alles aufrollen, sie wollte der alten Dame nichts vorjammern, sie wollte den Abend nett halten, nicht zu tief eintauchen, in alles. Sie wusste eigentlich nicht, warum sie damit angefangen hatte.

»Das ist eine Dummheit der Frau«, sagte die alte Dame. »Tut mir leid, ich wollte Sie nicht beleidigen, aber das fällt mir einfach auf, nicht jetzt bei Ihnen, sondern generell.«

»Ich verstehe schon«, sagte Elfriede. »Ich habe eine Tochter. Sie ist jetzt dreißig und ihr sage ich ständig, dass sie ihr Leben nicht nach einem Mann ausrichten darf, oder nach dem Vorhandensein eines Mannes.« Elfriede machte eine Pause, dann sagte sie: »Aber bei mir selbst sehe ich die Dinge nie so deutlich und sah sie früher gar nicht.«

»Man möchte nicht, dass die Kinder die eigenen Fehler wiederholen, nicht wahr?«, sagte die ältere Dame und Elfriede nickte.

»Das ist die größte Herausforderung, die das Leben an uns stellt.«

»Ist es Ihnen gelungen?«, fragte Elfriede.

Die alte Dame schüttelte den Kopf, sagte aber: »Ja und nein. In manchen Dingen schon, in anderen wieder nicht. Es ist so schwer, ihnen zuzusehen, wie sie vor den gleichen Problemen stehen und nicht auf einen hören.«

»Oh ja«, pflichtete Elfriede bei. »Meine Tochter hört zwar zu, aber was sie dann tut, hat nicht immer viel mit dem zu tun, was ich ihr geraten habe.«

»Womit wir wieder bei der Freiheit wären, nicht wahr?«, fragte die alte Dame und schmunzelte.

Die ältere Frau winkte dem Kellner.

»Sie trinken doch sicher ein Achterl Roten mit mir?«, fragte sie Elfriede. Diese nickte.

»Herr Otto, bringen Sie uns doch bitte zwei Achterln Rioja«, sagte sie zum Kellner und Elfriede fragte sie: »Ich darf Sie doch auf dieses Gläschen einladen?«

»Das ist sehr nett, aber ich würde Sie gern darauf einladen.«

»Nein, nein, auf keinen Fall.«

»Dann nehme ich dankend an«, sagte Elfriede. »Aber nur, wenn Sie sich noch eine Zigarette nehmen.«

»Später vielleicht. Ich habe seit vierzig Jahren nicht mehr geraucht, da kann ich jetzt nicht in fünf Minuten zwei rauchen.«

»Darf ich Sie etwas Persönliches fragen?«

»Haben wir denn bisher über Unpersönliches gesprochen?«, fragte die alte Dame.

Elfriede mochte die unverblümte Art der Dame. Vielleicht war das ihr Alter. Wenn dies so war, freute sie sich selbst schon auf kommende Jahre. Vielleicht war die Dame auch immer schon so.

»Ich wollte Sie nach Ihrem Namen fragen«, sagte Elfriede.

»Josefine.«

»Elfriede.«

»Elfriede, sehr erfreut, Sie kennenzulernen.«

»Ganz meinerseits.«

Der Kellner brachte den Wein. Josefine hob ihr Glas. »Auf die Freiheit«, sagte sie.

»Auf die Freiheit«, sagte Elfriede und sie stießen an.

»Sie sind frisch geschieden, nicht wahr?«, fragte Josefine.

Elfriede nickte.

»Wie lange?«

»Ein halbes Jahr.«

»Dann werden Sie Ihre Freiheit bald finden. Verlassen Sie sich darauf.«

»Auf gewisse Weise habe ich das wahrscheinlich schon. Ich habe mein Leben komplett auf den Kopf gestellt. Obwohl, das hört sich radikaler an, als es war. Es ist eher so, nun tue ich nur mehr, was mir gefällt, und wenn das bedeutet, dass ich andere Dinge vernachlässige, dann ist mir das egal. Ich gehe gern aus, so wie heute. Das ist das Schönste für mich im Moment. Mein Mann ist nie irgendwohin mit mir gegangen. In zweiunddreißig Jahren Ehe sind wir so gut wie nirgends gewesen, außer zuhause. Jetzt möchte ich am liebsten nie zuhause sein.«

»Geht es Ihnen gut?«, fragte die alte Dame.

»Natürlich, sehr sogar. Ich kann endlich tun und lassen, was ich will«, sagte Elfriede. »Und wissen Sie, was das Verrückteste ist? Ich wusste vor gar nicht so langer Zeit überhaupt nicht, was ich will.«

»So verrückt ist das gar nicht«, sagte Josefine.

Elfriede zog sich eine Zigarette aus dem Päckchen.

»Ich habe eine gute Ehe geführt«, erzählte Josefine. »Aber trotzdem. Als mein Mann vor zwölf Jahren an einem Herzinfarkt starb, wusste ich plötzlich nicht, wer ich ohne ihn bin.«

»Das tut mir leid.«

»Ach, das ist lange her.«

»Nur, wissen Sie, das war anders bei mir. Ich konnte ihn einfach eines Morgens nicht mehr sehen. Mir war auf einmal nicht mehr klar, warum ich mit diesem Mann überhaupt verheiratet war. Er war rational, er war gradlinig, er war nüchtern, er war kalt. Und er war nicht einmal gutaussehend«, sagte Elfriede.

»Hat er verstanden, warum Sie sich scheiden ließen?«, fragte die ältere Dame.

»Nein«, Elfriede lachte. »Es war ihm vollkommen egal, dass ich sagte, ich würde ihn nicht mehr lieben. Es war ihm sogar egal, dass ich dann sagte, ich wüsste nicht, ob ich ihn jemals geliebt hätte.«

»Ist es denn so?«, fragte Josefine.

Elfriede zuckte mit den Schultern.

»Das ist eine Schande, Mädchen.«

»Und Sie sind wirklich ein Mädchen, wenn Sie die Liebe noch nicht entdeckt haben«, sagte Josefine, als sie merkte, Elfriede wollte zu einer Entgegnung ansetzen.

Die beiden Frauen saßen noch eine Weile beisammen und nippten an ihren Gläsern. Elfriede erzählte aus ihrem Leben und Josefine erzählte von ihren Kindern. Auf ihren Sohn war sie sehr stolz, er entwickelte sich großartig und seine Kinder gerieten ganz nach ihm. Ihre Tochter machte ihr Sorgen, erinnerte sie zu sehr an sich selbst. Auch diese war frisch geschieden, zum zweiten Mal.

Eine leichte Brise kam vom Westen, frischte die Luft ein wenig auf, aber nur ein wenig. Trotzdem empfanden es jene, welche in den Gastgärten Wiens saßen, als Segen.

Um neun zahlte Josefine.

»Ich wünsche Ihnen noch einen wunderschönen Abend«, sagte sie.

»Ihnen auch. Und eine gute Nacht.«

»Wenn Sie wieder ins *Hummel* kommen, dann würde es mich freuen, wenn Sie sich an meinen Tisch setzen.«

»Ausgesprochen gerne«, sagte Elfriede und Josefine stand auf und ging.

Elfriede bestellte sich noch ein Achterl und nahm ihre Zeitschrift zur Hand. Doch lange, sehr lange saß sie einfach da, lächelte und dachte an ihr Gespräch mit der älteren Dame. Sie sollte an diesem Tag doch nicht ihre *Gala* lesen.

5

Er musste die Hand schützend vor die Augen heben, als er aus der Nationalbibliothek trat. Es war kurz nach zwei und die Sonne stand hoch über dem Heldenplatz. Erwin Horak verließ die Bibliothek, in welcher er den Vormittag verbracht hatte. Er hatte einige Bücher studiert, sich einiges herausgeschrieben, Fakten recherchiert und Wortfetzen notiert. Eine Aktentasche, welche er seit den frühen siebziger Jahren besaß, Leder, das hielt sich sehr gut, unter den rechten Arm geklemmt.

Horak blinzelte, um sich an das helle Licht zu gewöhnen, und machte sich auf den Weg nachhause. Und Horak war verstimmt, aber er war oft verstimmt, eigentlich könnte man sagen, dass Horak generell verstimmt war. Aber das passte ihm im Grunde auch, denn weswegen sollte er euphorisch gestimmt sein?

Er hatte den Vormittag in der Bibliothek verbracht und sich in der Sicherheit gewogen, seine Ruhe zu haben. Unerfreulicherweise waren nicht alle Bücher, die er bestellt hatte, für ihn da gewesen, aber das war halb so schlimm, an diese Unerfreulichkeiten hatte er sich schon gewöhnt, hatte er doch oft genug in Bibliotheken zu tun. Er fühlte sich in Bibliotheken zuhause, dort saß jeder still in sich gekehrt und keiner kümmerte sich um ihn, die Temperatur in den alten, großen Räumen war angenehm und ihm recht, mehr als dieses Dampfen des Sommers.

Die Augen zu einem schmalen Schlitz verengt, ging Erwin Horak über den Heldenplatz. Er hätte jetzt gern seine Sonnenbrille bei sich gehabt, doch diese steckte er so gut wie nie ein, weil er die Hoffnung hegte, die Sonnenstrahlen meiden zu können. Er war eindeutig ein Schattenmensch, die Sonnenanbeter verstand er nicht, überhaupt nicht.

Aber all dies war nicht Grund seiner Verstimmung.

Als Erwin Horak kurz vor zwei Uhr seine Bücher abgegeben hatte und die Bibliothek verlassen wollte, war er Meier begegnet. Und das hatte Horak nun überhaupt nicht gepasst. Meier! Hatte es ausgerechnet er sein müssen? Hätte er ihn vorher entdeckt, Horak wäre in die Gegenrichtung verschwunden, oder hätte sich in den Lesesaal zurückgezogen und wäre somit vor seinem Geschwätz sicher gewesen. Trotzdem wäre er jetzt verstimmt, garantiert wäre er trotzdem verstimmt gewesen, denn wenn er eines hasste, dann war das, einem Kollegen in den Ferien zu begegnen. Reichte es nicht aus, dass er sie alle während des gesamten Schuljahres ertragen musste?

Meier hatte über das ganze Gesicht gestrahlt und Horak herzlich begrüßt, er hatte ihm seine Hand auf die Schulter gelegt, etwas, das Horak mit einem grimmigen Augenaufschlag quittiert hatte, aber Meier hatte wie immer auf Horak eingeredet. Wie toll es war, dass sie sich hier trafen. Und was für ein Zufall. Unglaublich! Er, Meier, kam so selten hier her. Und Sie, Herr Kollege? Nein, so was aber auch.

Wie es ihm ginge, wurde Horak gefragt, und, obwohl Horak nicht zurückgefragt hatte, hatte er eine ausführliche Beschreibung des aufregenden Urlaubs der meierschen Familie in der Toskana bekommen. Erwin Horak hatte alles erfahren, einfach alles. Und es hatte ihn nicht im Geringsten interessiert. Er hatte immer wieder angedeutet, er sei in Eile, doch Meier schien davon recht unberührt. Horak war irgendwann einfach ausgestiegen, hatte von Zeit zu Zeit genickt und sehnsüchtig zur Tür gesehen.

Und wie er sich auf das neue Schuljahr freue, und wie aufregend es werden würde, eine neue Klasse zu übernehmen, und diese Herausforderung! Meier hatte geredet und geredet, und schließlich hatte Horak Meiers Hand von seiner Schulter geschoben, ich muss jetzt, Herr Kollege, hatte er gesagt und Meier einfach stehen gelassen.

Während Horak nun über den Heldenplatz marschierte, stellte er fest, dass er Meier von nun an mehr hassen würde, als jeden anderen Kollegen. Musste er jetzt in seine friedliche Idylle platzen? Musste er seine Kreise stören? Er war zuvor so zufrieden in seiner Konzentration gewesen, und jetzt war das zerstört, vorbei. Er würde sich heute nur mehr ärgern, über ihn, Meier, weil er ihm über den Weg laufen musste.

Und er hatte ihn an das kommende Schuljahr erinnern müssen! Würde das nicht früh genug kommen? In drei Wochen war der Frieden vorbei, in drei Wochen würde ihn der Schultrott wiederhaben, die lärmenden Schüler, die alles so herzlich wenig interessierte, die neurotischen und übermotivierten Kollegen und die Eintönigkeit des Tagesablaufs. In drei Wochen würde ihn der Schulbetrieb wieder bestimmen, jeden Tag derselbe Trott, jeden Tag dieselben Pannen, jeden Tag dieselben blöden Gesichter.

Wie wenig sich Leute wie Meier darum kümmerten, andere mit ihrem Tun und Lassen und vor allem Sagen nicht zu belästigen. Die Menschen waren einfältig und eigenartig, und im Handumdrehen würde er wieder jede Menge von ihnen um sich haben. Diese Aussicht gefiel Erwin Horak gar nicht, ganz und gar nicht. Die meisten Menschen schienen tatsächlich zu glauben, das Leben würde irgendetwas bereithalten, das diese ganze Aufregung rechtfertigte. Und dieser ewige Optimismus, der machte ihn am meisten fertig. Er konnte es nicht hören, wenn sie vor sich hin schwafelten, wie toll und schön oder gar fantastisch etwas werden würde. Von wegen. Das Leben war noch nie toll oder schön oder fantastisch gewesen. Konnten sie das nicht sehen? Gleichzeitig ärgerte es Horak, dass er sich überhaupt über Meier ärgerte. Meier konnte ihm doch im Grunde komplett egal sein. Alle Menschen konnten ihm im Grunde komplett egal sein. Trotzdem kam er nicht umhin, sich mit dem einen oder anderen hin und wieder zu unterhalten, da konnte er tun, was er wollte. Und dann wurde er mürrisch, wie eben heute, weil er sich über ihren blinden und blöden Optimismus ärgern musste.

Erwin Horak stand an der Kreuzung zur Josefstädterstraße und entschied sich kurzfristig, nicht den geraden Weg nachhause zu nehmen. Er ging einfach den Ring entlang, dann überquerte er diesen und wählte die Straßen ohne Bedacht auf ein Ziel. Er brauchte Ruhe und frische Luft, etwas Bewegung.

Horak ging fast immer zu Fuß, denn er mochte die Straßenbahn nicht besonders. Und er war ein schneller Fußgänger, er konnte mühelos den Weg von seiner Wohnung in den ersten Bezirk beschreiten, das kostete ihn weder Anstrengung noch besonders viel Zeit. Dafür betrieb Horak keinen Sport, hielt davon auch nicht besonders viel. Aber wenn sein Ärger besonders groß war, wenn er ihn bis hinab in seine Beine spüren konnte, dann musste er diese einfach bewegen, nicht nur bewegen, sondern ausgiebig bewegen, und dann ging er einfach irgendwo hin, einfach kreuz und quer. Und heute war ein solcher Tag. Etwas unschlüssig war Horak darüber, ob er tatsächlich Meier allein die Schuld an seinem Ärger geben konnte, aber er wollte das nicht wirklich herausfinden, denn er war nicht gerade er selbst, wenn er sich von einer einzigen Begegnung so derartig aus dem Trott bringen ließ. Er musste jetzt an die Schule denken, und das hatte er noch nie besonders gern getan.

Es war wieder ein ausgesprochen heißer Tag und Erwin Horak trug einen Anzug, wie immer, weil es die adäquate Bekleidung für einen Doktor und Professor war. Er trug Anzug in seiner Freizeit, er trug Anzug, wenn er Essen ging, er trug Anzug, wenn er sich mit Kurt zum Karten spielen traf, er trug Anzug, wenn er sich in der Früh eine Zeitung holte, er trug Anzug, wenn er den Mist hinuntertrug, und in der Schule sowieso. Er hielt nicht besonders viel von Kollegen, die dachten, sie könnten in Jeans und T-Shirt unterrichten. Warum sollte man von einer Horde Halbwüchsiger ernst genommen werden, wenn man nicht schon in seiner Kleidung Überlegenheit signalisierte? Aber auch das war ihm im Grunde egal, sollten sie ihre Schlachten in den Klassenzimmern selbst schlagen.

Auf jeden Fall begann Erwin Horak nach wenigen Schritten zu schwitzen. Er lockerte seine Krawatte und nahm sie schließlich ab, stopfte sie in seine Tasche zu den Notizen und ging weiter.

Er hasste nichts mehr, als wenn er in seinen wohlverdienten und schwer erarbeiteten Ferien einem Kollegen über den Weg laufen musste. Und das Schlimmste, seine Gedanken drehten sich nun um den kommenden Schulbetrieb, und das behagte ihm überhaupt nicht.

Ein Schuljahr würde kommen, das war ohnedies unabwendbar. Dieses würde er aber ohne seinen Freund Kurt Gruber bestreiten müssen. Daran hatte er noch gar nicht gedacht. Dafür tat er es jetzt umso ausführlicher, auch wenn er es nicht wollte, er musste es einfach, es ging nicht anders, der Gedanke war nicht mehr aus seinem Kopf zu bekommen. Wie würden zukünftige Lehrerkonferenzen aussehen, wenn er seinen Freund nicht in der Nähe hatte? Erwin Horak kam mit den jungen Lehrern nicht zurecht, mit ihren eigenartigen Ideen waren sie mittlerweile in der Überzahl, daran war nichts zu ändern. Und er hielt es nicht aus, ihre Pläne anzuhören, wie man die Schule »zeitgerechter«, den Stundenplan »interessanter«, den Unterricht »lehrreicher« und die Kinder »klüger« machen könnte. Er hielt nichts von alldem und wusste auch nicht so recht, warum er es sich immer wieder anhören musste. Er begnügte sich mit einem Grunzen, weil er nie das Bedürfnis verspürte, seine Gedanken unmittelbar seiner Umwelt mitzuteilen. Wozu auch? Seine Kollegen hörten genauso wenig zu wie seine Schüler.

Gruber würde ihm fehlen. Horak hätte nie gedacht, dass ihm irgendein Mensch fehlen würde. Er hatte gern einen Freund als Kollegen an seiner Seite gehabt und konnte sich selbst nicht erklären, warum.

Seit mehr als zwanzig Jahren waren sie Kollegen, hatte man sich einfach jeden Tag gesehen, man hatte sich nicht immer etwas zu sagen gehabt, aber man hatte sich gesehen, hatte sich am Gang getroffen, ein, zwei Worte gewechselt. Auch wenn Kurt Gruber nicht unbedingt Erwins Meinung war, so hatte er doch stets das Gefühl, in ihm einen vernünftigen Ansprechpartner zu haben. Wobei, nicht alle waren wirklich so liberal, das hatte Horak schnell durchschaut, sie klopften zwar große Sprüche, aber in ihren Taten waren sie es dann doch nicht. Immer wieder entschlüpfte dem einen oder anderen eine Aussage, die so gar nicht zu den großen liberalen Sprüchen passte. Das amüsierte Horak, und Erwin Horak amüsierte wirklich wenig.

Gruber war gradlinig, immer und in jeder Situation. Vielleicht hatte Horak ihn deshalb als Kollegen stets geschätzt. Vielleicht hatte er sich an seine Gegenwart auch einfach gewöhnt.

Erwin Horak konnte sich sehr gut erinnern, wie überrascht sie waren, als sie eines Abends beim Kartenspielen herausgefunden hatten, dass sie beide für ein Lehramt studierten. Horak war schon in jungen Jahren nicht übermäßig gesprächig gewesen, Gruber zwar schon, aber er hatte über alles Mögliche gesprochen, am meisten über seine Vespa, die er nach jahrelangem Sparen schließlich gekauft hatte, über Politik, von der er sehr viel verstand, und vom Wirtschaftsaufschwung, aber niemals darüber, was er tat, wenn er nicht Karten spielte. Beide Männer hatten nicht angenommen, der andere würde studieren, damals konnte sich das auch nicht jeder leisten. Horak hatte keine Notwendigkeit gefunden, von seinem Studium zu erzählen, und Gruber hatte niemanden vor den Kopf stoßen wollen. Das hatte Gruber sehr sympathisch gemacht, Gruber war kein Prahler. Erwin Horak verabscheute Prahlerei.

Gruber hatte sich sein Studium hart erarbeitet, wie Horak später herausfand. Er hatte nachmittags als Verkäufer in einer Buchhandlung gearbeitet, um sich sein Studium zu finanzieren. Kurt Gruber hatte nichts mehr gewollt, als Lehrer zu werden. Er hatte sich dazu berufen gefühlt. Ja, und seine Resi heiraten, das wollte er auch unbedingt. Deshalb hatte er schnell studiert, über alle Maßen schnell – Horak war über seinen Eifer mehr als erstaunt gewesen –, um möglichst bald genug zu verdienen und Resi heiraten zu können.

Nicht alles an Kurt Gruber hatte Horak verstanden, aber er war ihm trotzdem als Freund recht gewesen. Vielleicht, ja vielleicht hatte er sich auch nur an ihn gewöhnt.

Auf jeden Fall waren die beiden Männer damals erstaunt darüber gewesen, dass sie dieselbe berufliche Richtung anstrebten. Und sie hatten ein Gesprächsthema mehr gehabt, sich oft getroffen, um über das Studium zu reden. Gemeinsam gelernt hatten sie nie, weil sie unterschiedliche Fächer studiert hatten. Trotzdem verband es sie schon damals. Gruber hatte auch erstaunlich viel Ahnung von den Dingen gehabt, die er, Horak, studiert hatte.

Und irgendwie, irgendwie fand er, dass Gruber vielleicht der bessere Lehrer geworden war. Ganz neidlos musste er dies seinem Freund zuerkennen. Das hatte nichts mit fachlicher Kompetenz zu tun, sondern einfach mit seinem unerschütterlichen Willen, den Kindern etwas beizubringen, etwas, das Horak nie so ganz aufbringen konnte. Vielleicht früher einmal, aber er war sich ziemlich sicher, dass er früher nicht anders gewesen war als heute. Natürlich erzählte er Gruber von diesen Überlegungen nie.

Kurt Gruber hatte nach dem Studium eine Anstellung in einer Schule im zehnten Bezirk gefunden, Horak hatte noch studiert, er hatte keine Eile gehabt, und die beiden Männer hatten sich nur mehr beim Schnapsen gesehen. Sie hatten sich gelegentlich mit der Runde getroffen, aber für Horak war diese Runde nicht das Wahre gewesen. Mit Gruber traf er sich weiterhin zum Kartenspielen, nicht regelmäßig, aber gelegentlich. Sobald Gruber als Lehrer zu arbeiten begann, machten sie sich einen fixen Tag aus, Mittwochabend, und an diesem Mittwochabend trafen sie sich auch heute noch, nach so vielen Jahren.

Und Erwin Horak war erstaunt, dass sie das so lange durchhielten. Mit niemandem traf er sich über so viele Jahre hinweg, die meisten Freundschaften waren bald wieder erledigt. Irgendwann war Horak jedes Menschen überdrüssig geworden, aber nicht Kurts.

Horak selbst hatte eine Stelle in der Albertgasse gefunden und war ein Jahr später in eine Wohnung in der Nähe gezogen, damit er nicht jeden Tag mit der Straßenbahn fahren musste, denn diese hatte ihn schon damals außerordentlich verdrossen.

Kurt und er hatten sich darüber unterhalten, wie praktisch es wäre, wenn Gruber auch in der Albertgasse unterrichten könnte. Kurt Gruber wohnte schon damals mit seiner Resi in der Fuhrmanngasse, also auch nicht weit entfernt von dem Gymnasium in der Albertgasse. Im nächsten Schuljahr hatte Gruber wechseln können, Horak wusste es noch genau, es war das Schuljahr 1981/82 gewesen. Und die beiden Männer waren von da an Kollegen.

Es war gar nicht übel, einen Freund zum Kollegen zu haben, dies fand Erwin Horak heute ganz besonders, wo dieser Freund nicht mehr sein Kollege war. Schade eigentlich. Auf der anderen Seite, er sollte sich für Kurt freuen, der hatte endlich seine Ruhe. Was würde er selbst dafür geben, endlich in Pension gehen zu dürfen. Vier lange Jahre noch! Erwin Horak war sich nicht sicher, wie er diese durchstehen sollte. Kurt war einfach da gewesen, man hatte sich unterhalten können, man hatte gewusst, da war jemand, der die Dinge ansatzweise so sah, wie man selbst, da war jemand, der einem wenigstens zuhörte. Er sprach nicht viel und nicht mit jedem, aber bei Kurt hatte er immer das Gefühl, er könnte mit ihm sprechen.

Nun, das konnte er heute noch. Sicherlich. Aber gleichzeitig war ihm bewusst, dass er mit ihm nicht mehr über die Schule sprechen konnte. Ja, er könnte schon, aber er sollte es nicht. Kurt war nicht gern in Pension gegangen, überhaupt nicht gern. Wenn es nach Gruber gegangen wäre, er hätte bis zum Tode unterrichtet.

Horak war des Gehens überdrüssig geworden. Er sah sich um, es waren ihm zu viele Menschen unterwegs. Er schimpfte vor sich hin und beschloss, sich über Sinnvolleres Gedanken zu machen. Er sollte seine Energien in nützlichere Bahnen lenken. Was hatte er schon davon, wenn er jetzt über Kurts Pensionierung trauerte? Das war doch sonst nicht seine Art. Erwin Horak wurde schön langsam ungeduldig mit sich selbst.

Er brauchte im Leben niemanden – ihm gingen im Grunde alle nur auf die Nerven. Und dann marschierte er sinnlos durch die Gegend, nur weil er spät, aber doch, erkannt hatte, dass er das nächste Schuljahr alleine unter seinen jungen Kollegen verbringen würde.

Horak beschloss, einkaufen zu gehen. Irgendetwas brauchte er immer. Horak machte geistig Inventur in seinem Kühlschrank. Und er beschloss, dem Greißler Franz einen Besuch abzustatten. Er würde kaufen, was frisch aussah, etwas Wurst und Brot, eine Flasche Wein, Milch, vielleicht etwas Obst. Der Greißler Franz redete ihm zwar zu viel, aber er kam mit den Supermärkten nicht zurecht. Und irgendwie, irgendwann, hatte er sich an den Greißler gewöhnt.

Anschließend würde er in die Trafik ums Eck gehen und sich Zigarren besorgen. Natürlich hätte er unterwegs einfach in irgendeine Trafik gehen können, aber das tat Erwin Horak nie. Er ging stets in dieselben Geschäfte, weil er es mühsam fand, einem Verkäufer klarzumachen, was er wollte. Ging er in seine Trafik, lagen seine Zigarren kommentarlos am Pult. So war es ihm recht, andernorts wussten sie womöglich nicht, was er rauchte, oder hatten nicht genug vorrätig, das ärgerte ihn dann nur wieder.

6

Elfriede Steiner stand in ihrer Trafik. Es war ruhig heute und das war ihr nur recht. Wann immer es ging, schlüpfte sie bei der Geschäftstüre hinaus und reckte ihr Gesicht der Sonne entgegen. Sie konnte nicht genug vom Sommer bekommen.

Elfriede war fest dazu entschlossen, diesen Sommer auszukosten, wie sie noch keinen Sommer ausgekostet hatte. Sie würde nicht einen einzigen Sonnenstrahl verschwenden.

Herr Novak kam vorbei, wie jeden Tag mehrmals, und brachte Elfriede einen Kaffee mit. Sie standen beisammen und er erzählte ihr von seinen Kindern, von seiner Frau und von der Arbeit. Elfriede unterhielt sich stets gern mit Herrn Novak. Eigentlich wollte sie gar nicht, dass er ihr einen Kaffee brachte, nicht, weil sie diesen nicht gern trank, sondern weil sie wusste, dass er sich das gar nicht leisten konnte.

Elfriede erzählte ihm vom Telefongespräch mit ihrer Tochter, das sie mittags geführt hatte, und davon, wie wohl sie sich fühlte, seit sie ihren Mann losgeworden war. Herr Novak hörte aufmerksam zu und war stolz auf sich, denn er hatte jahrelang auf Elfriede eingeredet, dass sie sich scheiden lassen sollte. Und es machte ihn froh, die Veränderung an ihr zu bemerken.

Dann war wieder mehr los und Herr Novak verabschiedete sich, man wünschte sich einen schönen Abend und Elfriede Steiner widmete sich wieder ganz den Wünschen ihrer Kunden. Irgendwann zwischen den Tageszeitungen, Zigarettenpäckchen und Fahrscheinen nahm sich Elfriede Steiner vor, auch an diesem Abend ins *Hummel* zu gehen. Wer wusste schon, wie das Wetter morgen sein würde. Die Sommer in Wien waren launisch und wechselhaft, da sollte sie jeden ungetrübten Abend ausnützen. Ungetrübt in mehrerlei Hinsicht, ungetrübt, da wolkenfrei, ungetrübt, da in bester Stimmung. Elfriede Steiner konnte sich nicht erinnern, wann sie zuletzt über eine so lange Phase gut gelaunt gewesen war. Nein, Elfriede war nie schlecht gelaunt, aber früher selten gut gelaunt. Über eine lange Phase ihres Lebens war ihre Laune nicht vorhanden gewesen, oder zumindest hatte sie sich darum recht wenig gekümmert. Eigentlich wusste sie nicht genau, in welcher Laune sie jahrelang gewesen war. Das empfand sie heute als eigenartig, früher nicht, seltsam, weil man doch in irgendeiner Stimmung sein *musste*, oder nicht?

Aber viel weiter kam Elfriede Steiner gedanklich nicht, denn ein Herr mit recht dürftigen Deutschkenntnissen forderte ihre gesamte Konzentration. Der Herr wurde ungeduldig, weil Elfriede so gar nicht zu wissen schien, was er wollte, und Elfriede wurde immer verzweifelter, weil sie seine Hilflosigkeit bemerkte und ihm weiterhelfen wollte.

Zu Elfriedes Überraschung löste sich das Problem recht einfach, als eine junge Frau hereinkam und eingriff. Sie sprach den Herrn in einer für Elfriede unbekannten Sprache an und hatte Glück. Die junge Frau übersetzte, Elfriede händigte das Gewünschte aus. Wie so oft bot der Zufall Gutes.

Elfriede Steiner sah auf die Uhr, es war kurz vor fünf, und das überraschte sie sehr. Die Zeit war heute schnell vergangen. Sie begann mit den Routinen des Zusperrens.

Sie hatte gerade noch so viel Zeit, ihre verstreuten, privaten Dinge im hinteren Raum zusammenzusuchen und in die Tasche zu stopfen, den Autoschlüssel und die Tasche in den Verkaufsraum zu legen und das Lager abzusperren, da begann der abendliche Hochbetrieb. Elfriede hatte alle Hände voll zu tun, die Kunden waren durchwegs ungeduldig und fahrig, doch auf Elfriedes Stimmung hatte das keinen Einfluss, schon lange nicht mehr. Sie hatte bereits vor vielen Jahren gelernt, die Launen ihrer Kunden und all die unachtsam hingeworfenen Unhöflichkeiten nicht persönlich zu nehmen.

Seit dreißig Jahren war Elfriede Steiner bereits Inhaberin der Trafik am Schwarzenbergplatz. Das war eine sehr lange Zeit, vor allem im Verkauf in einer Trafik. Elfriede Steiner wusste sehr wohl, was sie hier leistete, denn sie hatte ihr Berufsleben in einer kleinen Boutique auf der Mariahilferstraße begonnen. Nicht lange, nur ein halbes Jahr, war sie dort gewesen.

Als sie das erste Mal in der Trafik stand, war sie mehr als schockiert gewesen. In der Boutique hatten sie die Menschen als Person respektiert, ihre Meinung ernst genommen und sie mit Anstand behandelt, aber in der Trafik war alles anders, sie sollte nur schnell das Gewünschte reichen.

Elfriede Steiner war heute stolz auf sich, denn sie hatte es bei vielen ihrer Kunden geschafft, dass sie freundlich grüßten, ein *Bitte* und ein *Danke* benutzten und in ihr einen Menschen sahen.

Nicht alle, natürlich, und nicht immer, auch das war verständlich, aber doch.

Sie konnte sich erinnern, wie sie gerade am Anfang oft weinend nachhause gekommen war, weil sie die Kunden derartig fertiggemacht hatten. Bald konnten sie dies aber nicht mehr schaffen. Elfriede Steiner hatte schnell gelernt, wie sie die ewig Grantigen, die ewig Ungeduldigen und die ewig Herablassenden anpacken musste. Und so hatte sie den gesuchten Respekt gefunden, die gesuchte Anerkennung, und war über sich hinausgewachsen. Aus dem bescheidenen und sensiblen Mädchen von einst war eine starke und selbstsichere Frau geworden, die sie andernorts womöglich nie in sich entdeckt hätte.

Dann war es sechs Uhr, Elfriede bediente noch die letzten Kunden, versperrte die Tür, zählte die Kasse, wischte heute ausnahmsweise nicht den Boden auf – es hatte schon etwas Herrliches, wenn man sein eigener Chef war, fand sie –, nahm ihre Tasche und den Autoschlüssel und verließ das Geschäft.

7

Erwin Horak betrat seine Wohnung. Er war vom Schweiß durchnässt und hasste sich dafür, dass er überhaupt so weit gegangen war. Er hatte von dem Gewicht seiner Aktentasche Druckstellen auf beiden Handflächen. Warum heute? Warum war er heute so weit gegangen? Ohne Hirn und Verstand. Horak fragte sich ernsthaft, wie dumm jemand sein konnte, zu dieser Jahreszeit und mit einer Aktentasche so weit zu gehen. Bei dieser verdammten Hitze! Meier! Warum musste er ihm auch über den Weg laufen?

Er warf die Tasche in die nächste Ecke, sie war solche Behandlung gewöhnt, und ließ sich in seinen Ledersessel fallen. Was für ein unerfreulicher Tag – das dachte er nicht, er dachte Schlimmeres.

Mit einem Ruck stand er auf, suchte sich aus seiner Sammlung Dexter Gordons *Swingin' Affair* heraus, ließ sie auf den Plattenteller gleiten und ging in die Küche, um ein Glas Wasser in einem Zug hinunterzustürzen. Dann wanderte er wieder zurück und nahm wieder seinen Patz im Ledersessel ein. Er rauchte sich eine Zigarre an, legte die Füße auf den Beistelltisch, schloss die Augen und konzentrierte sich nur mehr auf Dexters Saxophon.

Elfriede Steiner stieg in ihr Auto und machte sich auf den Heimweg. Natürlich war er beschwerlich, natürlich würde sie viel zu lange mit dem Auto über den Ring unterwegs sein, aber diese kleine

Unannehmlichkeit nahm sie gern in Kauf, weil sie dafür etwas länger schlafen konnte, wenn sie in der Früh mit dem Auto zur Arbeit fuhr.

In der Früh, wenn Elfriedes Arbeitstag begann, waren die Straßenbahnen noch in sehr großen Intervallen unterwegs – eigentlich hatte es Elfriede überrascht, dass sie überhaupt schon unterwegs waren –, so dass sie, wenn sie eine verpasste, zu spät dran war. Außerdem schätzte sie in letzter Zeit ihre Unabhängigkeit sehr.

Sie reihte sich in den zähflüssigen Verkehr ein. Elfriede hatte es überhaupt nicht eilig. Der Abend war noch so jung. Sie summte vergnügt vor sich hin.

Erwin Horak summte ebenso, oder brummelte vielmehr, zu Dexter Gordons Solo, das er über all die Jahre schon auswendig kannte, dafür immer mehr schätzte. Und für diesen kurzen Moment, in welchem er ganz bei Dexters Solo war, vergaß er seinen Grant vollkommen.

Es gab wenige Augenblicke, seltene und kurze, in welchen Horak knapp daran war, glücklich zu sein. Dieser war einer davon.

Unvollkommen, aber nicht wirklich unerfreulich war Elfriede Steiners Heimweg. Sie saß in ihrem heißen Auto und folgte dem Verlauf des zähflüssigen Verkehrs. Aber sie war deutlich schneller unterwegs als gestern, das vermerkte sie positiv. Immer wieder hielt das Leben kleine Überraschungen bereit. Auch waren, so schien es ihr, die Autofahrer heute alle besser gelaunt, und so hob sich auch ihre Laune merklich.

Ein Poltern in der Nachbarwohnung holte Horak in die Gegenwart zurück. Nie würde er Ruhe finden. Er drehte die Musik lauter und verließ seinen Platz im Ledersessel, die Zigarre dämpfte er im Stehen aus, er würde sie ja doch nicht friedlich zu Ende rauchen können. Es war Zeit, dass er seine Wohnung verließ.

Erwin Horak stieg in die Dusche, um sich wieder wie ein Mensch zu fühlen und um den eigenartigen nachmittäglichen Fußmarsch wegzuschieben, abzuwaschen. Danach war ihm etwas wohler. Und er zog sich an und verließ seine Wohnung. Die Wohnungstüre ließ er geräuschvoll zufallen und versperrte sie umsichtig.

Schwungvoll warf Elfriede Steiner ihre Wagentüre zu. Jetzt war sie fast schon übermütig, denn zu dem zügigen Weiterkommen auf der Straße kam nun ein freier Parkplatz unweit ihrer Wohnung hinzu. Sie nahm das alles als deutliches Zeichen, dies alles und den wolkenlosen Himmel sowie die Aussicht auf einen herrlichen Sommerabend, dass sie heute eine fantastisch schöne Zeit im Gastgarten verbringen würde.

Für Horak war es keine schwierige Überlegung und bedurfte auch keiner bewussten Entscheidung, wohin er heute Abend gehen würde. Ins *Hummel*, wie jeden Abend, seit Jahren schon.

Erwin Horak schlüpfte durch das Stiegenhaus, weil er schnell und schmerzlos hier wegwollte. Trotzdem begegnete ihm im Hausflur, als er bereits das Eingangstor sehen konnte, Herr Huber von der Wohnung oberhalb. Herr Huber wünschte einen guten Abend und nickte Horak zu, Erwin Horak grummelte zurück und verließ eilenden Schrittes das Haus.

Vor dem Haustor traf Elfriede Steiner ihre Nachbarin. Die beiden Damen freuten sich, einander zu sehen, und sie blieben eine Weile beieinander stehen. Es sei eine Freude, sich endlich wieder zu treffen, man sehe sich viel zu selten, es sei eine Schande, dass sie sich schon so lange nicht mehr auf einen Kaffee getroffen hätten, man solle sich dies unbedingt wieder vornehmen, und wie es ihnen ging, besprachen sie ausführlich. Was es Neues gab bei ihren Kindern, was es Neues gab im Beruf, auch das wurde besprochen. Elfriede lud kurzerhand ihre Nachbarin ein, am Samstagnachmittag zu ihr zu kommen, auf Kaffee und Kuchen. Diese versprach zu kommen, und die beiden Damen trennten sich, weil Elfriede Steiner ins Haus ging und Monika Jarosch das Haus verließ.

Mit Vorfreude auf ihr Treffen stieg Elfriede die Treppen zu ihrer Wohnung im dritten Stock hinauf.

Während sich Elfriede Steiner frisch machte, betrat Erwin Horak das Kaffeehaus *Hummel.* Der Gastgarten war wieder voll mit lauten und hysterisch gestikulierenden Menschen, und Horak war einmal mehr froh, dass er seinen fixen Tisch im Inneren des Lokals hatte.

Herr Klaus hatte heute Dienst. Horak mochte diesen Kellner, weil er einer der alten Schule war. Abende, an welchen einer dieser jungen Kellner Dienst hatte, waren für ihn von vornherein gelaufen. Ein neuer Kellner im *Hummel* hatte es nicht leicht, er würde für viele Jahre der Neue bleiben, der Junge, der nicht so war, wie der Alte gewesen war, der nie so sein würde, wie jener Kellner, welchen er ersetzte, der es der Stammkundschaft auf gar keinen Fall recht machen konnte. So einfach war das. So modern die Zeit auch wurde, so aufgeschlossen die Menschheit sich auch gab, im *Hummel* war man doch Gewohnheitstier.

Nun, mit dieser Problematik musste sich Horak heute nicht quälen, Herr Klaus hatte Dienst, und Herr Klaus kannte Horak.

»Guten Abend, Herr Professor«, begrüßte er ihn bereits an der Tür.

»Bitte sehr«, sagte er mit weitschweifender Geste, »Ihr Tisch ist wie immer bereit.«

Horak grummelte, wie immer, und ließ sich an seinem Tisch nieder. Es war recht warm im Kaffeehaus, deshalb zog Horak sein Sakko aus und legte es neben sich auf die Bank. Er hatte es sich noch nicht einmal richtig gemütlich gemacht, suchte noch eine Zigarre aus der Innentasche seines Sakkos heraus, da stand schon ein Bier am Tisch, wie immer, und die Speisekarte lag daneben, auch wie immer. Aber Horak brauchte die Karte nicht, wie immer, denn er wusste ganz genau, was er sich bestellen würde, auch wie immer. Er rauchte sich eine Zigarre an.

Elfriede Steiner stand vor ihrem Schrank. Sie schwankte in ihrer Entscheidung zwischen ihrem geblümten Sommerkleid und einer gelben, ärmellosen Bluse, welche sie zu Jeans tragen würde. Sportlich oder elegant? Wobei, so elegant war ihr Kleid gar nicht.

Sie stand im Schlafzimmer vor ihrem Kleiderkasten und bewegte sich kaum merklich zur Musik, welche im Wohnzimmer lief. Van Morrison war im CD-Spieler. Es war stets Elfriedes erste Tat, Musik aufzudrehen, wenn sie heimkam. Bei der Auswahl war sie weniger wählerisch, meistens nahm sie, was gerade auf der Stereoanlage lag. Ihre Tochter kaufte die CDs für sie. Ihre Tochter kaufte oft und viele CDs, sie liebte Musik mehr als alles andere, und wenn ein ganz besonderes Album darunter war, dann ging sie los und kaufte es für ihre Mutter nach. Und Elfriede erfreute sich an jedem einzelnen

Album, wie auch heute an Van Morrisons *Moondance*.

Kurz entschlossen holte sie die Bluse heraus, legte sie aufs Bett, betrachtete sie, legte dann ihre Jeans dazu und nickte schließlich zufrieden. Ja, das würde sie anziehen.

Horak kaute auf seiner Zigarre, während er auf den Kellner wartete. Dieser hatte sehr viel zu tun, vergaß aber nicht auf den Herrn Professor, der so schnell ungeduldig werden konnte. Nicht, weil er seinen Grant fürchtete, daran hatte er sich schon vor Jahren gewöhnt, sondern weil er ihn als Stammkunden zuvorkommend behandelte.

»Was darf es heute sein?«, fragte er dann.

»Rostbraten, aber ordentlich dünn«, sagte Horak.

»Sehr gern«, sagte Herr Klaus.

Dann erhob sich Horak schwerfällig, um sich die Tageszeitungen zu holen. Er spürte den unerfreulichen Spaziergang in jedem Knochen. Und er hatte Gelegenheit, sich über sich selbst gründlich zu ärgern.

Eine junge Frau stand bei den Zeitungen und suchte aus. Sie brauchte ewig, schien die Titelseiten zu studieren. Als wäre das die Entscheidung ihres Lebens, dachte Horak, der nie warten wollte. Er hätte auch einfach über die junge Frau hinweg seine Zeitungen herausnehmen können, doch Horak verabscheute jeglichen Kontakt, und noch mehr unbeabsichtigten Körperkontakt, und er könnte – das Schicksal möge ihn davor bewahren – damit auch eine Konversation heraufbeschwören, die junge Frau könnte sich genötigt fühlen, etwas zu sagen.

Herr Klaus, der die Szene bei den Zeitungen beobachtete, ging zu Horak und flüsterte diesem verschwörerisch zu: »Setzen Sie sich nur hin, Herr Professor. Ich bringe Ihnen die Zeitungen.«

»Vergessen Sie mir aber nicht auf die *Presse*«, sagte Erwin Horak und ging zurück an seinen Tisch. Mit einem Seufzer ließ er sich auf die Bank fallen und sah zum Fenster hinaus. Dass auch nie etwas so sein konnte, wie er es haben wollte.

Weil sie es nicht mehr erwarten konnte, endlich im Gastgarten zu sitzen und die letzten Sonnenstrahlen des Tages einzufangen, eilte Elfriede Steiner die Treppen des Stiegenhauses hinunter, verließ das Haus und eilte dem *Hummel* entgegen.

Ihre Sonnenbrille auf der Nase, ging sie vergnügt hinauf zum *Hummel* und suchte den Gastgarten wie gestern nach einem freien Platz ab. Sie hatte Glück, ein junges Pärchen entschied sich gerade zu gehen. Elfriede setzte sich und hielt ihr Gesicht in die schon etwas tiefer stehende, aber noch lange nicht untergehende Sonne.

Herr Klaus kam. Heute bestellte sie sich gleich ein Achterl Rotwein, warum auch nicht, ihr war heute danach.

Elfriede Steiner nahm die Zigaretten und die Zeitschrift aus ihrer Tasche und legte beides vor sich hin, bevor sie sich bequem zurücklehnte und die Gegend beobachtete.

Horak winkte den Kellner herbei. »Kommt der Rostbraten heute noch?«

»Selbstverständlich, Herr Professor. Es tut mir schrecklich leid, die Küche hat unglaublich viel zu tun. Aber ich werde sehen, was ich machen kann.«

Horak nickte, aber er war nicht überzeugt. Er zog wieder die Zeitung zu sich. Er hat vergessen, Herr Klaus hat eindeutig vergessen, die Bestellung zu deponieren, dachte er. Und er überlegte, wie nachsichtig er diesbezüglich sein konnte. Aber er wollte sich nicht schon wieder ärgern. Er nahm es hin, denn im Grunde hatte er keinen besonders großen Hunger, und eigentlich war es zum Essen viel zu heiß.

Erwin Horak las die Sportseiten, als ein Donner alle Geräusche übertönte, und das war erstaunlich, mehr als erstaunlich, da der Geräuschpegel heute wieder einmal besonders hoch war. Wobei, wirklich aufdringlich war der Lärm im *Hummel* nie, deshalb kam Horak ja so gern her. Wenn man es nicht darauf anlegte, dann verstand man vom Nachbartisch kein Wort, und Horak legte es nie darauf an.

Und genau in diesem Moment des Donners brachte Herr Klaus den Rostbraten für Horak.

Elfriede Steiner schrak aus ihrer Lektüre auf. Was war denn das gewesen? War das ein Donner? Der Himmel war wolkenlos und klar. Kein Anzeichen deutete auf ein Gewitter hin, auch wenn es außerordentlich schwül war. Aber nicht heute, nein, nicht heute. Elfriede war sich sicher, nein, heute würde es kein Gewitter geben. Sie winkte dem Kellner und bestellte den Tagesteller, wieder ohne zu fragen, was es sein würde.

Sie widmete sich wieder ihrer Illustrierten, nippte hin und wieder an ihrem Rotwein und genoss die Idylle.

Erwin Horak verzehrte währenddessen seinen Rostbraten, er war mit der Qualität halbwegs zufrieden. Halbwegs, er hatte schon Besseres stehen gelassen. Als der Kellner den leeren Teller abräumte, bestellte er sich ein zweites Bier.

Ein Tropfen berührte Elfriedes Nase. Sie blickte empor und sah eine kleine, dunkle Wolke, welche sich über den Gastgarten des Kaffeehauses verirrt hatte. Sie war wild entschlossen, sich von einem einzigen Tropfen nicht den Abend trüben zu lassen.

Aber es zog nicht vorbei. Es folgte ein zweiter überaus lauter Donner und der Himmel zog schnell zu. Die meisten Gäste verließen den Gastgarten und strömten ins Innere. Dies hätte Horak sicherlich gestört, doch er war gerade in einen Artikel vertieft. Er war satt und beinahe glücklich, zum zweiten Mal heute, und dabei hätte er das gerade heute nicht erwartet.

Elfriede Steiner legte ihre *Gala* zur Seite. Es begann kräftig zu regnen, deshalb nahm sie ihre Sachen und ging hinein.

Sie stand mit ihrem Achterl Rotwein an der Tür, die Tasche umgehängt, ihre Sachen leicht nass, und blickte sich um. Die Tische waren alle belegt. Die meisten waren vor ihr hereingekommen und hatten die Tische in Beschlag genommen.

Elfriede suchte das Lokal ab, ob sie sich irgendwo dazusetzen konnte.

8

Entschuldigen Sie bitte vielmals die Störung. Würde es Ihnen etwas ausmachen, wenn ich mich zu Ihnen setze?«

Erwin Horak blickte über den oberen Rand seiner Zeitung, die Augenbrauen missgünstig zusammengezogen.

»Nein!«, sagte er resch.

Elfriede Steiner stellte ihr Glas ab, legte die Tasche auf die Bank und setzte sich dankend.

Erwin Horak nahm die Zeitung aus seinem Gesichtsfeld, hielt sie seitlich, um gleich weiterlesen zu können.

»Nein!«, rief er aus. »Ich meine, Ja! Ja. Es macht mir etwas aus!«

Elfriede Steiner erhob sich, zögerte aber und sagte, halb sitzend, halb stehend: »Warten Sie auf jemanden?«

»Nein«, sagte Erwin Horak und sah erst gar nicht mehr von seiner Zeitung auf. Für ihn war das Thema erledigt. Er war sich sicher, bald wieder Ruhe zu finden.

»Also doch?«, fragte Elfriede Steiner.

»Nein. Was ist an Nein unklar?«

Sie setzte sich.

»Nun«, sagte sie, »Ich war mir bei Ihnen jetzt nicht mehr sicher.«

Elfriede Steiner machte es sich auf dem Platz bequem. Sie holte ihre Zigaretten hervor, legte die *Gala* an die Seite und rückte ihr Glas zurecht.

Erwin Horak sah wieder hinter der Zeitung vor und blickte die Dame an. Er konnte es nicht glauben, dass sich diese Person tatsächlich zu ihm an den Tisch gesetzt hatte.

»Ich kann es nicht brauchen, dass Sie hier sitzen«, sagte er.

»Das stelle ich außer Zweifel. Ich bin auch nicht hergekommen, um bei Ihnen zu sitzen. Nur…«, Elfriede machte eine Pause und blickte sich im Lokal um. »Irgendwo muss ich sitzen, denn ich habe bereits bestellt.«

Erwin Horak zuckte mit den Schultern.

»Sie sehen ja selbst, dass kein Platz mehr frei ist«, sagte sie.

»Das ist nicht mein Problem.«

»Jetzt schon.«

Er stöhnte. »Hören Sie. Ich will meine Ruhe haben. Und dass Sie hier zu essen beginnen, kommt überhaupt nicht infrage.«

Eigentlich war Elfriede Steiner kein streitlustiger Mensch, eigentlich hatte sie von unfreundlichen Artgenossen untertags genug, und eigentlich war sie knapp dran, sich tatsächlich einen anderen Tisch zu suchen, aber irgendetwas, sie wusste nicht was, veranlasste sie, nicht nachzugeben. Außerdem, sie sah tatsächlich keinen anderen freien Platz. An den meisten Tischen saßen zumindest schon zwei Personen, da wollte sie sich nicht so gern dazusetzen, denn dort störte sie auf jeden Fall. Aber hier, hier war ihr die Störung etwas unklar.

»Ja, das tut mir zwar unendlich leid, aber es sieht so aus, als bliebe uns beiden keine andere Wahl«, sagte sie.

Er grunzte in seine Zeitung, schob sie wieder vor sich, besann sich dann aber eines anderen, legte sie zur Seite und winkte dem Kellner.

Herr Klaus, welcher die Szene zwar mitbekommen hatte, aber nicht einschreiten wollte, weil er auf den Ausgang des Geschehens gespannt war, kam an den Tisch.

»Ja, bitte, Herr Professor?«

»Besorgen Sie der Dame einen Platz.«

»Es tut mir leid, aber im Moment ist da nichts zu machen. Aber der erste Tisch, der frei wird, ist für die Dame reserviert.«

Horak war über alle Maßen begeistert. Er hatte es gewusst, es war ihm kein ruhiger Abend vergönnt, es war ihm nie ein kleines bisschen Glück vergönnt. Er schüttelte den Kopf und nahm die Zeitung wieder auf, weil er sich zu sehr ärgerte. Erwin Horak war sich sicher, er hatte der Frau mehr als deutlich zu verstehen gegeben, dass er ihre Gegenwart nicht wollte, trotzdem blieb sie sitzen, und es fiel ihm nicht wirklich etwas ein, wie er sie von seinem Tisch entfernen könnte.

Herr Klaus war belustigt. In mehr als zwanzig Jahren, in welchen er im *Hummel* arbeitete, und in denen der Herr Professor zu seinen Gästen zählte, hatte sich nie irgendjemand ungebeten zu ihm gesetzt. Die meisten Gäste wussten um die Freundlichkeit des Herrn. Herr Klaus konnte sich sehr gut erinnern, wie vor nur wenigen Wochen ein junger Mann geglaubt hatte, er könne sich eine der Zeitungen vom Professor ausborgen.

Deshalb würde er auch nicht allzu schnell einen anderen Tisch für die Dame finden. Das wäre einfach zu schade gewesen.

»Haben Sie vielen Dank, dass Sie sich so rührend um einen Tisch für mich kümmern«, sagte Elfriede zu Horak. Sie bekam keine Antwort.

Elfriede Steiner sah den Herrn lange und durchdringend an. Sie fragte sich, worin sich seine offensichtliche Ungastlichkeit begründen könnte. Und sie überlegte auch, ob sie auf den Herrn und seine grobe Unhöflichkeit böse sein sollte.

Horak spürte ihren durchdringenden Blick und hätte ihr dies gern unterbunden. Aber er sagte nichts. Zu sehr fürchtete er, dies könnte ihn in eine längere Konversation mit dieser offensichtlich recht hartnäckigen Person verwickeln. Und das war eindeutig zu vermeiden.

»Nun ja«, sagte Elfriede, mehr zu sich, und nahm ihre Zeitschrift zur Hand. Sie überlegte kurz, dann beschloss sie, bis zum Eintreffen ihrer Bestellung darin zu blättern.

Horak räusperte sich, um zu signalisieren, dass er ihre Äußerung als störend empfand.

Bald darauf kam ein besonders gut gelaunter Herr Klaus mit Elfriedes Teller.

»Bitte sehr, die Dame«, sagte er und stellte den Teller vor ihr ab.

»Haben Sie vielen Dank«, antwortete Elfriede.

»Guten Appetit«, meinte Herr Klaus.

Elfriede Steiner legte die Illustrierte zur Seite und begann zu essen, dabei beobachtete sie das Lokal. Nach einer Weile fragte sie: »Sie haben schon gegessen?«

Erwin Horak seufzte hinter seiner Zeitschrift.

»Nicht? Dann warten Sie noch? Das tut mir leid. Es gibt nichts Schlimmeres, als wenn man hungrig auf sein Essen wartet und dabei jemand anderem beim Essen zusehen muss. Glauben Sie mir, ich kenne das«, sagte Elfriede fröhlich. Sie war guter Dinge, dass die heutige Begegnung auch nett werden würde.

»Können Sie nicht einfach still sein, aufessen und dann verschwinden?«, knurrte Horak, der bemerken musste, dass Schweigen diese Person nur zum Reden aufzufordern schien.

»Nein«, sagte Elfriede.

Ihr Sportsgeist war geweckt. Es konnte gar nicht sein, dass sie hier nur auf Ablehnung stieß, und sie wollte plötzlich ganz und gar nicht mehr nachgeben. Warum auch? Obwohl sie sonst komplizierten Menschen lieber aus dem Weg ging oder nachgab, wo sich jemand besonders stur oder engstirnig zeigte, wollte sie dies heute und hier nicht tun. Sie konnte sich nicht ganz erklären, warum, aber sie wollte dem Grant des Herren ihr gegenüber auf den Grund gehen.

Erwin Horak legte die Zeitung zur Seite und sah die Frau irritiert an. Was hatte sie gerade gesagt?

»Werden Sie nicht unverschämt«, sagte er.

»Ich passe mich nur an«, sagte Elfriede mit einem Augenaufschlag.

Erwin Horak holte Luft, ließ es dann aber doch bleiben. Er schloss den Mund wieder und nahm seine Zeitung erneut auf.

»Lesen Sie einen interessanten Artikel?«, fragte Elfriede, während sie weiter aß.

»Nein.«

»Das dachte ich mir«, sagte sie und fuhr fort: »Sie verstecken sich nur.«

»Was?«, fragte Erwin Horak und sah seitlich an der Zeitung vorbei.

»Das heißt *wie bitte*, falls Ihnen das Ihre Mutter nicht beigebracht hat.«

»Ich fasse das nicht!«

Horak schüttelte den Kopf und schleuderte die Zeitung auf die Bank. Er winkte dem Kellner. »Herr Klaus«, rief er.

»Brauchen Sie Schützenhilfe?«, fragte Elfriede und war mehr als belustigt.

Erwin Horak sah sie an und blinzelte, so viel Unverfrorenheit war er nicht gewöhnt, nicht von jemand anderem.

»Herr Klaus«, rief er wieder dem sich bereits nähernden Kellner zu. »Entfernen Sie umgehend diese Person von meinem Tisch.«

Herr Klaus hob entschuldigend beide Arme. »Es tut mir sehr leid, Herr Professor, aber im Moment kann ich da nicht viel tun.«

»Das darf doch nicht wahr sein«, sagte Horak mehr zu sich selbst als zu Herrn Klaus, der den Tisch wieder verließ.

Erwin Horak rauchte sich eine Zigarre an und war wild entschlossen, diese Situation nicht so hinzunehmen. Gleichzeitig war er nicht gewillt, mit seiner Gewohnheit zu brechen und das Feld frühzeitig zu räumen.

»Sie sind Professor? Wie interessant«, sagte Elfriede.

Erwin Horak funkelte sie nur an.

»Sie unterrichten?«, fragte sie, »Das finde ich amüsant.«

»Was soll daran amüsant sein?«, fragte Erwin Horak gereizt. »Ich will es gar nicht wissen«, fügte er sofort an.

»Was unterrichten Sie denn?«

»Das geht Sie gar nichts an.«

»Sagen Sie schon! An der Universität oder einer Schule?«

»Ich unterhalte mich nicht mit Ihnen.«

»Doch, das tun Sie. Haben Sie das noch nicht bemerkt?«

Erwin Horak lehnte sich zurück und verschränkte die Arme. »Sie müssen massive Persönlichkeitsstörungen haben«, sagte er.

»Danke, dieses Kompliment kann ich Ihnen selbstverständlich auch machen.«

»Ist das eigentlich so schwer zu verstehen?«, fragte Erwin Horak und fuhr, während er sich Elfriede entgegen beugte, in seinem gefährlichsten Ton fort: »Ich wünsche weder Gesellschaft noch Unterhaltung.«

»Tja«, sagte sie und hob die Schultern, »Sieht nicht so aus, als wäre heute Ihr Tag.«

»Das ist er wirklich nicht«, brummte Horak in sich hinein und lehnte sich wieder zurück.

»Ha!«, sagte Elfriede. »Ich wusste, wir würden noch übereinkommen.«

Erwin Horak saß stur vor sich hinblickend am Tisch und kaute an seiner Zigarre. Auch deren Rauch schien die Person an seinem Tisch nicht zu verscheuchen und ganz langsam wurde ihm bewusst, dass er sich keinen Rat wusste. Und Elfriede Steiner war unwahrscheinlich stolz auf sich. Sie hatte nicht gewusst, dass sie so schlagfertig sein konnte. Sie wollte niemanden verletzen oder vor den Kopf stoßen, aber in diesem Fall... Nun, in diesem Fall waren Umgangsformen offensichtlich nicht vordergründig. Auf seltsame Weise fühlte sie sich befreit.

»Köstlich! Einfach köstlich«, sagte Elfriede und deutete mit der Gabel auf ihr Essen.

Horak begann sich zu fragen, was das Theater sollte.

»Möchten Sie vielleicht kosten?«

»Nein!«, rief Erwin. Er wollte etwas entgegnen, wusste aber nicht so recht, was.

»Wie Sie wollen«, sagte Elfriede. »Was haben Sie sich bestellt?«

»Ich habe schon gegessen.«

»Das Essen hier ist herrlich, habe ich recht?«

»Wenn Sie meinen.«

Für Erwin Horak war nun der Fall klar, er saß einer Verrückten gegenüber.

Elfriede aß auf, legte das Besteck umsichtig auf den Teller und lächelte den Herrn ihr gegenüber an, dann trank sie ihr Glas leer. Sie fühlte sich etwas übermütig, und so kannte sie sich gar nicht. Sie beschloss, für eine Weile Frieden einkehren zu lassen, nicht weil sie der abweisenden Haltung des Herrn recht gab, sondern weil sie sich ein wenig davor fürchtete, was ihr noch einfallen könnte.

Herr Klaus kam, um den Teller abzuräumen und konnte sich nicht verkneifen, zu fragen, ob die Dame noch einen Wunsch hätte. Erwin Horak verzog das Gesicht und Elfriede Steiner bestellte sich noch ein Achterl Rotwein. Sie lehnte sich zurück und rauchte sich die erste Zigarette des Abends an. Sie schloss die Augen für den ersten Zug und Horak verdrehte seine, dann nahm er die Lektüre wieder auf.

Elfriede Steiner rauchte genüsslich ihre Zigarette und sah sich im Lokal um.

Dann fiel ihr etwas auf, was ihr zuvor nicht aufgefallen war. Waren die Wände im *Hummel* nicht gelb gewesen? Es war schon recht lange her, dass sie im Inneren des Kaffeehauses gesessen war. Jetzt waren die Wände weiß. In einem Kaffeehaus verfärbten sich die Wände mit der Zeit für gewöhnlich. Seit wann waren diese Wände weiß? Oder täuschte sie ihre Erinnerung?

Elfriede Steiner dämpfte ihre Zigarette im Aschenbecher aus.

»Eines würde mich interessieren. Kommen Sie oft her?«

»Das geht Sie gar nichts an«, sagte Erwin Horak und las weiter, aber irgendwie konnte er sich nicht so recht auf seinen Artikel konzentrieren. Diese Person irritierte ihn durch ihre bloße Anwesenheit und er wünschte sich sehr, Herr Klaus würde endlich einen Tisch für sie finden. Vielleicht würde sie ja auch demnächst gehen, aber sie schien es sich im Gegenteil gerade erst so richtig gemütlich zu machen, hier an seinem Tisch!

»Ach, kommen Sie«, sagte Elfriede Steiner, »Das ist doch eine vollkommen harmlose Frage.«

Erwin Horak seufzte, wieder, und sagte: »Ja.«

»Das *Hummel*«, begann Elfriede Steiner, »wurde es renoviert? Mir wäre es nicht aufgefallen, aber die Wände, die waren doch vorher nicht weiß, oder?«

»Fragen Sie Herrn Klaus«, sagte Erwin Horak und versuchte, den Faden beim Lesen des Artikels wiederzufinden.

»Wer ist Herr Klaus?«

»Der Kellner.«

»Sie kennen den Vornamen des Kellners?«

Erwin Horak seufzte schwer und stieß ein »Ja« zwischen den Zähnen hervor.

»Ich bin beeindruckt! Sie müssen schon sehr lange herkommen. Oder ein ausgesprochen guter Kunde sein.«

Auf das Ausbleiben einer Antwort sagte sie: »Wahrscheinlich kommen Sie eher schon lange her.«

»Mhm.«

»Ich leider noch nicht«, sagte Elfriede.

»Ich habe das Lokal erst vor etwa einem halben Jahr für mich entdeckt. Ja«, sie dachte kurz nach, »ziemlich exakt vor einem halben Jahr.«

»Aha«, sagte Horak.

»Ich bin aber auch erst vor einem halben Jahr hergezogen. Also, nicht ins *Hummel*, in den achten Bezirk.«

Horak nickte hinter seiner Zeitung.

»Und Sie?«

»Ich nicht«, sagte er.

»Ah ja.«

Elfriede Steiner blickte wieder ins Lokal, sah von einem Tisch zum anderen, dann auf ihre *Gala*, doch diese reizte sie im Moment nicht besonders.

»Noch etwas würde mich interessieren.«

Horak fuhr gereizt auf: »Was?«

»Haben Sie immer so schlechte Laune oder liegt es an mir?«

In diesem Moment beschloss Horak zu zahlen, auch wenn er sich nicht erinnern konnte, wann er zuletzt irgendjemandem nachgegeben hatte, aber sollte sie doch verdammt noch mal den Tisch haben!

Er knallte seine Zeitung auf den Tisch, holte die übrigen von der Bank hervor, legte diese ebenso geräuschvoll dazu und winkte Herrn Klaus zum Zahlen, der dieses Mal ein ganz besonders kleines Trinkgeld bekam.

Er nahm sein Sakko, stand auf und ging.

»Einen schönen Abend noch«, rief Elfriede Steiner ihm nach.

Er drehte sich kurz um und blickte sie verächtlich an, dann verließ er in großen Schritten das Lokal.

9

Kurt Gruber betrat sein Arbeitszimmer, auch wenn es heute ebenso wenig zu arbeiten gab wie an den Tagen zuvor. Irgendwie konnte und wollte er nicht mit dieser lieb gewonnenen Gewohnheit brechen, genauso wie mit dem Aufstehen um halb sieben morgens, auch wenn ihn dies nur zu einem ereignislosen Verweilen in diesem Zimmer führte. Er war ein Gewohnheitstier, das war er immer schon gewesen. Deshalb war es für ihn auch so schwer vorstellbar, wie er sich mit der Pensionierung abfinden sollte.

Reiß dich zusammen, Kurt, sagte er zu sich selbst. Es waren ja noch Ferien, und er hatte jedes Jahr diese Ferien gehabt und seine Zeit jedes Mal überaus sinnvoll verbracht. Warum gelang ihm das heuer nicht? Wenn es ihm nur gelingen könnte, dann wäre vieles leichter, dann müsste er sich nicht so leer fühlen, dann müsste er auch nicht an das Ende der Ferien denken, wenn es zum ersten Mal für ihn nicht mehr heißen würde: Auf in ein neues Schuljahr.

Er drehte ein lustlose Runde durch sein Zimmer, schritt vom Schreibtisch zum Bücherregal, ließ die Finger über die Einbände gleiten, setzte sich auf seinen Lesesessel, verließ ihn wieder, um zum Fenster zu gehen, drehte sich dann abrupt um und verließ sein Zimmer.

Er ging durch den schmalen Wohnungsflur zur Küche, sah bei der Tür rein und sagte: »Du, Resi, ich gehe ein wenig spazieren.«

»Mach das«, sagte Theresa Gruber, dann legte sie das Geschirrtuch zur Seite und rief Kurt nach: »Warte, ich komme mit dir.«

Kurt Gruber blieb im Vorzimmer stehen und blickte seine Frau an, die gerade aus der Küche kam.

»Ich begleite dich, wenn es dir nichts ausmacht.«

»Natürlich nicht. Sehr gern«, sagte Kurt, der über diese Möglichkeit gar nicht nachgedacht hatte. Ihm war nur plötzlich nach Bewegung, weil ihn ein großes Nichts zu erdrücken drohte.

Er konnte einfach nicht noch einen Tag mit untätigem Herumsitzen verbringen, er konnte nicht noch einen Tag mit Nachdenken verbringen, er konnte nicht noch einen Tag in ein Buch blicken, ohne auch nur eine einzige Zeile zu lesen, und er konnte einfach nicht aus dem Kreis heraus, in welchem er sich drehte.

Gestern war es halbwegs gegangen. Er hatte noch ein wenig vom Treffen mit Erwin gezehrt, war vormittags sehr müde gewesen, hatte nachmittags über Gesagtes nachgedacht und in einem Buch geblättert. Resi hatte sich zu ihm gesetzt, hatte von ihrem Abend erzählt, vom Telefonat mit den Kindern, hatte mit ihm das Treffen mit diesen geplant, dann schrieben sie eine Einkaufsliste für Samstag. Irgendwie war die Zeit vergangen. Irgendwie verging immer die Zeit, aber machte es Sinn, der Zeit beim Vergehen zuzusehen?

Theresa Gruber und ihr Mann verließen die Wohnung und sobald sie auf der Straße angekommen waren, hängte sie sich bei ihm ein. Sie wollte nicht fragen, wohin sie unterwegs waren, sie wollte gar nicht, dass sich Kurti darüber Gedanken machte. Irgendwohin war man immer unterwegs, auch wenn man dachte, auf der Stelle zu treten. Und sie hoffte sehr, Kurti würde dies auch bald so sehen. Er war nicht nirgendwohin unterwegs, er war zu einem neuen Lebensabschnitt aufgebrochen.

So waren sie seit Jahren nicht mehr gemeinsam gegangen. Warum eigentlich? Er berührte sie kurz am Arm und lächelte, dann sah er wieder geradeaus und das Lächeln verschwand wieder. Ihm war schwer zumute, sehr schwer, aber, dass Resi diesen Weg mit ihm ging, das bedeutete ihm viel, mehr als ihm bewusst war.

Die beiden gingen Seite an Seite die Josefstädterstraße stadteinwärts, nahmen Eindrücke auf und sahen die Betriebsamkeit aus der Distanz. Sie flanierten, interessierten sich aber im Grunde für nichts besonders, außer dafür, den Puls wiederzufinden. Irgendwann hatten sie diesen verloren, dabei waren sie ein perfekt eingespieltes Paar. Aber vielleicht war das gerade der Fehler, denn es veränderte sich im Moment viel, für beide. Ob es Resi wahrhaben wollte oder nicht, auch für sie war die Umstellung nicht leicht, jetzt einen Pensionär zum Mann zu haben, damit war sie wohl auch in Pension, auch wenn sie weiter dasselbe tun würde.

Und als sie gingen, fiel Kurt Gruber etwas auf, das ihm zuvor nicht aufgefallen war. Resi war gestern in sein Arbeitszimmer gekommen und hatte sich zu ihm gesetzt. Natürlich war sie auch früher in sein Zimmer gekommen, das war ja ganz selbstverständlich, aber immer nur, um nach ihm zu sehen, ihn zu irgendetwas zu rufen oder ihm etwas mitzuteilen, aber zu ihm gesetzt, nein, das hatte sie sich noch nie.

Er sah sie an, während sie weitergingen.

Sie lachte: »Was ist los?«

»Nichts«, Kurt schüttelte den Kopf.

»Ach komm, sag schon«, sagte sie und zog an seinem Arm.

»Ich dachte nur... Warum bist du gestern in mein Zimmer gekommen?«

»Aber Kurti, das weißt du doch.«

Er schüttelte den Kopf.

»Ich wollte mit dir über die Kinder sprechen.«

»Ja, schon, aber das meine ich nicht.«

»Ach, Kurti«, sagte sie.

»Was?«, fragte er.

»Ich mache mir halt Sorgen um dich.«

»Das brauchst du nicht«, sagte Kurt Gruber und war davon überzeugt, aber gleichzeitig auch nicht.

»Ich weiß schon, du kommst zurecht, du bist immer zurechtgekommen. Das macht mir keine Sorgen. Es ist vielmehr...«

Kurt blieb stehen, er sah seine Frau an.

»Ich möchte nicht, dass du es dir unnötig schwer machst«, sagte sie schließlich.

»Hast du den Eindruck?«

»Bitte versteh mich nicht falsch. Ich liebe dich, ich vertraue dir und ich weiß, dass du alles schaffst, dass du dich um alles kümmern kannst, das hast du auch immer ganz wundervoll. Aber...«

»Resi, bitte sei ehrlich, ich habe dich doch immer verstanden, oder? Ich würde dich nicht fragen, wenn ich nicht deine Meinung hören wollte.«

»Natürlich«, Resi nickte. »Es könnte sein, dass du dich etwas verläufst.«

»Jetzt?«, Kurt schmunzelte. »Ganz gewiss. Aber du wirst mich schon heimführen.«

»Ja, das werde ich«, sagte Resi und begann damit, indem sie ihren Mann weiter in Richtung Kärntnerstraße führte.

»Vielleicht hätte ich dich schon viel früher führen lassen sollen«, sagte Kurt.

»Das hätte ich gar nicht gewollt.«

Sie steuerte eines der Kaffeehäuser an und sah Kurt fragend an. Er nickte und sie ließen sich im Gastgarten nieder. Sie bestellten sich Kaffee und beobachteten das Treiben, dann sagte Resi: »Ich weiß ja auch nicht, was das Richtige ist, aber ich kann dich nicht unglücklich sehen. Es ist wohl so, dass wir beide unseren Alltag überdenken sollten.«

Er nickte und sagte dann: »Es klingt vielleicht dumm, wenn ich dich das frage, nach all den Jahren, aber wie bekommst du den Tag rum?«

Sie lachte: »Ach, Kurt. Tausend Dinge sind zu tun, du musst dich nur umsehen.«

»Ich sehe mich ja um, aber...«

»Das kommt ganz gewiss.«

»Ich weiß nicht.«

Resi nahm Kurts Hand und sah ihn an. »Ganz gewiss«, sagte sie.

»Du bist eine so liebe Frau. Ich verstehe nicht, wie ich von dir verlangen konnte, dass du den ganzen Tag zuhause bleibst.«

Resi zog ihre Hand zurück und sah ihren Mann böse an. »Das hast du gar nicht. Das war allein meine Entscheidung, und ich habe sie nie bereut. Ich war immer sehr gern für dich und die Kinder da.«

»Nein, ja. Ja, das weiß ich schon. Aber trotzdem.«

Sie schüttelte heftig den Kopf. »Darüber brauchst du gar nicht nachdenken. Ich weiß, das klingt altmodisch und vielleicht bin ich auch altmodisch, aber ich wollte nie woanders hin im Leben.«

»Es ist doch vielmehr so, dass sich die Frage gar nicht gestellt hat, oder?«

Resi sah ihren Mann skeptisch an. Und sie fragte sich ernsthaft, ob sie ihn zu lange allein in seinem Zimmer gelassen hatte.

»Die Kinder haben dich gebraucht und ich finde es wundervoll, dass du für sie da gewesen bist, ja sogar heute noch für sie da bist. Und ich gebe zu, es war für mich auch nicht gerade unangenehm, dass du immer für mich da gewesen bist. Aber Resi, was ist mit dir?«

»Das fragst du mich doch nicht wirklich, oder?«

»Doch.«

»Ist es nicht vielmehr die Frage dieser Tage, was mit dir ist?«

»Ja, natürlich, das auch.«

Der Kellner brachte ihren Kaffee und beide rührten darin. Sie befanden sich in äußerst ungewohntem Terrain. Nicht nur, dass es schon Jahre her war, dass sie beide auswärts auf einen Kaffee waren, auch hatte bisher keiner von ihnen ihren Lebensstil infrage gestellt.

»Manchmal denke ich ja auch, dass alles seine Richtigkeit hat, so wie es ist«, sagte Kurt. »Aber manchmal eben nicht. Vielleicht ist es auch gerade die rechte Zeit, darüber nachzudenken.«

»Ja, schon, sicher. Da hast du schon recht.«

»Ach, Resi, ich fürchte, ich habe schon lange nicht mehr recht.«

»Aber natürlich«, sagte sie und griff wieder über den Tisch, um seine Hand zu berühren. Er drückte sie.

»Ich bin so verwirrt in letzter Zeit«, sagte er.

Sie nickte. Sie verstand ihn. Auch wenn sie nicht wusste, wann sie ihren Mann jemals so unsicher gesehen hatte. Sie hätte gern irgendetwas gesagt, das ihn bestätigte, ihm zeigte, er bräuchte nicht unsicher zu sein, aber sie wusste auch, dass ihr die rechten Argumente fehlen würden.

»Es hat mich so sehr erfüllt, Lehrer zu sein«, sagte Kurt Gruber.

»Ich weiß. Und du warst ein wirklich guter Lehrer. Ein sehr guter Lehrer. Du kannst stolz auf dich sein.«

»Ja, das bin ich auch. Manchmal.«

»Aber es fehlt dir.«

»Ja, das tut es. Und das ist wirklich lächerlich, denn das neue Schuljahr hat noch gar nicht begonnen. Wie wird das nur im Herbst werden?«

»Bis dahin geht es dir sicher schon besser.«

»Ich weiß nicht.«

Kurt Gruber wusste es wirklich nicht.

»Aber ich. Ich werde es gar nicht zulassen, dass es dir bis dahin nicht besser geht«, sagte Resi und war selbst von ihrer Überzeugung etwas erstaunt.

»Ach so?«, lachte Kurt. »Und wie willst du das anstellen?«

»Ich weiß nicht, aber mir wird etwas einfallen.«

Er saß still auf seinem Stuhl, trank nachdenklich seinen Kaffee und wusste auf einmal nicht, warum es seiner Frau nicht schon viel länger so ging wie ihm.

»Ich bin fest davon überzeugt, dass wir beide gemeinsam alles schaffen«, sagte Resi.

»Dann sollten wir als Erstes etwas daran ändern, dass ich den ganzen Tag allein in meinem Arbeitszimmer sitze.«

»Das ist ein sehr guter Gedanke.«

Und Kurt hatte ein neues Ziel, ein ausgezeichnetes gar. Kurt Gruber hatte seine Aufgabe gefunden.

»Vielleicht würde uns ein Tapetenwechsel guttun«, sagte er.

»Du möchtest umziehen?«

»Nein, oder, ich weiß es nicht, möchtest du umziehen?«

»Ich denke nicht. Aber vielleicht. Das kommt darauf an. Ja, vielleicht. Aber unsere Wohnung ist eigentlich recht gemütlich.«

»Ich glaube, du kannst es uns überall gemütlich machen.«

Resi lächelte.

»Darum beneide ich dich«, sagte Kurt.

Und Resi sah ihren Mann nur an.

»Aber ich meine, wir sollten auf Urlaub fahren«, sagte er.

»Ja, das wäre nett«, sagte sie.

10

Als Horak am nächsten Morgen aufwachte, war seine Laune am Nullpunkt. Er marschierte mürrisch in die Küche und setzte sich Kaffee auf, dabei murmelte er vor sich hin. Er holte das Brot hervor und befühlte es durch das Papier, dann warf er es in einem großen Bogen wieder zurück. Es war zu hart.

Er untersuchte den Inhalt des Schrankes und nahm schließlich einen verpackten Kuchen heraus, schnitt sich ein Stück herunter und legte es auf einen Teller. Dann ging er zur Eingangstüre, um die Tageszeitung von der Türmatte zu holen, klemmte diese unter den Arm, warf die Türe wieder zu und setzte sich mit Zeitung, Kaffee und Kuchen an den kleinen und etwas wackeligen Küchentisch. Er saß mit dem Rücken zum Küchenfenster, hinter welchem der Innenhof lag, da über diesen die Morgensonne hochstieg. Erwin Horak hasste nichts mehr, als wenn die Sonne in sein Gesicht schien, in aller Früh noch dazu. Na ja, kaum etwas hasste er mehr.

Das Kaffeehäferl hatte er in der linken Hand und blätterte mit der rechten Hand in der Zeitung, lustlos, aber verbissen, denn er wollte sich auf andere Gedanken bringen. Auf ganz andere Gedanken.

Die halbe Nacht hatte er sich geärgert, geärgert über diese unverschämte Person, geärgert, dass er sich über diese ärgerte, geärgert, dass er überhaupt einen Gedanken an sie verschwendete, geärgert über sich selbst, wie leicht er aus der Fassung zu bringen war, geärgert, dass er sie hatte gewähren lassen, und überhaupt. Er hatte endgültig genug davon, seine Aufmerksamkeit einer Begebenheit zu schenken, die es nicht wert war. Aber warum, ja, warum waren es immer genau solche unerfreulichen, unnötigen Begebenheiten, die ihn dann doch beschäftigten?

Und schon wieder war er genau dort angelangt, wo er nicht anlangen wollte. Er nahm einen kräftigen Schluck von seinem Kaffee und blätterte in der Zeitung. Er las verbissen einen Artikel über den Anstieg der weiblichen Arbeitslosigkeit, einen Artikel, der ihn im Grunde überhaupt nicht interessierte.

Natürlich war er verkrampft. Erwin Horak knallte die Kaffeetasse auf den Tisch. Und zum vielleicht dreihundertvierundsiebzigsten Mal, seit er gestern Abend nachhause gekommen war, dachte er darüber nach, wie sie es nur wagen konnte, sich an seinen Tisch zu setzen und seinem Wunsch nicht zu entsprechen, ihn in Ruhe zu lassen!

Das war etwas, was er an Frauen nicht ausstehen konnte. Sie hatten keinen Respekt vor den Wünschen eines Mannes. Er konnte es an jeder Ecke hören und er hatte es schon oft erfahren. Das war einer der Gründe, warum Erwin Horak nie das Bedürfnis verspürt hatte, eine Frau in sein Leben zu lassen, nicht einmal ein bisschen. Nein, danke.

Sie brachten nur Ärger. Und er verstand sie nicht, wie er auch diese Person von gestern Abend nicht verstand. Wieso ließ man jemanden, der offensichtlich seine Ruhe suchte, nicht auch in Ruhe? Und diese unglaubliche Unverschämtheit! Nein! Horak schüttelte einmal mehr den Kopf.

Bei Männern hatte Horak nie diese Probleme, die er im Umgang mit Frauen hatte. Wenn er einem Mann in aller Deutlichkeit zu verstehen gab, was er wollte oder nicht wollte, dann wurde dies ernst genommen, jedes Mal. Er hatte noch nie erlebt, dass sich ein Mann so derartig seinem eindeutigen Ansinnen widersetzt hätte. Ja, natürlich, oft kam es zu einem Wortaustausch, musste der andere seine eigene Stärke offenkundig zur Schau stellen, aber nie, einfach nie, wurden seine Äußerungen so übergangen wie gestern Abend.

Die Menschheit war ignorant, daran konnte auch er nichts ändern. Es war einfach so. Trotzdem ärgerte es ihn immer wieder. Auch er konnte aus seiner Haut nicht heraus. Und es gab Dinge, an denen konnte er sehr wohl etwas ändern, und das tat er auch, wann und wo er konnte. Er hasste oberflächliches Geschwätz und ging diesem aus dem Weg, schnitt den Leuten das Wort ab und suchte gar nicht lange Gesellschaft. Er hasste es, wenn sein Freiraum beschnitten wurde und blieb deshalb am liebsten allein.

Auf was hinauf dachte sie eigentlich, dass sie sich so derartig aufdrängen durfte? Sie kannten sich ja gar nicht!

Es war Horak schon bewusst, dass er es bis zu einem gewissen Grad hinnehmen musste, dass sich Menschen gelegentlich aufdrängten, ihm Geschichten erzählten, die ihn gar nicht interessierten, ihm Gedanken mitteilten, die in ihm Übelkeit hervorriefen, und Zeit mit ihm verbrachten, die besser genützt sein konnte, aber das war wohl etwas, woran er nicht vorbeikam. Irgendwie hatte er das auch akzeptiert. Aber diese Person war einfach nur unverschämt gewesen.

Im *Hummel*, an seinem Tisch, der jeden Tag für ihn, und nur für ihn, reserviert war, wo der Ablauf zwischen Horak und den Kellnern schon eingespielt war, wo Horak wusste, was er erwarten konnte und was eben nicht, genau dort war er nahe an dem dran, was er als Glück bezeichnen würde, wenn es das gäbe. Im *Hummel* war Horak allein, wenn auch unter Menschen, im *Hummel* erwartete niemand ein Gespräch von ihm und im *Hummel* war auch niemand an ihm interessiert. Das war sein perfekter Ort, neben seiner Wohnung, aber dort störte ihn dann doch immer wieder das eine oder andere. Vielleicht war der unumgängliche, aber eigentlich gar nicht so aufdringliche Geräuschpegel im *Hummel* auch genau das Wahre. Man hörte zwar ein Gemurmel, man hörte Teller klappern oder Handys klingeln, aber das war alles Teil einer zusammengehörigen und auch dazugehörigen Geräuschkulisse und war etwas komplett anderes, als wenn er seine Nachbarn schon wieder streiten hörte, oder wenn der Hilfsarbeiter aus dem Lokal ums Eck pünktlich um 16 Uhr 40 Tausende von Flaschen in den Glascontainer warf. Das *Hummel* war sein Refugium, sein perfekter Ort, wenn es diesen für Horak tatsächlich gab, dort war er dem gesuchten Frieden ein Stückchen näher als sonst. Der abendliche Besuch in diesem Kaffeehaus war fester und zentraler Bestandteil seines Lebens, seit Ewigkeiten schon. Und außer Kurt war seit Jahren schon niemand mit ihm an einem Tisch gesessen.

Wenn sich Horak mit einem seiner Mitmenschen traf, was er zwar vermied, aber doch hin und wieder getan hatte, auch mit weiblichen Mitmenschen wohlgemerkt, dann hatte er das nie, die Betonung lag auf *nie*, niemals im *Hummel* getan. Das *Hummel* war seine Festung.

Und genau dort, an einem Abend, an welchem er die Ruhe so dringend gebraucht hätte, kam diese Person daher. Und als würde es nicht reichen, dass sie sich zu ihm an den Tisch setzen musste, redete sie auf ihn ein, als hätte sie keinen Funken Anstand. Und was sie alles geredet hatte! Und wie unverschämt persönlich sie werden musste!

»Nein«, Horak schüttelte einmal mehr den Kopf, »solche Menschen verstehe ich nicht«, sagte er zu sich selbst. Er stellte murmelnd die Kaffeetasse in die Spüle, warf den restlichen Kuchen in den Abfalleimer, die Zeitung ebenso, und ging in sein Wohnzimmer, um die Fenster zu öffnen. Dann setzte er sich in seinen Ledersessel und rauchte sich die erste Zigarre des Tages an, fest entschlossen, dieses unerfreuliche Thema jetzt endgültig abzuhaken.

Irgendwie, auf eine für ihn recht seltsame Art, bestätigte der gestrige Abend Horak auch in seiner grundsätzlichen Einstellung Beziehungen gegenüber. Nicht, dass jene Person gestern Abend auch nur ansatzweise dem entsprochen hätte, wie sich Horak eine Partnerin vorstellen würde, aber ganz generell war Horak einer Beziehung schon sehr lange abgeneigt, weil er wusste, er würde dann nicht mehr einfach so sein können, wie er nun einmal war.

Frauen redeten ohne Ende – siehe Beweisstück A –, Frauen wussten nicht, wann sie einen in Ruhe lassen sollten – siehe Beweisstück A –, Frauen drängten sich immer auf – siehe Beweisstück A –, Frauen hatten kein Gefühl für die Privatsphäre des anderen – siehe Beweisstück A –, Frauen gingen einem immer auf die Nerven – siehe Beweisstück A –, Frauen mussten ihren Willen immer durchsetzen – siehe Beweisstück A – und Frauen drängten sich in das Leben von anderen, da konnte man machen, was man wollte – ebenso: Siehe Beweisstück A.

Erwin Horak war einmal mehr froh, dass es keine von ihnen geschafft hatte, ihn einzufangen mit ihrem Schmäh, mit ihren Tricks.

Jetzt war Horak doch noch unerwartet in besserer Stimmung. Und er beschloss, er würde jetzt ein wenig spazieren gehen, um den Kopf wieder frei zu bekommen, damit er heute doch noch etwas schaffen würde. In die Bibliothek konnte er später auch noch gehen. Jetzt wollte er seine Unabhängigkeit genießen.

Für ihn, Horak, war es ein wichtiger Bestandteil, wenn nicht gar der wichtigste, dass er seine Selbstbestimmung hatte, dass er niemandem Rechenschaft schuldete, dass er allein mit sich selbst beschäftigt sein konnte. Und er war mehr als beschäftigt mit sich selbst. In Horaks Leben stand Horak an erster Stelle, und das war allein sein Werk. Er war stolz darauf, sich dies erarbeitet zu haben, und er war zufrieden damit. Wenn Horak mit irgendetwas zufrieden war, dann war es das. Horak war Horak, und das war gut so.

Es war ein Kampf gewesen, sich von der dumpfen Masse abzusondern, von der Masse, die in einem Alltag feststeckte, den er nicht verstand und nicht haben wollte, niemals. Er war gern für sich, quasi eine Insel unter all den Menschen, die mit schwachsinnigem Geschwätz und unnötigen Tätigkeiten ihren Tag vergeudeten. Gar nicht erst zu reden von dem Irrglauben an soziale Kompetenzen. Was hatte man da schon davon? Menschen, die dachten, sie konnten sich in dein Leben einmischen, und das konnte Erwin Horak gar nicht gebrauchen.

Beim Rasieren fiel sein Blick auf sein Spiegelbild und er stellte fest, dass er lächelte, und wusste gar nicht so recht, warum. Das Lächeln war für die Dummen, die nicht wussten, dass es nichts zu lächeln gab.

Etwas später verließ er seine Wohnung, versperrte die Türe umsichtig hinter sich. Da hörte er aus der Wohnung auf der anderen

Seite Geräusche eines Schlosses, das aufgesperrt wurde, und eines Riegels, der entfernt wurde. Horak beeilte sich, doch er war nicht schnell genug, Frau Leitner, mindestens hundert Jahre alt, so Horaks Schätzung, schob ihr Gesicht aus dem Türspalt und sah ihn, der gerade schnell den Flur überquerte, direkt an, so dass er ihren Augenkontakt erwidern musste, etwas, was er abgrundtief hasste.

»Ah, Herr Professor!«, rief Frau Leitner mit ihrer vom Alter brüchigen Stimme. »Gut, dass ich Sie erwische.«

Horak stöhnte, war aber gezwungen, kurz stehen zu bleiben. Er wirkte gehetzt und entnervt, etwas, das der alten Dame völlig entging, sie war schon sehr kurzsichtig. Sie öffnete ihre Wohnungstüre, ließ sie zur Gänze aufschwingen, und zeigte nach innen.

»Könnten Sie mir vielleicht einen Augenblick behilflich sein?«

Horak hob die Hand und drehte diese in der Luft. »Keine Zeit«, sagte er, wetzte die Stiegen hinunter und verließ eilend das Treppenhaus.

Dann trat er hinaus in einen etwas bewölkten Sommervormittag und ging los, mit unbestimmtem Ziel.

11

Der Himmel war bewölkt, trotzdem war es warm und Elfriede stand in der Tür der Trafik. Sie sah hinaus auf das Treiben in den Straßen, beobachtete die Menschen und blickte den Autos nach. Sie rauchte eine Zigarette, und für diese nahm sie sich stets etwas Zeit, nie rauchte sie einfach so zwischendurch, zu sehr schätzte sie diese neue Angewohnheit. Sie wollte jede einzelne Zigarette genießen, ja sogar jeden einzelnen Zug. Sie dachte an gestern Abend. Sie hatte sich nicht unbedingt unwohl gefühlt, aber sie wusste auch nicht viel mit ihrem Gemütszustand anzufangen. Irritierend fand sie sich selbst.

Der Mann war mehr als unhöflich gewesen, aber das hatte sie nicht im Geringsten gestört, nein, mehr noch, das hatte ihr gefallen. Elfriede Steiner war schockiert über sich selbst. Wie konnte es ihr gefallen, wenn sich jemand daneben benahm? Wo sie doch sonst immer auf Umgangsformen und Anstand Wert legte. Trotzdem, er hatte ihr gefallen, der Abend, nicht unbedingt der Mann, so viel musste sie schon einräumen. Es war ein interessanter Abend gewesen, fand Elfriede. Und sie hatte diese Seite an sich gar nicht gekannt. Sie war hartnäckig gewesen und unwahrscheinlich schlagfertig. Sie hatte gar nicht gewusst, dass sie das konnte.

Es gab für Elfriede Steiner einige Dinge, die sie im Leben erst entdeckte, wie eben das Rauchen. Sie ließ die Zigarette auf den

Bürgersteig fallen und trat sie aus, ging hinter das Pult und übernahm die Zeitschriftenlieferung, welche sie vor einigen Minuten bekommen hatte.

Neben dem Rauchen entdeckte sie die Menschen, all diese Menschen um sie herum. Jeder Einzelne hatte eine Geschichte zu erzählen, eine Geschichte, die er nicht in Worten erzählen musste, die er durch seine Gesten, seine Rituale, seine Mimik, seinen Gang und Ähnliches erzählte, ganz unmerklich, nicht nur für sie, aber sie hatte gelernt hinzusehen.

Und diese Geschichten faszinierten sie, wie sie noch nichts fasziniert hatte. Gern saß sie in irgendeinem Gastgarten und sah den Menschen zu, folgte einem Teil ihrer Geschichte.

Elfriede Steiner saugte diese Geschichten förmlich auf und es erfüllte sie, plötzlich offen zu sein für alle um sie herum. Sie konnte die Freude der Menschen spüren, ihre Lebensenergie, ihren Antrieb, aber auch ihr Leid, ihren Kummer, ihre Nachdenklichkeit. Sie wusste nicht genau warum, aber sie hatte dafür plötzlich alle Sinne offen. Vielleicht war sie früher zu sehr mit sich selbst beschäftigt gewesen.

Sie hatte letzte Woche eine junge Frau gesehen, die so voller Energie war, dass es sie, Elfriede, überwältigt hatte, einfach überwältigt, dabei hatte sie diese junge Frau nur beobachtet. Es hatte sich keine Möglichkeit ergeben, mit ihr zu sprechen, aber das hatte nichts ausgemacht. Manche benahmen sich ganz anders, wenn sie mit einem Gegenüber konfrontiert waren, auch das hatte sie schon beobachten können. Oft ging ihnen dabei ihre Natürlichkeit verloren, andere wiederum fanden diese plötzlich wieder im Gespräch.

Früher hatte sie jeden in eine Schublade getan, die Tüchtigen, die Ehrgeizigen, die Ordentlichen, die Starken, die Erfolgreichen, die

Guten, und natürlich jene, die dies eben nicht waren. Jetzt konnte sie ihre Schubladen nicht mehr befüllen, weil niemand so wirklich in eine passte. Sogar hier in ihrer Trafik musste sie feststellen, dass selbst die Mürrischen dies nicht ausschließlich waren. Sie sah heute viele Menschen mit ganz anderen Augen und das bereicherte sie sehr, das erfüllte sie und machte ihr Freude, denn es zeigte ihr, dass niemand eindimensional war, dass niemand von Natur aus eine bestimmte Eigenschaft hatte, sondern dass jede aus einer Geschichte heraus entstanden war, und diese war für sie überaus interessant. Vielleicht, weil sie sich nicht ganz im Klaren war über ihre eigene Geschichte, vielleicht, weil sie sich auf der Suche befand, ohne es zu merken.

Sie wusste nicht genau, warum ihr dies alles auf einmal so wichtig war, aber es machte ihr Freude und deswegen stellte sie es nicht weiter infrage. Sie hatte irgendwann vor nicht allzu langer Zeit beschlossen, nichts infrage zu stellen, was ihr guttat, egal, was es war, oder ob es in Ordnung war, dies gut zu finden. Sie lebte nun einmal nur für sich und für niemand anderen. Sie musste niemandem Rechenschaft ablegen.

Früher war das anders gewesen. Wenn sie heute zurückblickte, verstand sie sich selbst nicht. Ihr bisheriges Leben kam ihr wie ein Tunnel vor, ein langer, dunkler Tunnel. Und alles rundherum war nie wichtig gewesen. Heute konnte sie das nicht mehr.

Gelassenheit war auch etwas, das sie für sich entdeckt hatte, wie das Rauchen und das Beobachten. Sie stand den meisten Dingen neutral gegenüber. Die Zeit war ihr zu kostbar geworden, um hindurch zu hetzen. Alles fand seinen Weg, wenn man den Dingen nur ihren Lauf ließ. Sie hatte erkannt, dass es an den Dingen auch nichts änderte, wenn man allzu viel über sie nachdachte. Elfriede Steiner war offen geworden, für alles und jeden, für jeden Weg, den das Schicksal ihr aufzeigte. Irgendwann hatte sie ihren Puls gefunden, ihren ureigenen, innerlichen, nur für sie spürbaren.

Sie musste daran denken, wie sehr sich ihr Leben in den letzten Monaten verändert hatte, und dann auch wieder nicht. Es war eine kleine Veränderung, doch für sie hatte sich die Welt auf den Kopf gestellt, hatte sie befreit, sie geöffnet. Wenn sie dies alles geahnt hätte, hätte sie diesen Weg schon viel früher beschritten. Wie die zahlreichen Begegnungen, welche sie in den letzten Monaten erlebt hatte. Sie mochte keine Einzige davon missen, auch nicht jene gestern Abend, denn auf eine ihr noch recht unklare Weise faszinierte sie dieser Herr.

Elfriede Steiner stand hinter dem Pult ihrer Trafik, händigte routiniert Zigaretten und Fahrscheine aus und dachte, dass sie vielleicht noch nie zuvor einen Menschen getroffen hatte, der derartig abweisend gewesen war. Sie hatte sich gestern schon gefragt, und sie fragte sich heute wieder, warum er so war. War er es nur gestern gewesen? Hatte er einen schlechten Tag gehabt? So etwas durfte schon einmal vorkommen.

War es ihre Gegenwart gewesen? Hatte er ihre Anwesenheit als derartig unangenehm empfunden? Es gab tausend Möglichkeiten, warum er sie nicht an seinem Tisch Platz nehmen lassen wollte.

Und dann war da noch die Eventualität, dass jener Herr generell nicht zu den Fröhlichen gehörte. Das warf allerdings noch mehr Spekulationen auf. Eines war auf jeden Fall klar, sie hätte gern mehr von diesem Herrn erfahren.

Gleichzeitig war sie über sich selbst erstaunt, denn sie hätte sich nie für eine starke Person gehalten, ganz und gar nicht, aber als solche war sie gestern aufgetreten. Vielleicht war es gar nicht so sehr jener Herr und seine etwas eigentümliche Gemütsverfassung, welche sie heute noch beschäftigte, vielleicht war es vielmehr sie selbst, sie selbst, die sich ganz anders verhalten hatte, als sie es sonst tat.

Es stimmte, sie hatte es schon oft beobachtet, bei anderen – sich selbst beobachtet man so schlecht –, jeder benahm sich seinem Gegenüber angepasst. Intuitiv schien jeder auf seinen Gesprächspartner einzugehen, sich einzustellen, umzustellen, sich anders zu verhalten. Der Mensch zeigte nicht jedem dasselbe Gesicht, manche durften jenes, andere dieses sehen. Dass sie selbst das auch tat, das war ihr dabei gar nicht wirklich bewusst geworden, aber es war natürlich mehr als logisch. Trotzdem, so wie gestern, so war sie normalerweise nicht.

Als sie abends das Geschäft zusperrte, waren ihre Gedanken noch immer bei dem gestrigen Abend, dann saß sie im Auto und überlegte, wie sie den Abend verbringen wollte. Es war heute nicht so schön, nicht so sonnig wie die Tage zuvor, es war den ganzen Tag über bewölkt gewesen und ein frischer Wind war aufgezogen. Vielleicht würde sie den heutigen Abend einfach zuhause verbringen, vielleicht würde sie ein wenig lesen, vorher mit ihrer Tochter telefonieren, das war sowieso schon überfällig, vielleicht den Fernseher einschalten. Dann sollte sie aber unbedingt noch einkaufen gehen. Elfriede sah auf die Uhr ihres kleinen Polos – halb acht –, welche noch Winterzeit anzeigte. Dann hatte sie noch Zeit genug, den Greißler Franz aufzusuchen.

Elfriede Steiner würde ihre Uhr im Auto nicht umstellen, heute sicher nicht, und wenn sie es sich recht überlegte, dann lohnte es sich auch nicht mehr. Sie hatte sich daran gewöhnt, dass die Uhr nicht stimmte. Außerdem, irgendwann demnächst würde die von Elfriede so ungeliebte Winterzeit auch wiederkommen.

Sie erwischte den Greißler kurz vor dem Zusperren. Sie kaufte von überall ein wenig, weil sie es verabsäumt hatte, sich zu überlegen, was sie essen wollte.

Elfriede Steiner war um ein Vielfaches spontaner geworden, seit sie allein lebte, und das tat ihr sehr gut. Sie entschied spontan, was sie essen sollte. Sie entschied spontan, was sie unternehmen sollte, sie unterhielt sich spontan mit Menschen. Und genauso spontan trug sie ihre Einkäufe heim, um dann doch nicht den Abend zuhause zu verbringen.

12

Wie jeden Abend um die gleiche Zeit öffnete sich die Türe des Kaffeehauses *Hummel* und Erwin Horak trat ein, missmutig, forschen Ganges, die anderen Gäste missbilligend musternd. Er nahm an seinem Tisch Platz und der Kellner brachte ihm ein Bier und die Karte. Für all dies brauchten sie keine Worte, Erwin und der Kellner waren durch die Jahre ein eingespieltes Team geworden.

Heute hatte Herr Albert Dienst und Herr Albert hatte einen Charme, der Erwin Horak ganz besonders lag. Herr Albert war ausgesprochen mundfaul und stets etwas grantig. Die beiden Herren schätzten einander auf stille und zurückhaltende Weise gegenseitig.

Erwin Horak hörte nur am Rande das Gespräch einer Gruppe Herren einen Tisch weiter. Er bekam wohl mit, dass sie sich über ihn unterhielten, und verzeichnete dieses Getuschel hinter seinem Rücken als unpassend, aber weniger störend. Außerdem war Horak Getuschel am Nebentisch tausendmal lieber, als dass er von jemandem angesprochen wurde oder sich gar unterhalten müsste. Er hatte schwer daran gearbeitet, jetzt hatte er seinen Frieden, und das war sehr gut so. Er brauchte diese Leute nicht, weder jene am Nebentisch, noch die an jedem anderen Tisch.

In diesem Kaffeehaus konnte man die unterschiedlichsten Menschen treffen, bekannte und unbekannte, berühmte und solche, welche es einmal sein werden, Menschen der Wirtschaft, Menschen der Kultur, kreative und erfolgreiche oder einfach gern gesehene. An manchen Abenden war es im *Hummel* sehr gesellig, blieben manche an den Tischen stehen und unterhielten sich mit anderen, die sie vom Sehen oder von dem einen oder anderen Treffen kannten, andere standen an der Theke beisammen und unterhielten sich. Es war ein Kommen und Gehen.

Wie heute Abend. Das *Hummel* war bis auf den letzten Platz voll, zwar nicht im Gastgarten, denn dafür war der heutige Abend nicht warm genug, und es herrschte ein reges »Grüß Sie« und »Servus«, das aber zu seinem größten Glück vollkommen an Erwin Horak vorbeiging.

Er bestellte und holte sich dann einige Tageszeitungen, auch hatte er für später ein Buch dabei. So stellte er sich einen netten Abend vor, ein akzeptables Essen, ein paar Bier, Tagesgeschehen und viel Ruhe.

Elfriede Steiner schlenderte durch die Gassen der Josefstadt, ohne ein bestimmtes Ziel, wobei, sie hatte doch ein Ziel: Den Abend nicht zuhause zu verbringen. Nachdem sie die Einkäufe heimgebracht hatte, wollte sie einfach nur wieder raus. Sie hatte es nicht eilig und wusste auch noch nicht so recht, wohin sie gehen sollte.

Eine Zeit lang ging sie einem jungen Pärchen nach, folgte diesem in gewisser Entfernung. Die beiden waren sehr jung, Elfriede vermochte ihr Alter nicht genau zu schätzen, aber mit ziemlicher Sicherheit waren sie noch keine achtzehn. Sie waren entzückend zueinander, die Art, wie sie sich hielten, gefiel Elfriede ganz besonders. Vorsichtig, liebevoll, zurückhaltend zärtlich hielten sie sich an den Händen und sahen einander immer wieder an, manchmal blieben sie stehen und hielten sich fest, er drückte sie sanft an sich und sie küssten sich mit solcher Liebe, dass es Elfriede Steiner den Atem nahm.

Nach einer Weile ließ sie die beiden ziehen, schlug einen anderen Weg ein als das junge Paar. Sie wollte sie nicht verfolgen, es war ihr einfach passiert und jetzt war ihr das unangenehm.

Und dann vermisste sie plötzlich ihre Beschwingtheit, und sie wusste nicht so recht, warum. Ein klein wenig verloren fühlte sie sich plötzlich und da beschloss sie, spontan ins *Hummel* zu gehen. Sie wusste nicht so recht, warum, aber das *Hummel* war ihr lieber als ihr Wohnzimmer, vielleicht war es generell das bessere Wohnzimmer. Sie ging einfach zum *Hummel* und blieb davor eine Weile stehen. Im Gastgarten waren noch vereinzelt Tische frei, drinnen war sehr viel los, das konnte sie durch die Fenster sehen, also nahm sie draußen an einem der Tische Platz.

Es war frisch, aber nicht kalt, eigentlich war es angenehm, doch das konnte sich Elfriede nicht eingestehen, weil sie die Sonne so sehr liebte und diese versteckte sich heute hinter den Wolken. Nach Regen sah es aber trotzdem nicht aus, und so machte es sich Elfriede an ihrem Tisch gemütlich, holte ihre Zigaretten hervor und ihre *Gala*, welche sie seit drei Tagen mit sich trug. Heute war ein guter Tag, diese zu lesen.

Der Kellner kam und fragte Elfriede nach ihren Wünschen, es war Herr Otto. Sie wusste, dass sie bei diesem Kellner diese Woche schon mal war und dass er nett gewesen war.

Sie bestellte einen Eistee und verlangte die Karte, der Kellner kam kurz darauf mit beidem.

»Danke sehr«, sagte Elfriede Steiner, hielt die Karte unschlüssig in der Hand, dann rief sie den Kellner zurück: »Warten Sie!«

Der Kellner drehte um: »Ja bitte, G'näd' Frau?«

»Können Sie mir etwas empfehlen?«

»Selbstverständlich…«

»Ich mag heute einfach nicht aussuchen«, sagte Elfriede Steiner.

Herr Otto schmunzelte und nickte. »Lieber etwas Leichtes?«, schlug er vor.

»Ja, lieber etwas Leichtes.«

Der Kellner dachte kurz nach, dann sagte er: »Dann würde ich Ihnen die Putenbrust natur empfehlen. Mit Kartoffelpuffern und englischem Gemüse.«

»Klingt gut. Ja bitte«, sagte Elfriede Steiner.

Herr Albert räumte Horaks Teller ab und erkundigte sich erst gar nicht, ob diesem das Essen geschmeckt hatte. Erwin Horak bestellte sich ein zweites Bier und widmete sich wieder seinen Tageszeitungen. Von Zeit zu Zeit schüttelte er den Kopf. Er fragte sich nicht zum ersten Mal, ob die Welt tatsächlich keine anderen Probleme hatte, als die hier beschriebenen. Und es waren auf eine recht eigenartige Weise immer die gleichen Probleme, nur in anderem Mantel, die Tag für Tag durch die Zeitungen geisterten. Horak wurde einmal mehr davon überzeugt, dass die Menschen nicht lernfähig waren. Und diese Gabe gaben sie von Generation zu Generation weiter.

Manchmal fragte sich Horak, warum er all diesen Unsinn Tag für Tag las. Er blätterte weiter, las hier und dort einen Artikel, aber im Großen und Ganzen konnte er nichts finden, das ihn besonders interessiert hätte. Mit Aufmerksamkeit, aber wenig Begeisterung las er die politische Berichterstattung. Es war für ihn immer wieder mehr als erstaunlich, welche Politiker sich im Sessel hielten und welche wiederum nicht. Er konnte das nicht immer nachvollziehen, waren es doch fast immer jene, die er als Dummköpfe ablehnte, die über Jahrzehnte im Amt blieben, und jene, die er für fähige Köpfe hielt, schnell von der politischen Bildfläche verschwanden. Natürlich hätte es ihn auch mehr als verwundert, wenn es einmal andersrum gekommen wäre.

So legte er die eine Zeitung zur Seite, um die nächste aufzunehmen.

Elfriede Steiner blätterte in ihrer Zeitschrift und rauchte eine Zigarette, heute wollte sie damit nicht warten. Beobachten wollte sie heute auch niemanden, sie war nicht in der richtigen Stimmung dazu. Der Kellner brachte ihr Essen und Elfriede legte die Zeitschrift aufgeschlagen neben den Teller.

Sie fand es befremdend, dass sie heute nicht gern allein war. Sie hatte während des Essens immer wieder aufgesehen, ob sie nicht jemanden erblicken würde, den sie kannte. Aber wen kannte sie schon? Nicht sehr viele und jene nur flüchtig. Sie hätte die ältere Dame gern wieder getroffen. Komisch, dabei hatte sie doch ansonsten kein Problem mit dem Alleinsein.

Vor gar nicht so langer Zeit hätte sie viel dafür gegeben, allein sein zu dürfen, hier sitzen zu können, ohne irgendwohin zu müssen, ohne etwas tun zu müssen, selbstbestimmt zu sein. Wenn sie noch einmal in der Zeit zurückgehen könnte, dann würde sie wieder alles tun, um genau das zu erreichen, was sie jetzt hatte, auch wenn das heute nicht nach besonders viel aussah.

Ein kleines Auf und Ab, das gehörte zum Leben einfach dazu. Wenn sie in sich ging, und das tat Elfriede Steiner jetzt, dann musste sie feststellen, dass sie sich früher nie so gut gefühlt hatte wie in letzter Zeit, den heutigen Tag eingeschlossen. Sie führte ihr etwas getrübtes Gemüt auf das Fehlen der Sonne zurück und unterbrach damit ihr Nachdenken.

Sie sah jetzt doch hinaus auf die Straße, sah den Passanten nach, dann nahm sie die Lektüre ihrer *Gala* wieder auf, war aber nur halb bei der Sache. Dann stand sie auf, um zur Toilette zu gehen.

Als sie wieder auf dem Weg hinaus in den Gastgarten war und das *Hummel* durchquerte, sah sie gleich neben der Türe zum Gastgarten den Herrn von gestern sitzen, am selben Tisch. Sie schmunzelte und konnte es sich nicht nehmen. Elfriede Steiner ging auf den Tisch zu und blieb daneben stehen.

»Guten Abend«, sagte sie.

Erwin Horak sah hinter seiner Zeitung auf, obwohl er es eigentlich nicht wollte. Er hatte bemerkt, dass sich jemand seinem Tisch näherte, wollte aber diesem Jemand keine Beachtung schenken, zumal er die Frau bereits erblickt hatte, als sie auf dem Weg zur Toilette gewesen war. Trotzdem erschrak er ein wenig, als sie vor seinem Tisch stand, und hasste sich im selben Moment dafür.

»Keine Angst. Heute habe ich selbst einen Tisch.«

»Was für ein Glück!«

»Ich dachte nur, welch ein Zufall, sehen wir uns heute wieder«, sagte Elfriede.

Erwin widmete sich seiner Zeitung und hob nur die Augenbrauen.

»Tja«, sagte Elfriede, »ich wollte Ihnen nur einen netten Abend wünschen.«

»Ja, ja«, sagte Erwin. Und Elfriede ging zu ihrem Tisch in den Gastgarten zurück.

Sie war froh, zu dem Herrn hinüber gegangen zu sein. Irgendwie amüsierte er sie. Sie nahm die Lektüre ihrer Zeitschrift nicht wieder auf, stattdessen zündete sie sich eine Zigarette an und sah in die Ferne.

Als der Kellner ihr leeres Glas bemerkte, kam er zu ihr.

»Darf ich Ihnen noch etwas bringen?«, fragte Herr Otto.

»Ja. Bitte, ein Achterl Rotwein diesmal.«

»Gerne«, sagte der Kellner und wollte gerade am Absatz umdrehen, als Elfriede intuitiv reagierte.

»Warten Sie«, sagte sie.

»Ja?«, fragte der Kellner.

»Der Herr, der drinnen gleich am ersten Tisch links von der Türe zum Gastgarten sitzt«, sagte Elfriede. »Kommt dieser Herr oft her?«

»Ja«, sagte der Kellner, »der Professor hat diesen Tisch jeden Tag für sich reserviert.«

»Jeden Tag?«

Der Kellner nickte.

»Und immer denselben Tisch?«

Wieder nickte der Kellner.

»Das ist interessant«, sagte Elfriede.

»Nun«, sagte der Kellner und kam näher an Elfriede Steiners Tisch heran. Was er sagen wollte, musste nicht jeder im Gastgarten hören. »Wir haben schon sehr viele Stammgäste hier. Und die meisten sind... sagen wir, Gewohnheitstiere.«

»Verstehe«, sagte Elfriede Steiner.

»Und wie sehr gewöhnt ist jener Herr an das *Hummel*?«

Herr Otto schmunzelte, denn diese Frage war eine sehr elegante Art, herauszufinden, wie lange der Professor schon diesen Tisch okkupiert hatte.

»Ich würde sagen hochgradig, gnädige Frau.«

»Kennen Sie ihn?«

»Nicht wirklich. Er ist ein zurückhaltender Mensch.«

»Sie wollten sagen, etwas unfreundlich?«

»Das haben Sie gesagt.«

»Ja, das habe ich gesagt. Aber ist er immer so unfreundlich?«, fragte Elfriede.

Der Kellner dachte nach, obwohl es eigentlich nichts nachzudenken gab.

»Im Großen und Ganzen...«, begann er.

»Ja, möchten Sie sagen?«, half Elfriede Steiner, die bemerkte, dass Herr Otto durch und durch Kellner war und nicht zu einem Gast etwas Unnettes über einen anderen Gast sagen wollte.

»Nun, ja... Sind Sie eine Bekannte des Herrn Professors?«, fragte Herr Otto, der plötzlich fürchtete, in eine Falle geraten zu sein.

»Nein, nein. Ich durfte nur gestern an seinem Tisch sitzen.«

»Wirklich?« Der Kellner war ehrlich erstaunt.

»Ist das so ungewöhnlich?«

»Ich würde sagen, ja. In fünfzehn Jahren, in welchen ich jetzt im *Hummel* arbeite, hat der Herr Professor stets allein gespeist.«

Jetzt war es an Elfriede Steiner, »wirklich« zu sagen.

»Ja. Obwohl, nun, er trifft sich auch zum Kartenspielen mit einem Freund, also...«, der Kellner unterbrach sich. Jetzt war er doch indiskret geworden.

Elfriede Steiner nickte. Sie hätte gern noch etwas gefragt, tat es aber nicht, da der Kellner sich bereits unwohl zu fühlen schien.

Der Kellner ging und brachte ihr etwas später den Rotwein. Viel später zahlte Elfriede Steiner, gab dem Kellner ein ausgesprochen großzügiges Trinkgeld und ging nachhause.

13

Guten Tag«, sagte Elfriede Steiner und strahlte den Herrn an, welcher hinter seiner Zeitung versteckt an seinem Tisch saß.

»Sie beginnen, mir wirklich auf die Nerven zu gehen«, sagte Erwin Horak in seine Zeitung hinein.

»Das ist doch ein guter Anfang, oder?«, fragte Elfriede und setzte sich.

»Was ist denn jetzt schon wieder?«, fuhr Erwin Horak auf.

»Nichts weiter. Ich leiste Ihnen Gesellschaft.«

Er warf die Zeitung auf die Bank und stützte sich mit den Ellenbogen am Tisch auf. Er fuhr sich übers Gesicht und sah die Frau an.

»Was muss ich tun, damit Sie verstehen, dass ich keine Gesellschaft möchte?«

»Ach, kommen Sie. Das ist einfach lächerlich. Sollen wir beide wirklich ganz allein jeder an seinem Tisch sitzen?«

»Ja, das wäre für den Anfang schon etwas. Und als Nächstes hören Sie damit auf, mich zu belauern.«

Elfriede Steiner schmunzelte. »Hätte ich Sie gestern nicht ansprechen sollen?«

Am Vortag war Elfriede wieder im *Hummel* gewesen, da sie am Heimweg Josefine Berger im Gastgarten sah. So ging sie schon wieder aus, wieder ins *Hummel*, und hatte wieder einen herrlichen Abend mit Rotwein und eine wunderbare Unterhaltung mit der

Dame. Als sie dann auf die Toilette ging, sah sie den grantigen Herren mit jemandem Karten spielen und konnte es sich nicht nehmen, ihn kurz anzusprechen.

»Gestern, vorgestern, wann auch immer. Lassen Sie mich bitte in Ruhe.«

»Habe ich Ihren Bekannten gestört?«, fragte Elfriede, fest entschlossen, heute diesen Herrn zu ergründen. Sie wusste selbst nicht so recht, warum, aber sie musste es einfach tun. Er war ihr ein Rätsel, und sie war alt genug, Rätsel nicht mehr Rätsel sein zu lassen.

»Sie haben mich gestört«, fuhr Horak auf. »Und Sie tun es schon wieder!«

»Sie haben doch meinetwegen nicht die Partie verloren?«

»Ach«, Erwin wusste sich keinen Rat mehr.

Er war an dem vergangenen Abend mit Kurt hier gewesen, sie waren an ihrem Tisch gesessen und hatten Karten gespielt. Sie hatten sich gut unterhalten und Kurt Gruber war seinem Freund dankbar gewesen, dass sie sich ein zweites Mal in der Woche getroffen hatten. Das war Erwin Horak auch nicht recht gewesen, denn sein Freund brauchte nicht dankbar sein, er traf sich durchaus nicht ungern zum Schnapsen mit ihm. Außerdem waren gerade Ferien und so wahnsinnig viel hatte er da auch nicht zu tun. Ja, schon, er hatte zu tun, aber es lief ihm nichts davon, außer der Unruhe auf der Straße und diese war in den letzten Nächten enorm gewesen. Die Gegend wurde immer verrückter und Erwin Horak hatte dafür keine Erklärung. Außerdem, er war so oder so jeden Abend im *Hummel*, da konnte er sich auch mit Gruber treffen.

Aber noch mehr als der abendliche Lärm auf der Straße störte ihn, dass diese Frau schon wieder hier gewesen war. Er hatte sie bereits beim Betreten des Kaffeehauses erblickt, und das hatte seine Laune nicht wirklich gehoben. Was tat sie jeden verdammten Abend hier? Ihre bloße Anwesenheit begann ihn zu irritieren. Und dann hatte sie auch noch unbedingt zu ihnen an den Tisch kommen müssen. Er verstand das überhaupt nicht, ganz und gar nicht. Und Kurt Gruber hatte ihn mit Fragen gequält. Das alles hatte ihm den gestrigen Abend verdorben und auf den heutigen schien sie es auch abgesehen zu haben.

»War das ein Freund von Ihnen?«, fragte Elfriede Steiner fröhlich weiter.

»Was?«, fragte Erwin, der mit den Gedanken ganz woanders war.

»Gestern. Der Herr an Ihrem Tisch. Ist das ein Freund von Ihnen gewesen?«

»Nein, ich treffe mich mit vollkommen Fremden zum Schnapsen.«

Sie musste lachen. »Sicher«, sagte sie.

Der Kellner kam zum Tisch. »Grüß Sie«, sagte er zu Elfriede Steiner. Erwins Bier hatte er bereits in der Hand.

»Guten Tag. Herr Klaus, nicht wahr?«

»Ja«, der Keller nickte, lächelnd, auch er hatte Elfriede wiedererkannt.

»Ha«, Elfriede strahlte Horak an.

»Brauchen wir heute einen eigenen Tisch?«, fragte der Kellner.

»Ach nein, ich finde die Gesellschaft des Herrn Professors recht nett«, sagte Elfriede.

Herr Klaus schmunzelte und blickte zu Erwin Horak, der resigniert mit den Schultern zuckte.

»Was darf ich Ihnen bringen?«

»Bringen Sie mir bitte ein Achterl Rot und die Karte«, sagte Elfriede Steiner.

»Haben Sie schon bestellt?«, fragte Elfriede und sah auf die Speisekarte, die neben Erwin lag. Dieser schüttelte den Kopf.

»Das ist nett, dann können wir gemeinsam essen.«

»Ich kann mir nichts Netteres vorstellen«, brummte Erwin in sich hinein.

»Das dachte ich mir«, sagte Elfriede und begann, in ihrer Handtasche zu kramen.

Nach einer Weile legte sie das Päckchen Zigaretten auf den Tisch und wühlte weiter in ihrer Handtasche.

Erwin Horak beobachtete das Treiben und war sich nicht ganz sicher, wie er diese Frau einstufen sollte, verwirrt, leicht daneben, etwas verrückt oder komplett hinüber. Er überlegte, wie er reagieren sollte, musste aber gleichzeitig einsehen, dass es etwas spät für eine deutliche und heftige, abweisende Reaktion war. Wobei, diese hätte sie ja dann doch auch wieder nicht verstanden. Erwin Horak stand vor einem Rätsel, wie immer, wenn es um die Menschheit ging.

Nach einer Weile konnte er einfach nicht mehr zusehen, er schob sein Feuerzeug mit einem leichten Stoß über den Tisch zu Elfriede.

Diese sah auf: »Danke, das ist nett.«

»Dafür hören Sie mit der Kramerei auf.«

»Abgemacht«, sagte Elfriede Steiner, zündete sich eine Zigarette an und schob das Feuerzeug zurück.

»Erzählen Sie mir von Ihrem Freund«, forderte ihn Elfriede auf.

»Wozu?«

»Ich möchte mich mit Ihnen unterhalten, das ist der Grund.«

»Aber ich mich nicht mit Ihnen.«

»Das ist mir schon aufgefallen. Aber es erscheint mir unangebracht, Sie so direkt zu fragen, warum Ihnen eine Unterhaltung mit mir unangenehm ist.«

»Mir ist doch nicht...«, polterte Erwin Horak, unterbrach sich aber wieder. Dann beschloss er, eine andere Taktik anzuwenden.

»Hören Sie, es ist recht einfach. Ich bin gern allein, ich genieße die Ruhe und ich brauche keinen Menschen. Ich komme mit mir allein ganz hervorragend zurecht.«

»Im Leben?«, fragte Elfriede Steiner.

»Natürlich!«, fuhr Erwin Horak auf, um sämtlichen Unterstellungen sofort den Wind aus den Segeln zu nehmen.

»Wirklich? Das finden Sie gut?«

»Natürlich finde ich das gut.«

»Nun, wenn Sie dieser Meinung sind«, sagte Elfriede und sah sich im Lokal um. Sie wusste, jetzt hatte sie einen Fuß in der Türe.

»Was heißt...! Sie sind mit Abstand die unverschämteste Person, die mir je untergekommen ist.«

»Danke, das Kompliment kann ich ohne Zögern erwidern.«

Elfriede Steiner beobachtete das Treiben im Kaffeehaus, rauchte genüsslich ihre Zigarette und schenkte Erwin Horak so wenig Beachtung, wie es ihr möglich war.

Erwin Horak war zornig und wollte das alles nicht so stehen lassen. Er konnte es gar nicht so stehen lassen. Wer dachte diese Person eigentlich, wer sie war?

»Jetzt passen Sie mal auf«, sagte er.

»Bitte«, sagte Elfriede, welche sich bemüht gleichgültig Erwin zuwandte.

»Ich bin mehr als zufrieden mit meinem Leben und es steht Ihnen wahrlich nicht zu, zu urteilen.«

»Würde mir nie einfallen«, sagte Elfriede und hob ihre Hände abwehrend.

»Ach nein! Das tun Sie nicht? Und was sollte das eben?«

»Nichts weiter.«

»Nichts weiter? Das ist interessant. Sie setzen sich hier an meinen Tisch, missachten meinen ausdrücklichen Wunsch, in Ruhe gelassen zu werden, und bohren in Dingen herum, die Sie nichts angehen, und jetzt sagen Sie *nichts weiter*?«

»Jetzt möchten Sie sich doch unterhalten?«, fragte Elfriede.

»Nein, das will ich nicht.«

Herr Klaus trat an ihren Tisch, er brachte Elfriede Steiners Rotwein.

»Haben die Herrschaften schon gewählt?«, fragte er.

Erwin Horak warf ihm einen vernichtenden Blick zu, bestellte dann bemüht unwirsch ein Wiener Schnitzel. Elfriede Steiner räusperte sich, der Kellner schmunzelte.

»Keine Manieren«, sagte sie mehr zu sich, dann bestellte sie einen gebackenen Emmentaler.

Horak holte Luft, weil er etwas sagen wollte, ließ es dann aber sein.

»Was?«, fragte Elfriede.

»Unterlassen Sie Kommentare zu meiner Person!«

»Entschuldigen Sie. Natürlich. Vielleicht wissen Sie das ja auch nicht. Wenn man in Gesellschaft speist, bestellt die Dame zuerst.«

»Spielen Sie sich hier nicht auf«, fuhr Horak sie an. Er zog sich eine Zigarre aus seinem Sakko, das neben ihm auf der Bank lag, und rauchte sie sich an.

»Nur so als Anmerkung. Nicht als Kritik. Sie dürften ja hauptsächlich allein essen gehen.«

»Halten Sie doch einfach den Mund!«, befahl Erwin Horak und kaute an seiner Zigarre, während er beim Fenster hinaussah.

Er holte innerlich tief Luft und versuchte sich nicht aufzuregen, denn er musste bemerken, das fruchtete heute und hier nicht besonders.

Elfriede Steiner war zufrieden mit sich und beschloss, den Herrn etwas zappeln zu lassen. Sie wusste, dass ihm so manches keine Ruhe ließ, das konnte sie seiner Körpersprache deutlich anmerken. Vielleicht, dachte sie bei sich, werden wir diesen Sturkopf heute knacken.

So saßen die beiden beisammen, an Horaks Tisch, er, konzentriert auf seine Zigarre, sah beim Fenster hinaus, sie die Menschen im Kaffeehaus beobachtend, aber aus den Augenwinkeln ihr Gegenüber.

»Ich denke, das wollen Sie schon«, sagte Elfriede Steiner nach einer Weile.

»Was?«, fragte Horak irritiert.

»Sich unterhalten.«

»Nein! Ich wollte das nur klarstellen.«

»Entschuldigen Sie bitte vielmals, aber was wollten Sie klarstellen?«

»Dass Sie mir auf die Nerven gehen«, knurrte Erwin.

»Ach. Das wusste ich doch schon längst.«

Elfriede nippte an ihrem Wein, just in dem Moment, in dem Horak sich einen kräftigen Schluck von seinem Bier gönnte. Er stellte das Glas ärgerlich zurück.

»Ich finde, das ist eine interessant starke, emotionale Regung mir gegenüber«, sagte Elfriede Steiner.

»Was?«, Horak war fassungslos.

»Ich meine ja nur. Wir kennen uns kaum.«

»Wir kennen uns gar nicht. Und wenn es nach mir gegangen wäre, aber das ist Ihnen ja komplett egal, dann hätte das auch so bleiben können.«

»Das glaube ich Ihnen nicht.«

»Das darf doch nicht wahr sein, was gibt es da nicht zu glauben?«, fuhr Erwin Horak auf.

»Sie können doch nicht zufrieden sein, wenn Sie jeden Abend so komplett einsam an ihrem Tisch sitzen. Tag für Tag«, sagte Elfriede.

»Doch, ich wäre mehr als zufrieden, wenn es nur so wäre.«

»Wie kommen Sie eigentlich darauf, dass ich jeden Tag hier sitze?«, fragte Erwin Horak nach einer Weile.

»Ach«, sagte Elfriede. »War nur so ein Verdacht.«

»Ein Verdacht?«

»Nun, ja, ich habe Sie in letzter Zeit zumindest so gut wie jeden Tag gesehen, und...«

»Sie spionieren mir nach!«, polterte Erwin Horak.

»Keine Sorge, so interessant sind Sie nun auch wieder nicht.«

Er zog sich zurück, lehnte sich tief in die Bank und sah wieder zum Fenster hinaus. Irgendwie lief nichts so, wie er es gern gehabt hätte. Jetzt ganz abgesehen davon, dass er diese eigenartige Verrückte nicht an seinem Tisch brauchte. Horak hätte schon angenommen, dass er mit ihr fertig werden würde. Und er war nicht einverstanden damit, dass sie sich offensichtlich Gedanken zu seiner Person machte. Das konnte er wirklich nicht brauchen.

Sie ließ es auf sich beruhen. Sie wollte nicht zu forsch an dieses Gespräch herangehen, denn sie merkte, dass der Herr seine Geduld tatsächlich verlor. Wenn sie es langsam und bedacht anging, dann würde sie doch noch herausfinden, warum er gar so abweisend war.

Etwas später kam der Kellner und brachte den beiden, die sich justament nicht ansahen, ihr Essen. Herr Klaus war interessiert an dem Verlauf ihres Gespräches und bemerkte, dass beide in abwartender Position verweilten. Er war gespannt, an wen der nächste Punkt gehen würde. Bisher, so hatte es Herr Klaus geistig notiert, gingen alle Punkte klar an die Dame. Hatte der Alte seinen Meister gefunden, dachte er anerkennend bei sich.

»Sie müssen wirklich verzweifelt sein«, sagte Erwin Horak.

»Ich?«

»Natürlich. Sitzt hier sonst noch jemand?«

»Wie kommen Sie denn darauf?«, fragte Elfriede.

»Na, mir ist es ja egal«, tat Erwin Horak das Gespräch ab.

»Versuchen Sie den Spieß umzudrehen?« Elfriede war amüsiert, damit hatte sie nicht gerechnet.

»Ich versuche hier gar nichts. Es kann ja sein, dass Sie hier etwas versuchen. Aber ich kann Ihnen gleich sagen, es wird nicht funktionieren.«

»Was versuche ich denn?«, fragte Elfriede Steiner.

»Das weiß ich ja nicht. Woher soll ich wissen, was sich in Ihrem verwirrten Kopf abspielt.«

Elfriede lachte, denn ihr war plötzlich klar, warum der Herr so unfreundlich war.

»Was gibt es zu lachen?«, fragte Erwin Horak unwirsch.

»Nichts. Gar nichts«, sagte Elfriede.

»Sie haben recht, ich will es gar nicht wissen.«

»Ja, Sie wollen nichts wissen. Das haben Sie bereits erwähnt. Nun, ich darf Ihnen trotzdem sagen, ich bin keine Spur verzweifelt. Ganz im Gegenteil. Ich bin sehr glücklich, noch nicht lange, aber ich bin es.«

»Sagen Sie bloß, Sie sind erst glücklich, seit Sie mir auf die Nerven gehen können.«

»Aber nein. Das ist allerdings eine sehr lange Geschichte«, sagte Elfriede Steiner.

»Lassen Sie mich bitte raten.«

»Nur zu.«

»Sie sind geschieden. Seit, warten Sie, ein paar Monaten. Sie fühlen sich ach so frei und unabhängig. Aber wenn Sie allein zuhause sind, fällt Ihnen die Decke auf den Kopf«, sagte Erwin Horak und widmete sich seinem Schnitzel. Er brauchte keine Antwort, er wusste sie schon. Die Dinge waren klar und für ihn abgehakt.

»Eigentlich nicht«, sagte Elfriede.

»So unsicher auf einmal?«, jetzt war Horak amüsiert.

»Ich überlege nur.«

»Tun Sie das«, sagte Erwin, er war mit seinem Essen beschäftigt.

»Kennen Sie das Gefühl?«, fragte Elfriede.

Erwin Horak sah nicht auf, er aß weiter und schüttelte den Kopf.

»Sicher?«

»Natürlich bin ich sicher.«

»Wie kommen Sie dann darauf?«

»Einfach so. Ganz einfach so. Sie sehen so aus«, sagte Horak.

»Ich glaube Ihnen nicht.«

»Das ist...«

Elfriede unterbrach ihn: »Ihnen egal?«

»So ist es.«

»Wenn es jetzt so wäre, dass Sie recht hätten. Wobei, ich bin mir da wirklich nicht sicher. Es ist nur... Auf jeden Fall, wenn Sie recht hätten, dann hätte das auch etwas Nettes, denn dann hätten wir zwei etwas gemeinsam«, sagte Elfriede, nachdem sie nachdenklich in ihrem Essen rumgestochert hatte. Sie war sich wirklich nicht sicher. Irgendwie war etwas dran, an dem, was er gesagt hatte. Vielleicht.

»Jetzt machen Sie bitte endlich einen Punkt!«, polterte Erwin Horak.

Elfriede Steiner sah ihn nur an.

»Ich bin vollkommen zufrieden, wenn ich nur meine Ruhe habe.«

Sie nickte und aß weiter.

»Und außerdem...«, sagte Horak. »Außerdem, ich bin nicht frisch geschieden.«

»Sie sind verheiratet?«

»Gott behüte«, sagte Erwin, und meinte es hundertprozentig ernst.

Elfriede musste lachen. »So schlimm?«

»Was? Ihr Frauen? Ja.«

»Nein, Ihre Exfrau.«

»Es gibt keine Exfrau.«

»Wie? Einen Moment. Sie waren gar nie verheiratet?«, Elfriede Steiner war mehr als erstaunt.

»So ist es. Und ich bin stolz darauf. Bevor Sie mir jetzt wieder mit irgendeinem Schmarrn daherkommen.«

»Das...«, Elfriede stutzte, »ist ungewöhnlich. Entschuldigen Sie bitte, aber Sie müssen doch so um die fünfzig sein. Und nie verheiratet?«

»Nie.«

»Hm.«

»Und im Grunde weiß ich nicht, warum ich Ihnen das überhaupt erzähle.«

»Ich schätze, Sie wollten vermeiden, dass wir beide etwas gemeinsam haben«, sagte Elfriede.

Erwin Horak schnaubte.

»Ist es wirklich so schlimm?«, fragte Elfriede Steiner.

»Was?«

»Wenn Sie etwas von sich erzählen.«

»Ach, lassen Sie mich in Ruhe.«

»Glauben Sie wirklich, dass ich das tun werde?«

»Nein«, sagte Horak mürrisch.

»Und wissen Sie, was ich nicht glaube?«

Horak sah sie nur an.

Er sparte es sich, zu erwähnen, dass ihn dies nicht im Geringsten interessierte. Elfriede sah genauso zurück.

»Na, sagen Sie es schon, sonst habe ich eine schlaflose Nacht«, sagte Erwin Horak.

»Dass Sie allein zufrieden sind.«

»Tja«, sagte Horak und zuckte mit den Schultern.

»Na gut, ich zuerst. Ja, das war schon richtig. Ich bin tatsächlich frisch geschieden. Und ja, ich erfreue mich meiner Unabhängigkeit. So wie heute, ich kann einfach ausgehen, wann ich will und wohin ich will.«

Und nach einer Pause merkte Elfriede noch an: »Und kann treffen, wen ich will«, wobei sie auf Erwin Horak deutete.

»Interessante Wahl, die Sie da getroffen haben.«

»So übel finde ich Sie gar nicht«, sagte Elfriede.

»Das war jetzt schon wieder etwas, das mich nicht interessiert. Ich meinte eigentlich, wenn Sie treffen können, wen Sie wollen, was suchen Sie dann hier im *Hummel* an meinem Tisch?«

»Das, muss ich ehrlich gestehen, weiß ich selbst nicht so genau.«

»Na wunderbar«, stöhnte Horak.

»Und jetzt Sie. Warum sitzen Sie heute hier mit mir?«, fragte Elfriede Steiner.

»Was ist das für eine blöde Frage? Ich scheine keine andere Wahl zu haben«, knurrte er.

»Das ist zwar irgendwie richtig, aber das habe ich nicht gemeint.«

»Und was wollen Sie jetzt hören?«, Erwin Horak legte das Essbesteck auf den Teller. Er hatte für heute mehr als genug.

»Warum sind Sie jeden Abend hier?«

»Zunächst, woher wollen Sie das schon wieder wissen? Ich mag, oder mochte, das *Hummel* bisher einfach. Hier habe, oder hatte, ich meine Ruhe.«

»Und die haben Sie zuhause nicht?«

»Herrje, was Sie alles wissen möchten! Meine Güte, ich bin gern hier. Muss ich mich da jetzt wirklich vor Ihnen rechtfertigen?«

»Nein, das müssen Sie nicht.«

»Wirklich großzügig.«

Elfriede Steiner beendete ihre Mahlzeit auch. Sie wischte sich den Mund an der Serviette ab und faltete sie einmal in der Mitte, bevor sie diese unter das Essbesteck am Teller schob. Dann nahm sie den letzten Schluck aus ihrem Weinglas und zog sich eine Zigarette aus dem Päckchen.

»Das mag ich ganz besonders, das Rauchen nach dem Essen«, sagte sie.

Erwin Horak, der gerade eine Zigarre aus seinem Sakko fischte, sagte: »Was Sie nicht sagen.«

Herr Klaus kam, um die Teller abzuräumen. »War alles in Ordnung?«, fragte er Elfriede.

»Ausgezeichnet«, sagte diese.

Er wandte sich zu Horak, nahm seinen Teller und sah ihn an.

»Es geht«, sagte dieser.

Sie bestellte sich noch ein Achterl, Erwin dachte kurz nach, sagte dann: »Was soll's.« Und der Kellner nickte, um beiden die Getränke zu bringen.

»Bei Ihnen kann nichts einfach gut sein, oder?«, fragte Elfriede Steiner.

»Ist mir noch nicht passiert.«

»Was?«, Elfriede war schockiert über das eben Gehörte.

Erwin Horak biss sich mental auf die Zunge. »Vergessen Sie es.«

»Haben Sie das ernst gemeint?«

»Nein«, sagte er.

»Wäre traurig, wenn Sie es hätten.«

»Ja, ja. Ist schon recht.«

»Elfriede Steiner«, sagte sie nach einer kurzen Pause.

»Ah ja«, sagte er.

»Und Ihr Name?«

»Horak.«

»Sie haben ganz gewiss auch einen Vornamen.«

»Professor.«

»Ach, kommen Sie. Was ist schon dabei? Schließlich essen Sie mit mir.«

»Es macht wahrscheinlich wenig Sinn, Ihnen mitzuteilen, dass ich nicht mit Ihnen esse, weder wollte, noch dies freiwillig tue.«

Elfriede Steiner schüttelte den Kopf.

»Erwin.«

»Freut mich, Sie kennenzulernen, Erwin.«

»Das Vergnügen ist ganz auf meiner Seite«, knurrte er.

»Machen Sie nie eine Pause?«, fragte sie schmunzelnd.

»Nein«, sagte er.

Herr Klaus brachte die Getränke. Elfriede nahm ihr Glas und hielt es hoch. »Wollen wir darauf anstoßen?«

»Übertreiben Sie es nicht«, sagte Erwin.

Elfriede trank einen Schluck, dann sagte sie: »Wenn ich jetzt schon Ihren Namen weiß, dann verraten Sie mir doch auch endlich, wo Sie unterrichten. Schule oder Universität?«

»Ich habe gleich gewusst, dass das keine gute Idee war.«

»Jetzt machen Sie doch nicht so ein Geheimnis daraus. Und sagen Sie nicht schon wieder, es würde mich nichts angehen.«

»Richtig. Aber bitte, an einem Gymnasium.«

»Wirklich?«, Elfriede musste lachen. Sie konnte sich ihr Gegenüber nicht beim Unterrichten von Halbwüchsigen vorstellen.

Erwin Horak rollte nur mit den Augen und verkniff sich einen Kommentar.

»Warum nicht«, stellte Elfriede Steiner fest.

»Ehrlich, jetzt gehen Sie mir wirklich auf die Nerven.«

»Vorher nicht?«

Erwin Horak grunzte nur.

»Also Lehrer an einer Schule?«

»Wo denn bitte sonst? Und jetzt machen Sie nicht so ein Theater. Was ist daran so wahnsinnig witzig?«

»Gar nichts. Wirklich gar nichts.«

»Wissen Sie was – Es reicht mir jetzt.«

Erwin Horak stand auf und ging zum Kellner, um zu zahlen.

»Gute Nacht«, rief ihm Elfriede nach, in dem Wissen, wo er am nächsten Abend zu finden sein würde.

14

»Sehen wir uns heute?«, fragte Erwin Horak. Er saß in seinem Wohnzimmer, eine Zigarre in seinem Mundwinkel, im Hintergrund gaben sich Dizzy Gillespie und Charlie Parker ein entfesseltes Duell in ihren Soli.

»Ja, wie immer, oder?«, fragte Kurt Gruber leicht irritiert. Er konnte sich nicht erinnern, wann ihn sein Freund das letzte Mal angerufen hatte.

Obwohl, nein, er hatte am Sonntag angerufen, richtig, damit sie sich etwas für Montag ausmachen konnten. Stimmt, dachte Kurt Gruber bei sich. Aber trotzdem. In all den Jahren, in welchen sie jetzt schon befreundet waren, hatte Erwin Horak äußerst selten angerufen. Wirklich sehr selten. Kaum, eigentlich. Und jetzt zwei Mal hintereinander. Eigenartig, dachte Kurt.

»Sicher«, sagte Erwin Horak.

»Ist irgendetwas?«, fragte Kurt Gruber. Sie hatten sich doch deswegen noch nie angerufen. Man traf sich am Mittwoch im *Hummel*, da hatte es noch nie einen Grund zum Anrufen gegeben. Nicht einmal, um abzusagen, hatte Horak bisher angerufen, das fiel ihm, Gruber, jetzt zum ersten Mal auf. In all den Jahren hatte er manchmal, Horak allerdings nie den Termin versäumt. Er hatte sich weder krank noch beschäftigt gemeldet.

»Nein, nein«, sagte Horak zerstreut, der selbst nicht so recht wusste, warum er Gruber angerufen hatte. Natürlich würden sie sich treffen. Was für eine Frage, das hätte zumindest er selbst als Antwort gegeben.

Wenn Gruber angerufen hätte, hätte Horak ihm zweifellos gesagt, dass höchstens der Tod oder ein Gefängnisaufenthalt zureichende Entschuldigungsgründe wären, um am Mittwoch vom Schnapsen entschuldigt zu sein.

»Gut«, sagte Gruber, der nicht so recht wusste, was es noch zu besprechen gab.

»Ja«, sagte Horak. »Und wie geht es dir?«

»Wie es mir geht?«, Gruber war viel zu zerstreut, um darauf gleich zu antworten. Er war den Vormittag über sehr in Gedanken gewesen und mit einem Anruf von Erwin hatte er nicht gerechnet.

Er hatte mit Resi gestritten, dabei war dies das Letzte gewesen, was er wollte. Kurt Gruber hatte beim Frühstück gemeint, ob es nicht für Resi das Beste wäre, wenn sie sich eine Haushaltshilfe nehmen würden, jetzt wo sie doch in Pension waren und so. Der Gedanke war ihm am Wochenende gekommen, während er darüber gegrübelt hatte, wie er Resis Leben verbessern konnte.

Resi hatte lange nichts gesagt, und Kurt hatte gedacht, sie würde nachdenken. Aber sie hatte nur schwer geschluckt, sehr schwer.

Dann war Resi laut geworden, und Kurt war sich sicher, seine Frau war noch nie zuvor laut geworden, nicht bei ihm, bei den Kindern vielleicht, obwohl, nein, auch da kaum. Sie war ein sanftes Wesen und Kurt war bestürzt gewesen, wie sehr er sie getroffen haben musste, dass sie derartig heftig reagiert hatte. Sie hatte gesagt, ob er wirklich denke, sie sei schon zu alt. Sie ließe niemals eine Fremde an ihre Sachen, niemals.

Dann war Resi aufgestanden und hatte weggeräumt, obwohl sie noch keinen Bissen gegessen hatte. Kurt war ihr nachgegangen, hatte versucht, sie zu beruhigen. Nein Resi, darum geht es mir doch gar nicht. Resi, schau, du machst das alles so wunderbar, seit Jahren schon, aber denk doch nur, wie viel Zeit wir zwei zusammen verbringen könnten, wenn es jemand anderer für dich tun würde. Was wir alles tun könnten, wir zwei. Das hatte er gesagt, aber es hatte nicht viel verändert. Resi war verärgert gewesen. Kurt beharrte auf seinem Standpunkt. Dann war Resi aufgestanden und hatte gesagt: »Der Einzige, den ich an meine Sachen lasse, das bist du.«

Erwin Horak war über sich selbst irritiert. Was tat er hier? Warum rief er bei Gruber an? Was wollte er von ihm? Das war ihm äußerst unklar, eigentlich sogar mehr als das. Er bemerkte, dass er schon wieder grantig wurde. Und irgendwie, eigenartigerweise, wollte er trotzdem nicht auflegen, und auch nicht seinen Grant an Gruber auslassen, wobei ihm schon bewusst war, dass ihm das sonst nicht besonders viel ausmachte, beides, das Auflegen und den Grant an anderen auszulassen. Er stand eindeutig neben sich. Vielleicht hatte er ja gerade deswegen bei Gruber angerufen. Eigenartige Entscheidung, das räumte er schon ein.

»Ja«, sagte Horak nur, er war nicht wirklich gut in diesen Gesprächen.

»Nun, im Grunde gut, nur, na ja, im Moment vielleicht nicht. Und dir?«, sagte Kurt.

»Ja. Passt«, sagte Erwin.

»Du warst immer der bessere Lehrer«, sagte Horak dann einfach, eigentlich dachte er es schon lange und jetzt hier am Telefon wollte es einfach raus.

»Wirklich?«

»Ja. Ich wollte nur, dass du es weißt.«

»Danke.«

Kurt war perplex, er wusste nicht, was er jetzt sagen sollte.

»Dann bis später«, sagte Horak und legte auf, ohne eine Antwort abzuwarten.

Kurt Gruber stand mit dem Hörer in der Hand noch eine Weile da und schaute nirgendwohin. Er wusste, das was sein Freund eben gesagt hatte, war sein voller Ernst gewesen. Horak sagte nie etwas, was er nicht meinte, vielleicht meinte er manches, was schlecht klang, im Grunde gut, aber umgekehrt, nein, umgekehrt war es bei ihm noch nie der Fall gewesen. Warum, das wusste er nicht bestimmt, denn er hatte noch nie Anerkennung aus Horaks Mund gehört.

Kurt Gruber dachte nach, dachte darüber nach, warum sein Freund ihm das mitgeteilt hatte, dachte nach, warum ihm das so ein Bedürfnis gewesen sein könnte und warum er dachte, er sei der schlechtere Lehrer von ihnen beiden gewesen. Und er wusste auch genau, was es bedeutete, dass er diese Worte aus Erwins Mund gehört hatte. Erwin machte sich Gedanken um ihn. Vielleicht wollte er ihn auch nur ein wenig trösten, aber Kurt Gruber kannte Erwin Horak schon lange genug, dass er wusste, er wollte niemanden einfach nur trösten. Nein, Erwin musste schon lange so denken, aber er hatte es nie gesagt. Warum heute?

Resi kam zu Kurt. Sie verdrängte ihren Ärger schnell, als sie ihren Mann so nachdenklich mit dem Telefonhörer in der Hand stehen sah.

»Was ist denn los, Kurti?«

»Ich weiß es nicht genau.«

»Wer war es denn?«

»Erwin.«

»Kann er heute nicht?«, fragte sie.

»Doch, doch. Er wollte wissen, ob es dabei bleibt.«

Resi legte ihre Stirn in Falten.

»Ja, das hat mich auch gewundert.«

»Warum sollte es denn nicht dabei bleiben?«, fragte sie.

»Ich weiß es nicht«, sagte Kurt.

Sie setzten sich auf die Wohnzimmerbank.

»Vielleicht könnten wir uns ja die Hausarbeit teilen«, sagte Kurt und Resi lächelte.

»Das war es, was du mittags gemeint hast, ja?«, fragte Kurt.

Jetzt nickte Resi.

»Nun, vielleicht kein schlechter Gedanke. Auch auf diese Weise würden wir mehr Zeit miteinander verbringen«, sagte er.

»Und es bleibt mehr Zeit, in der wir beide etwas anderes unternehmen können«, sagte sie.

»Ja, das sollte es.«

Sie sahen sich eine Weile an.

»Es tut mir leid. Wirklich«, sagte Kurt.

»Mir auch«, sagte Resi. »Weißt du was, wir werden etwas unternehmen.«

Kurt war sofort Feuer und Flamme. »Ja. Lass uns etwas tun, wofür wir sonst keine Zeit haben.«

»Ja.«

Sie saßen beide am Sofa und überlegten, was das sein könnte.

Nach einer Weile nahm Kurt Resis Hand. So saßen sie da, einfach da, und die Stille war ihnen unangenehmer, als die vorangegangene Unstimmigkeit.

Einkaufen gehen, aber was? Spazierengehen, schon wieder? Ins Theater, am Nachmittag? In den Zoo, zu wenig Zeit. Kurt Gruber ging in Gedanken alles durch, was ihm einfiel, und er stellte zu seiner Erschütterung fest, es fiel ihm nichts ein, was auch nur ansatzweise aufregend oder einmalig genug gewesen wäre für seine momentane Stimmung. Nichts, gar nichts.

»Vielleicht«, begann er. Resi sah ihn erwartungsvoll an. »Vielleicht sollten wir ins Ausland gehen«, sagte er schließlich.

Resi sah ihn an. »Dann schaffst du es nicht bis um halb sieben ins *Hummel.*«

»Stimmt«, räumte Kurt ein.

»Aber trotzdem«, sagte er.

»Wohin möchtest du denn gehen?«

»Ich weiß es nicht. Irgendwohin, woanders hin.«

»Warum? Ich mag Wien«, sagte Theresa Gruber.

»Ich ja auch. Aber ich denke, eine Veränderung würde uns guttun.«

»Ich dachte, du magst keine Veränderungen.«

»Ja, das dachte ich auch.«

»Aber?«

»Jetzt hätte ich gern eine.«

»Eine andere Wohnung?«

»Nein, nein. Keine andere Wohnung. Ich möchte woanders hinziehen, von vorne anfangen, etwas Neues machen. Uns neu entdecken«, sagte Kurt Gruber.

»Und du meinst nicht, wir wären dafür schon etwas zu alt?«

»Nein«, sagte Gruber. »Und du?«

»Nein, natürlich nicht. Aber Kurti, ehrlich, glaubst du wirklich, dass das so viel verändern würde?«

»Muss es einfach. Sieh uns doch an, es fällt uns nichts ein, was wir jetzt tun könnten. Nichts Besonderes oder Aufregendes. Gar nichts.«

»Wir könnten jetzt einfach losgehen, ins nächste Reisebüro«, Resi stand auf, um sich das Telefonbuch zu holen. Sie blätterte darin, während sie weitersprach: »Und einfach Hals über Kopf einen Urlaub buchen. Irgendwohin, was uns gerade einfällt. Am besten gleich für nächste Woche.«

Kurt Gruber sah seine Frau erstaunt an, damit hatte er nicht gerechnet. Natürlich, es war nicht die radikale Veränderung, nach der ihm der Sinn stand, aber trotzdem ergriff ihn eine gewisse Aufregung. So spontan waren sie noch nie gewesen. Sie fuhren jedes Jahr im Sommer für zwei Wochen an den Wörthersee, seit Jahrzehnten schon. Aber einfach so, auf und davon, auch wenn es einen Rückreisetag geben würde, das hatte schon etwas.

Kurt sprang auf. »Resi, du bist großartig! Genau das machen wir«, sagte er.

Resi lächelte verschmitzt, sie klappte das Telefonbuch zu und sagte: »Aber vorher weiß ich etwas Besseres. Weißt du, es ist nicht so, dass mir nichts eingefallen wäre, was wir tun könnten.«

Sie nahm Kurtis Hand und führte ihn ins Schlafzimmer.

15

Servus«, sagte Kurt, als sich sein Freund an den Tisch setzte. Er mischte bereits die Karten, und lächelte, mehr für sich als für Erwin bestimmt.

Erwin Horak steckte sich eine Zigarre in den Mund und zündete diese an. Erst dann schenkte er Kurt Gruber Beachtung.

»Was ist denn mit dir?«, fragte er.

»Nichts weiter«, sagte Kurt vergnügt.

Erwin Horak brummte in sich hinein, sagte aber nichts. Das hatte ihm gerade noch gefehlt, ein überdrehter Gruber. Nichts konnte in letzter Zeit einfach so sein, wie es immer gewesen war und auch hätte bleiben sollen.

»Und mit dir?«, fragte Gruber in Bezug auf ihr Telefongespräch.

»Was soll mit mir schon groß sein?«, fuhr Horak auf.

»Na, ich hatte am Nachmittag das Gefühl, du würdest auf etwas hinauswollen.«

Erwin fuhr unwirsch mit der Hand durch die Luft. Er hatte sich bereits den gesamten Nachmittag geärgert, dass er überhaupt bei Gruber angerufen hatte.

»Spielen wir Karten oder machen wir einen Diskussionsclub auf?«

Kurt lächelte. »Schon in Ordnung, ich habe ja auch schon gemischt.«

»Dann gib endlich.«

Sie nahmen beide ihre Schnapskarten auf. Erwin spielte aus und Kurt warf dazu.

»Wir haben heute einen Urlaub gebucht«, erzählte er.

»Hm«, sagte Erwin, nahm den Stich an sich und spielte die nächste Karte aus.

»Jetzt gerade, bevor ich hergekommen bin, da waren Resi und ich im Reisebüro in der Lerchenfelderstraße. Du weißt schon, das mit den Last Minute Flügen.«

»Habt ihr es denn plötzlich eilig?«, fragte Erwin.

»Irgendwie schon, ja. Der Rest des Lebens soll endlich beginnen«, frohlockte Kurt Gruber.

»Aha«, sagte Erwin.

Kurt stach Erwins Karte, drehte die Karten um und legte sie zu sich. Dann spielte er kurz entschlossen aus.

»Das heißt, es geht dir besser?«, fragte Erwin.

»Und wie«, strahlte Gruber. »Du hast keine Ahnung, wie viel besser es mir geht. Es ist, als wäre mir eine Last genommen. Ich habe endlich eine Perspektive und das ist herrlich.«

Erwin Horak sah seinen Freund an. Er musste bemerken, dass ihn das freute, und rang sich ein Lächeln ab.

Gruber legte die Karten zur Seite.

»Entschuldige, ich spiele gleich weiter, aber…«, begann er.

»Nein, ist schon in Ordnung«, sagte Horak und legte seine Karten ebenfalls zur Seite.

Gruber war erstaunt, zum zweiten Mal heute, zuerst Resi und jetzt Erwin. Hatte er alle um sich herum falsch eingeschätzt?

»Du wolltest etwas sagen«, forderte ihn Horak auf.

»Ja, ja, das wollte ich.« Kurt war zerstreut, glücklich, aufgeregt.

»Dann raus damit!«

»Entschuldige, ich bin einfach etwas aufgekratzt. Es war unglaublich aufregend, heute einfach loszugehen und diesen Urlaub zu buchen. Am liebsten wäre ich sofort auf und davon geflogen, aber…«

»Aber du wusstest, du musst heute noch hier aufkreuzen«, unterbrach ihn Erwin.

»Ja, sicher, das auch. Das Interessante ist, ich muss gar nicht auf und davon gehen, für immer, um meinem Leben wieder einen Sinn zu geben.«

»Sollte ich ein Wort von dem verstehen, was du sagst?«, fragte Horak.

»Schau, es ist so, du weißt, dieser Beruf, Lehrer zu sein, das war mein Leben, voll und ganz. Da hat es nicht viel daneben gegeben. Meine Bücher und meine Schüler. Und jetzt plötzlich geht es so aber nicht mehr weiter«, erzählte Kurt.

»Das ist der Sinn der Pensionierung.«

»Nein, das ist er eben nicht. Damit quäle ich mich, seit der Sommer begonnen hat, das ist er eben nicht. Man sollte Zeit für sich und seine Interessen haben. Man sollte sein Leben leben können, auch, wenn nicht mehr der Beruf im Zentrum steht.«

»Da lob ich mir meine gute alte, miese Einstellung dem Lehrerberuf gegenüber«, sagte Horak.

»Ja, irgendwie scheint das wohl besser zu sein. Auch wenn ich das noch immer nicht wirklich nachvollziehen kann«, begann Gruber, machte dann eine Pause, sah seinen Freund an und fragte: »Warum hast du eigentlich diese schlechte Einstellung einem Beruf gegenüber, den du ergriffen hast? Ich meine, es war doch deine Entscheidung.«

»Lange Geschichte, fällt unter selbst schuld. Du wolltest gerade etwas erzählen.«

»Na, auf jeden Fall. Mir war plötzlich nach einer drastischen Veränderung. Irgendeiner, nur drastisch musste sie sein. Ich war so in meiner Alltagsroutine gefangen, du weißt schon, lesen, im Arbeitszimmer sitzen, auf das nächste Unterrichtsjahr vorbereiten, dass ich einfach nichts mit meiner Zeit anfangen konnte. Ich bin weiterhin einfach nur in meinem Arbeitszimmer gesessen und habe Bücher gelesen. Aber wozu, das habe ich mich gefragt. Wozu das alles?«, erzählte Kurt Gruber weiter und Erwin nickte. So in etwa hatte er sich das bei Gruber auch vorgestellt, dem armen Teufel, der nichts kannte, außer seinem Beruf.

»Ja, und deswegen wollte ich mein Leben auf den Kopf stellen, unser Leben, denn ich finde, es wird Zeit, dass Resi und ich etwas wirklich Verrücktes tun.«

»Wie da wäre?«, fragte Horak, nicht unamüsiert, da er sich alles vorstellen konnte, nur nicht, dass sein Freund etwas Verrücktes tat.

»Ins Ausland gehen, für immer. Verstehst du? Neu anfangen. Komplett neu anfangen. Schauen, was das Leben uns bieten kann.«

»Nicht viel, wenn ich dir die Spannung nehmen darf«, sagte Horak trocken.

»Aber ja doch! Allein der heutige Nachmittag, den möchte ich nicht missen.«

»Wieso? Möchte Resi auswandern?«

»Nun, nein, nicht wirklich. Und wahrscheinlich ist es sogar besser so«, räumte Kurt Gruber etwas kleinlaut ein. Er merkte, er steigerte sich heute etwas in seine Euphorie hinein.

»Aber«, sagte er weiter, »ihr Vorschlag, einfach einen Urlaub zu machen, von heute auf morgen, einfach zu buchen, was angeboten wird, von heut auf morgen auf und davon zu fliegen, auch wenn es nur für zwei Wochen ist, der war fantastisch und damit hätte ich nie gerechnet.«

»Aha«, sagte Horak und zog die rechte Augenbraue hoch. Er griff nach seinen Karten. Grubers Geschichte konnte ihn doch nicht zu begeistertem Beifall beflügeln.

»Ich habe nicht gewusst, dass meine Frau so spontan sein kann. Sie war wie ein Schulmädchen heute, und ich sehe wirklich eine gute Chance, dass wir unser Leben von jetzt an anders angehen«, sagte Kurt.

»Viel Glück«, sagte Horak.

»Weißt du«, sagte Gruber und nahm seine Karten auch wieder auf. »Wir müssen nicht in ein anderes Land gehen, um ein neues Leben zu beginnen. Wir tun es hier, und die Veränderung, die ist hier oben«, sagte er und klopfte sich auf die Stirn.

Horak sagte nichts darauf, zum einen, weil ihm kein spitzer Kommentar einfiel, zum anderen, weil er wohl einräumen musste, dass Gruber recht hatte. Horak war mit Veränderungen noch nie warm geworden, und schon gar nicht da oben.

Horak stach Grubers Karte und ließ Beständigkeit über Veränderung triumphieren.

»Wollen wir etwas essen?«, fragte Kurt, während Erwin studierte, welche Karte er ausspielen sollte.

»Du bist mir heute etwas zu unruhig«, sagte Erwin.

»Entschuldige«, sagte Kurt und zog seine Hand von der Speisekarte zurück.

»Aber in Ordnung«, fügte Erwin hinzu.

Die beiden Herren unterbrachen ihr Spiel, um die Karte zu studieren, besser gesagt, Gruber studierte die Karte, Horak lehnte sich zurück und rauchte sich eine Zigarre an. Dann winkte Erwin Horak dem Kellner, sie bestellten und nahmen das Spiel wieder auf.

»Isst du nicht normalerweise zuhause, bevor du herkommst?«, fragte Erwin.

»Ja, schon.«

»Aber heute wart ihr im Reisebüro«, beantwortete sich Horak die Frage selbst.

»Genau«, sagte Gruber, dem erst jetzt auffiel, dass er schon wieder etwas Außergewöhnliches getan hatte. Er hatte nicht zuhause gegessen. Man musste ja nur aufpassen, die außergewöhnlichen Dinge konnten jederzeit passieren.

Sie spielten weiter.

Elfriede Steiner kam ins *Hummel.* Sie wollte sich eigentlich am liebsten in den Gastgarten setzen, aber ein erneutes Abendessen mit dem grantigen Professor, das lockte sie schon sehr. Also ging sie in das Innere des Lokals, steuerte zielstrebig auf seinen Tisch zu und war mehr als erstaunt, dort ein Paar mittleren Alters sitzen zu sehen, eigentlich erschrak sie sogar ein wenig, aber nur, weil sie sich um ein Haar zu jenen dazugesetzt hätte. Sie war etwas irritiert und sah sich im Lokal um.

Sollte sie womöglich gestern zu weit gegangen sein? Hatte sie dem Herrn seine Angewohnheit verdorben? Unsicherheit überkam sie. Dann entdeckte sie den grantigen Professor im hinteren Teil des Lokals an den Spieltischen, eigentlich seine Zigarre, denn er saß mit dem Rücken zu ihr. Sie lächelte und war beruhigt, wenn auch etwas planlos, dann ging sie hinaus in den Gastgarten und suchte sich einen Tisch.

Aber irgendwann, während sie in ihrer Zeitschrift blätterte, der Kellner ihr Getränk brachte und sie daran nippte, war sie nicht mehr zufrieden.

Sie legte die Zeitschrift zur Seite und dachte nach. Sie war enttäuscht und verstand nicht recht, warum. Und sie hätte sich jetzt gern unterhalten.

Sie griff kurz entschlossen in ihre Handtasche und holte ihr Handy hervor. Sie hielt es in der Hand, wollte es wieder zurückstecken, da sie sich lächerlich fand, doch dann gab sie dem Impuls einfach nach, da sie vor nicht allzu langer Zeit beschlossen hatte, ihren Impulsen nachzugeben.

Sie rief ihre Tochter an. Es läutete eine Weile, dann ging Sabine Steiner ran.

»Ja, hallo?«, meldete sie sich.

»Hallo Sabine. Ich hoffe, ich störe dich nicht.«

»Nein, kein Problem.«

»Gut. Was machst du gerade?«, fragte Elfriede.

»Ich sitze zuhause und sehe fern.«

»Hättest du Lust, zu mir ins *Hummel* zu kommen?«

»Ich weiß nicht. Ich bin sehr müde heute und ich bin schon in den bequemen Joggingsachen...«

»Macht nichts«, sagte Elfriede, aber ihre Enttäuschung war ihr anzuhören. Das tat ihr leid, denn es war schließlich keine Enttäuschung wegen ihrer Tochter.

»Ist alles in Ordnung bei dir?«, fragte Sabine.

»Ja, natürlich. Ich weiß auch nicht, mir war einfach nach einer Unterhaltung.«

»Warte. Ich komme«, sagte Sabine und legte auf.

Elfriede Steiner sagte dem Kellner, dass sie mit der Bestellung ihres Essens noch warten wollte. Dann stand sie auf und ging ins Innere des *Hummel*. Es wäre fast schon unhöflich, den grantigen Professor nicht zu grüßen.

»Guten Abend, Herr Professor«, sagte Elfriede Steiner und stellte sich lächelnd neben den Tisch.

»Guten Abend«, sagte Kurt Gruber und sah die Frau fragend an, dann erkannte er sie.

Elfriede, welche seinen Blick bemerkte, sagte: »Ich habe mich das letzte Mal gar nicht vorgestellt. Elfriede Steiner.«

»Kurt Gruber«, sagte Kurt Gruber.

»Angenehm«, sagte Elfriede und sah Erwin Horak an.

»Ich wünsche noch einen netten Abend«, sagte sie.

»Ja, ja«, sagte Erwin und Elfriede lächelte zufrieden.

Sie wandte sich ab und ging Richtung Toiletten.

Kurt stammelte noch ein »ebenfalls« hinten nach, dann sah er seinen Freund verwundert an.

»Die Dame, die du am Montag als Verrückte bezeichnet hast, richtig?«, fragte er.

»Ganz genau.«

»Und du bleibst dabei?«

»Hundertprozentig.«

»Sie scheint aber recht nett zu sein.«

»Nein, sie ist eine Nervensäge«, sagte Erwin und Kurt lachte.

»Was bitte gibt es da zu lachen?«

»Nichts weiter. Nur, weißt du, also, ich finde es einfach interessant, was du gerade gesagt hast.«

»Wenn du meinst«, brummte Horak und stach Grubers Karte.

Dieser fragte ungerührt: »Woher kennt ihr euch?«

»Wir kennen uns gar nicht«, sagte Horak und spielte aus.

»Ach so.«

Kurt stach Erwins Karte, spielte aus und stach wieder. Die Runde ging an Gruber.

»Sie scheint dich aber zu kennen«, sagte Kurt nach einer Weile, nicht minder amüsiert über die Reaktion seines Freundes.

»Fängst du schon wieder damit an!«, polterte Erwin Horak.

»Meine Güte, sie ist mir ein, zwei Mal über den Weg gelaufen. Was soll die Fragerei?«

»Aha.«

»Unterlass das *aha*!«

»Über den Weg gelaufen, ja?«

Horak, der gerade die Karten mischte, legte sie ärgerlich zur Seite. »Was soll das?«

»Nichts weiter. Ich war nur neugierig.«

»Bring lieber dein Leben in Ordnung!«

Kurt Gruber sagte nichts darauf und Horak war ärgerlich, etwas auch über sich selbst.

Er war unruhig und fahrig, und das nur, weil sie an ihren Tisch gekommen war. Dabei hätte ihm das klar sein können. Er hatte fest damit gerechnet, dass sie ihn wieder heimsuchen würde. Deshalb hatte er ja auch Gruber angerufen, nur um sicherzugehen, dass sie sich heute nicht zu ihm setzen würde.

»Entschuldige«, sagte Horak.

»Schon gut, wenn du nicht darüber reden willst...«

»Nein, so ist es auch nicht. Es ist nicht der Rede wert. Sie hat sich vorige Woche zu mir an den Tisch gesetzt und wahrscheinlich hat es schon ausgereicht, dass sie sitzen bleiben durfte, dass sie jetzt glaubt, mich dauernd ansprechen zu müssen. Das ist eigentlich alles«, erklärte Horak, weil es ihm jetzt doch etwas leidtat, seinem Freund über den Mund gefahren zu sein.

»Verstehe«, sagte Kurt, »also eine Kaffeehausbekanntschaft.«

»Wenn du es so willst, ja.«

»Hätte ja sein können...«, begann Kurt, unterbrach sich aber selbst.

»Nein«, fuhr Erwin auf, »absolut nicht.«

Sie spielten weiter und Erwin Horak lenkte geschickt das Thema auf Kurt, der bereitwillig über seinen Einstellungswandel berichtete, während Elfriede Steiner Gesellschaft bekam.

Mutter und Tochter unterhielten sich bis weit nach Elf.

16

Erwin Horak war wieder ausgesprochen gut gelaunt, es konnte gar nicht anders sein. Er hatte gestern Abend allen Grund gehabt, sich noch furchtbar zu ärgern, am meisten über sich selbst. Er wusste bis heute nicht, warum er bei Gruber angerufen hatte, obwohl, nein, er wusste es ganz genau, aber er wollte es nicht wahrhaben. Und es gab auch keinen Grund, Gruber all das zu sagen, was er gesagt hatte.

Den heutigen Tag hatte er damit verbracht, sich nicht mehr mit dem gestrigen zu beschäftigen, und er musste feststellen, dass es ihm etwas besser ging, als er endlich wieder einen Kopf dafür fand, sich über Fremde zu ärgern. Fremde, die vor seinem Haus ihre Autos einparkten, Fremde, die sich unnatürlich laut unterhielten, Nachbarn, die seine Kreise mit Tratsch störten.

Ja, Frau Artner aus dem zweiten Stock hatte sich tatsächlich erdreistet, Horak mit Tratsch über andere Mieter aufzuhalten. Und er hatte sich am Nachmittag in die Bücherei zurückgezogen.

Verhältnismäßig beruhigt, fast schon stoisch saß Erwin Horak im *Hummel*, las in den Tageszeitungen und erwartete das Unausweichliche, mehr oder minder begeistert. Wobei, das stellte er fest, richtig aufregen konnte ihn diese Person auch nicht mehr. Und damit war er ansatzweise zufrieden.

»Guten Abend.« Elfriede stand neben dem Tisch.

»Guten Abend«, sagte Horak, sah aber aus Prinzip nicht auf.

Elfriede ließ sich ihm gegenüber nieder.

Sie registrierte mit Begeisterung, dass Erwin Horak zurückgegrüßt hatte. Sie machten Fortschritte!

»Haben Sie schon bestellt?«, fragte sie.

»Nein«, sagte Horak.

»Sagen Sie bloß, Sie hätten auf mich gewartet?«

Erwin Horak zuckte mit den Schultern und las weiter.

Der Kellner kam, um Elfriedes Getränkebestellung entgegenzunehmen und legte eine Karte auf Horaks Seite.

»Diesen Kellner kenne ich noch nicht«, sagte Elfriede.

»Hm«, brummte Horak in seine Zeitung, auch wenn er genau wusste, worauf sie hinauswollte. Aber sie musste schon den Mund aufmachen, wenn sie etwas von ihm wissen wollte.

»Und Sie?«

»Ja«, antwortete Erwin kurz und bündig.

»Und wie heißt er?«

»Peter.«

»Sie kennen wirklich von allen Kellnern die Namen, oder?«

»Ja.«

Elfriede blätterte in der Karte, überlegte noch, etwas zu sagen, beschloss aber, sich zuerst auf die Auswahl einer Speise zu konzentrieren, vielleicht war der Herr Professor schon hungrig.

»Was nehmen Sie?«, fragte Elfriede Steiner, unschlüssig wie immer.

»Gulasch«, antwortete Erwin Horak.

»Macht es Ihnen etwas aus, wenn ich das gleiche bestelle?«, fragte sie und schloss ihre Karte, behielt sie aber sicherheitshalber in der Hand.

»Nein«, sagte er, noch immer hinter seiner Zeitung.

»Aber«, sagte er und sah seitlich an der Zeitung vorbei, »sind Sie wirklich so unselbstständig, dass Sie sich nicht selbst etwas aussuchen können?«

»Das ist es nicht. Es ist mehr so, dass es mir im Prinzip egal ist, was ich esse.«

»Gibt es gar nicht. Niemandem ist egal, was er isst«, sagte Horak, schon wieder in seinen Artikel vertieft.

»Doch, mir schon.«

»Und mir erst recht. Also tun Sie, was Sie wollen, das schaffen Sie ja sonst auch recht gut.«

»Danke«, sagte Elfriede und meinte beides, die Erlaubnis, das gleiche bestellen zu dürfen, und das Kompliment. Sie beschloss einfach, es als Kompliment aufzufassen.

Erwin Horak las weiter seine Zeitungen, legte die eine zur Seite, um die andere an sich zu ziehen, und war zufrieden mit der Ruhe, die an seinem Tisch eingekehrt war. Wobei, gleichzeitig musste er eine gewisse Gleichgültigkeit gegenüber der Präsenz des ungebetenen Gastes feststellen, welche ihn mehr als erstaunte. Aber gut, es war eine Gleichgültigkeit, die er den meisten Dingen des Lebens gegenüber nicht hatte. Horak hing diesem Gedanken nicht weiter nach, wozu auch, es war das Unausweichliche, das er hinnahm. Wie auch immer, er las einfach weiter.

»Und, wer hat gestern Abend das Spiel gewonnen?«, fragte Elfriede Steiner.

»Ah, zu diesem Thema wollte ich Ihnen sowieso etwas sagen. Könnten Sie es bitte unterlassen, mich beim Schnapsen zu stören?«

»Soll das heißen, Ihr Freund hat gewonnen?«

»Nein, hat er nicht. Aber er hat mir tausend Fragen gestellt.«

»Und dass Sie das nicht besonders mögen, könnte ich ja schon gemerkt haben.«

»So ist es.«

»Warum eigentlich?«

»Warum was?«, fuhr Erwin Horak auf und legte seine Zeitung zur Seite. Er würde wohl kaum mehr in Ruhe weiterlesen können, also konnte er es auch gleich aufgeben.

»Warum stört es Sie so, wenn Sie jemand etwas fragt?«

»Das ist die dämlichste Frage, die mir seit Langem gestellt wurde«, bemerkte Horak bissig.

»Vielleicht wären Sie trotzdem so nett, sie einfach zu beantworten.«

»Sie sind eine furchtbar nervtötende Person.«

»Danke, ich finde Ihre Art auch sehr erfrischend«, antwortete Elfriede gut gelaunt.

»Ich habe auch eine Frage. Warum sind Sie so hartnäckig?«

»Keine Ahnung. Wirklich. Ich bin sonst eigentlich eher ein ruhiger Mensch.«

»Welch Ehre mir zuteilwird«, stöhnte Erwin Horak.

»Und woran genau liegt es, dass Sie in meiner Gegenwart zu einer Nervensäge werden?«, fragte er.

Elfriede Steiner zuckte mit den Schultern. »Ich denke, ich finde Sie interessant. Aber bitte, nicht, dass Sie mich missverstehen.«

»Nein, wie käme ich denn dazu«, brummte Erwin Horak. »Sie sitzen nur ständig an meinem Tisch. Da gibt es nichts misszuverstehen.«

»Daran habe ich noch gar nicht gedacht«, sagte Elfriede.

»Wie könnte man auch! Hören Sie, es ist schlicht und es ist

einfach, ich suche keine Gesellschaft, weder auf die eine, noch auf die andere Art. Nur damit wir uns wirklich nicht falsch verstehen.«

»Ich wahrscheinlich schon, denke ich. Ich habe über das, was Sie das letzte Mal gesagt haben, nachgedacht und schätze, Sie haben recht, ich kann nicht allein sein.«

»Ah, die große Offenbarung! Da gratuliere ich. Dann machen Sie doch das Beste daraus und gehen Sie zurück zu Ihrem Mann.«

Elfriede überhörte den letzten Kommentar und fuhr fort, denn ihr war es wichtig, dies gesagt zu haben. Komisch, gestern, als ihre Tochter sie gefragt hatte, da konnte sie nicht einfach zugeben, dass sie nicht allein sein wollte. Oder war das gestern alles anders gewesen?

»Ich bin nicht gern allein. Ich habe es versucht, aber es erdrückt mich zuhause. Deshalb gehe ich jeden Abend aus. Meistens sitze ich nur da, und genieße still die Gegenwart der Menschen an den Tischen rundherum, oder ich treffe interessante Leute, mit denen ich eine gute Unterhaltung führe«, sagte Elfriede und lächelte.

»Wir sind, so scheint's, unterschiedlicher Auffassung, was eine gute Unterhaltung ist.«

»Was ist denn für Sie eine gute Unterhaltung?«

»Mit mir selbst.«

Elfriede lachte, aber dann merkte sie, dass Erwin Horak dies nicht im Geringsten als Scherz gemeint hatte.

»Sie meinen das ernst, ja?«, fragte sie.

»Natürlich. Ich habe Ihnen vor Tagen schon gesagt, ich brauche niemanden.«

»Das stelle ich mir sehr einsam vor.«

»Schließen Sie nicht von sich auf andere«, fuhr ihr Erwin über den Mund.

»Einsam? Vielleicht, ja, ich denke, ich bin einsam. Aber ich habe das bisher nicht bemerkt«, sagte sie nachdenklich.

Erwin Horak schenkte ihr einen gehässigen Augenaufschlag. Er würde jetzt sicher nicht als Tröster herhalten, so weit käme es noch, dachte er. Wenn es ihr schlecht ging, war das nicht seine Angelegenheit.

Herr Peter, der Kellner, brachte die Speisen.

»Guten Appetit«, sagte Elfriede, die nicht geneigt war, den grantigen Professor beim Essen lesen zu lassen.

»Das ist alles sehr verwunderlich für mich, müssen Sie wissen. Ich habe keine besonders gute Ehe geführt und war sehr froh, endlich allein und unabhängig zu sein, Zeit für mich zu haben, nur für mich.«

»Ach je! Sehe ich wie ein Beichtvater aus?«, fuhr Horak auf.

Elfriede sprach einfach weiter, sie wusste, er hörte zu: »In all den Jahren, in welchen ich verheiratet war, habe ich keinen einzigen Moment für mich allein gelebt, nur für die anderen, nie für mich. Eines Tages ist mir das aufgefallen und ich war verwundert, dass es mich nicht schon früher gestört hat.«

»Wenn Sie schon unbedingt etwas von sich erzählen müssen, dann verraten Sie mir endlich, warum Sie sich von Ihrem Mann getrennt haben.«

»Weil wir uns nie geliebt haben.«

»War er grob zu Ihnen?«

»Nein.«

»Hat er Sie betrogen?«

»Nein.«

»Hat er Sie vernachlässigt?«

»Na ja, also, wenn man bedenkt, dass ich selbst nicht wusste, was ich wollte...«

»Also nein. Hat er Sie ausgenützt?«

»Na ja...«

»Also auch nein.«

»So ist es auch nicht. Aber ich denke, ich habe mich selbst ausgenützt, für ihn, für die Ehe, für den Haushalt, für Frieden in der Beziehung.«

»Sage ich doch, auch nein. Hat Ihr Mann verstanden, warum Sie sich scheiden lassen wollten?«

»Nein«, Elfriede musste schmunzeln. Die Logik Erwin Horaks war unschlagbar.

»Mehr wollte ich gar nicht wissen«, schloss Horak und aß weiter.

»Warten Sie. So einfach ist das nicht. Eines Tages habe ich gesehen, dass wir uns nie geliebt haben.«

»Meine Güte! Liebe. Sie machen es sich einfach.«

»Das stimmt gar nicht. Ohne Liebe kann man mit niemandem zusammen sein.«

Erwin Horak hob nur seine Augenbrauen und sagte nichts weiter.

»Könnten Sie das denn?«, fragte Elfriede Steiner verwundert.

»Wir sprechen nicht von mir. Wir sprechen von Ihnen.«

»Warum blocken Sie ab?«, fragte Elfriede.

»Weil Sie das verdammt noch mal nichts angeht!«, polterte Horak.

»Sie tun das ständig.«

Nachdem sie keine Antwort bekam, sagte sie weiter: »Sie blocken ständig ab, wenn es um Sie geht. Ich glaube, ich verstehe jetzt besser, warum Sie sich immer so grantig geben. Sie wollen niemanden in sich hineinschauen lassen. Aber wissen Sie was, das funktioniert nicht. Sie verraten sich trotzdem.«

»Ah, Madame Oberg'scheit! Warum fragen Sie mich dann ständig irgendetwas?«

Diesmal bekam Erwin Horak keine Antwort. Elfriede dachte nach. Natürlich, das war der Grund, er blockte ab, aber warum, das war ihr noch etwas unklar. Was wusste sie von ihrem Gegenüber? Herzlich wenig. Dass er im *Hummel* Stammgast war, das wusste sie, dass er sämtliche Tageszeitungen las, das wusste sie, dass er die Namen der Kellner kannte, auch das wusste sie, und dass er sich gelegentlich mit einem Freund zum Kartenspielen traf, das wusste sie auch. Aber das war nicht besonders viel. Sie ahnte, dass er ihr auch das eine oder andere verraten hatte, was sie nicht zuordnen konnte. Irgendetwas an ihm hatte sie von Anfang an interessiert, aber sie konnte noch immer nicht recht sagen, was das war.

»Erklären Sie mir, wozu Sie sich scheiden ließen«, sagte Horak unvermittelt.

Elfriede Steiner war sich nicht sicher, ob es ihn tatsächlich interessierte, oder ob er nur weiterhin von sich selbst ablenken wollte. Sie saß eine Weile still da, wog ihre Worte ab.

»Weil er mich erstickt hat«, sagte sie schließlich.

Erwin Horak legte den Kopf schief, er verstand nicht wirklich.

»Mein Mann war sehr präsent, könnte man sagen. Es drehte sich alles um ihn, und jahrelang sah ich es als meine Aufgabe, ihn glücklich zu machen. Nur, das war unmöglich. Irgendwann habe ich erkannt, ich konnte ihn nicht wirklich glücklich machen, denn ich wusste nicht, was er braucht. Und das Entscheidende, er hatte keine

Ahnung, wer ich war. Was nicht weiter verwunderlich ist, denn ich wusste es ja selbst nicht. Nur, er nahm mich als Person nicht voll, interessierte sich nicht im Geringsten für Dinge, die mich betrafen. Ja, nein, ich kann es ruhig sagen, weil es stimmt, er hat sich nicht für mich interessiert.«

»Aha«, sagte Horak. So genau wollte er das alles gar nicht wissen.

»Wissen Sie, das Wichtigste ist doch, dass man die Person, mit der man zusammen ist, als Mensch akzeptiert. Und das hat er nie getan.«

»Wie hätte er es denn können, wenn Sie sich nur nach ihm gerichtet haben?«

»Deshalb habe ich mich auch scheiden lassen. Er konnte nicht. Ich konnte in dieser Beziehung nicht atmen«, sagte Elfriede.

»Wissen Sie, Egoismus ist ein Charakterfehler, schön und gut. Wahrscheinlich hätte ich diesen meinem Mann verzeihen können, bloß, ohne Liebe ist da nicht viel zu machen«, sagte sie.

»Und Ihnen ist nie vorher aufgefallen, dass Sie Ihren Mann nicht lieben?«

»Nein.«

»Sie sind eine eigenartige Person«, sagte Horak und legte sein Essbesteck zur Seite. Er hatte aufgegessen.

Elfriede aß noch. »Kann sein, dass wir das gemeinsam haben. Auf verschiedene Arten, aber trotzdem.«

»Wunderbar«, sagte Erwin Horak trocken.

»Und bei Ihnen?«, fragte Elfriede.

»Was soll bei mir sein?«

»Bei Ihnen wird es doch auch eine Geschichte zu erzählen geben. Ich meine, eine Beziehung oder so.«

»Nein.«

»Jetzt seien Sie nicht so stur.«

»Da gibt es nichts zu erzählen.«

»Doch, ich bin mir sicher, da ist etwas.«

»Wenn Sie das sagen«, bemerkte Erwin Horak und lehnte sich zurück.

Das Zeitunglesen hatte er vor längerer Zeit aufgegeben.

»Dann erzählen Sie irgendetwas anderes von sich«, forderte ihn Elfriede Steiner auf.

»Ich denke nicht im Traum daran.«

»Na kommen Sie. Nach all dem, was ich Ihnen erzählt habe.«

»Ich habe Sie nicht darum gebeten.«

»Das können Sie sich nicht mal selbst einreden«, konterte Elfriede und fuhr dann fort: »Ich habe das alles noch nicht einmal meiner Tochter erzählt, das mit dem Alleinsein, meine ich.«

»Vielleicht sollte ich mich deswegen geehrt fühlen, aber wissen Sie was, es ist mir egal.«

»Was sonst.«

Der Kellner kam, um ihre Teller abzuräumen. Erwin ergriff die Gelegenheit, sich ein zweites Bier zu bestellen, und Elfriede bestellte sich ein Achterl Rot.

»Dann erzählen Sie mir von Ihrem Beruf«, forderte Elfriede Steiner Erwin Horak auf.

»Da gibt es nichts zu erzählen.«

»Ach kommen Sie. Irgendetwas. Das ist jetzt wirklich nicht zu persönlich.«

»Das hat nichts...«, brauste Erwin auf, ließ es dann aber sein und sagte: »Ich wüsste nicht, was es da zu erzählen gäbe.«

»Fangen wir doch damit an, welche Fächer Sie unterrichten.«

»Mathematik und Physik «, sagte Erwin.

»Interessant.«

»Was bitte ist da jetzt schon wieder interessant?«, fuhr sie Erwin Horak an.

»Seien Sie nicht gleich so empfindlich. Ich finde diese Fächer wirklich interessant.«

Erwin Horak grummelte, sagte aber nichts. Elfriede Steiner sah ihn herausfordernd an.

»Ja, das ist es. Das sind meine Fächer«, sagte Horak.

»Sie arbeiten gern mit Kindern?«

»Ach«, sagte Erwin und schaute verächtlich.

»Was?«

»Nichts. Aber die Kinder sind das Schlimmste an der ganzen Sache.«

»Jetzt habe ich aber eine blöde Frage. Sind die Kinder nicht das Um und Auf, wenn man Lehrer ist?«

Nachdem Erwin Horak nicht gleich antwortete, sagte Elfriede weiter: »Ich meine ja nur, wozu sollte man unterrichten, wenn nicht für die Kinder.«

»Sie haben ja keine Ahnung«, sagte Erwin Horak.

»Na, ich war auch mal in der Schule…«

»Ja, schon. Vor Ewigkeiten.«

»Herzlichen Dank!«

»Die Kinder von heute sind einfach schrecklich. Sie haben kein Benehmen, keinen Anstand. Am liebsten würden sie uns Lehrer einfach duzen, und manche tun das sogar. Sie nehmen nichts an, wissen alles besser…«

Elfriede musste lachen. Ähnlich hatte sie vor einigen Tagen auch gedacht, nur in einem anderen Zusammenhang.

»Entschuldigen Sie«, sagte Elfriede. »Aber, haben wir das nicht auch geglaubt?«

»Die Kinder heute sind anders, haben keine Erziehung, kennen keinen Respekt. Daran sind nur die Eltern schuld mit ihrem liberalen Geschwätz. Eine Tracht Prügel würde den meisten guttun.«

»Das kann jetzt nicht Ihr Ernst sein«, sagte Elfriede.

»Warum nicht? Mir hat das auch nicht geschadet.«

»So? Meinen Sie?«, fragte Elfriede und fuhr fort: »Wissen Sie, das ist eigentlich sehr einfach, die Kinder können nur jemanden respektieren, der ihnen als Person so gegenübertritt, dass sie ihn ernst nehmen können.«

»Werden Sie nicht unverschämt«, polterte Horak.

»Nein, so habe ich das nicht gemeint. Wenn Sie mit solch einer Einstellung in ein Klassenzimmer gehen, dann wundert es mich nicht, dass Ihnen die Kinder auf der Nase herumtanzen.«

»Wer hat das schon wieder behauptet?«

»Nun, ich dachte...«

»Ich weiß mir schon für Ruhe im Klassenzimmer zu sorgen, da brauche ich Ihre guten Ratschläge nicht. Ich sage ja auch nicht, dass Sie selbst schuld sind, dass Ihr Mann Sie ausgenützt hat.«

»Damit hätten Sie wahrscheinlich sogar recht. Sehen Sie, mich können Sie mit dieser Aussage nicht treffen.«

»Sie mich auch nicht«, antwortete er sofort.

»Wenn Sie meinen«, sagte Elfriede und schmunzelte, weil sie wusste, sie benutzte seinen Spruch gegen ihn. Und erwartungsgemäß wusste Horak auch keine Antwort. Er zog eine Zigarre aus der Tasche seines Sakkos und zündete sie sich an. Elfriede tat es ihm gleich und rauchte sich eine Zigarette an, was ihr einen verächtlichen Blick einbrachte.

Sie saßen einander gegenüber und rauchten, gleichsam als Ersatz für ein Friedenspfeifchen hätte man es als außenstehender Beobachter sehen können, wenn man so wollte, oder als kleine Auszeit, je nach Geschmack.

17

Elfriede Steiner zog sich zurück. Sie merkte, dass Erwin Horak in die Defensive gegangen war, wie er es wahrscheinlich immer und gern tat. Sie nahm an, er würde sich ein Streitgespräch zu diesem Thema erwarten, aber sie war nicht bereit, da mitzuspielen. Er wusste wohl selbst, dass diese Einstellung daneben war, und sie überlegte, ob er gerissen genug war, sie absichtlich zu provozieren. Wenn sie ehrlich zu sich selbst war, dann mochte sie das, sie wollte sich gern zu einem Streit provozieren lassen, denn sie war wie beflügelt, ganz anders als sonst, das hatte sie bereits am Tag ihrer ersten Begegnung bemerkt. Sie wusste nicht, woran es lag, vielleicht an seiner Unverfrorenheit, dass sie sich keine großen Gedanken darüber machte, wie sie sich verhalten sollte. Aber, so befreit sie sich dabei auch fühlte – unendlich befreit, wie noch nie in ihrem Leben – so war sie sich auch sicher, so leicht würde er nicht von ihr bekommen, was er sich erwartete.

Wenn er sich nicht an Spielregeln hielt, warum sollte sie das tun?

Nein, sie würde darauf nicht eingehen. Er wartete sichtlich darauf und würde sich noch ordentlich anstrengen müssen, um mit ihr zu streiten. Natürlich war sie auch ein wenig schockiert, die alte Elfriede in ihr war schockiert, so durfte man nicht über Kinder sprechen, so durfte man nicht von ihnen denken, aber die neue Elfriede war nicht bereit dazu, die alte zu Wort kommen zu lassen. Er wusste ganz sicher, was sie dachte, aber nicht aussprach, das konnte sie ihm ansehen, auch wenn er so tat, als würde er sich nicht sonderlich für sie interessieren. Elfriede Steiner war ebenso ein wenig überrascht über den Verlauf des Gespräches mit dem grantigen Professor. Wobei, sie vermerkte für sich, sie sollte ihn nicht mehr so nennen, auch nicht nur für sich, dafür kannten sie sich mittlerweile schon zu gut. Sie überlegte, ob es an der Zeit war, das Du-Wort vorzuschlagen, verschob dies aber auf später.

Sie nahm es als besonders gutes Zeichen, dass es heute keinen Wortwechsel bezüglich ihres Verweilens am Tisch gegeben hatte. Und auch, dass er noch nicht bestellt hatte, als sie kam, vermerkte sie als gutes Zeichen. Ihr war es völlig egal, ob es vielleicht Zufall war. Für sie, und nur das zählte, war es eine Geste von ihm.

Sie unterhielten sich, stellte sie erfreut fest, und das hätte sie gar nicht erwartet. Nun, ein wenig schon, aber nur ein wenig. Sie wusste noch nicht so recht, ob sie das bewirkt hatte, oder ob er heute vielleicht in einer für ihn hervorragenden Laune war. Das konnte sie noch nicht so recht beurteilen. Sie verbuchte es als kleinen Sieg, dass sie ihn aus der Reserve gelockt hatte, wobei sie noch nicht schlüssig darüber war, wie sehr. Nun, man würde ja sehen. Eines war klar, sie war zufrieden. Aber sie wollte mehr.

Erwin Horak war nicht zufrieden. Er wusste nicht, warum er sich auf diese Fragerei eingelassen hatte, wo er doch genau wusste, worauf es hinauslaufen würde. Er durfte sich kritisieren, sich gute Ratschläge geben lassen, von jemandem, der nichts, aber so etwas von gar nichts von ihm oder von seinem Beruf wusste. Warum glaubte sie, sich ein Urteil anmaßen zu können? Sie waren doch alle gleich, hatten keine Ahnung, aber spielten sich als Richter auf, als

Wissende, dabei wussten sie nichts, gar nichts. Er würde jetzt nichts mehr sagen, denn er kannte das Spielchen und er war nicht gewillt, es mitzuspielen. Sie würde ihn belehren wollen, über ihn, über sein Leben, über seine Einstellung. Und dazu hatte er wirklich keine Lust, das hatte er auch nicht nötig, schon lange nicht mehr. Gleichzeitig musste er für sich anmerken, dass es ihm egal sein konnte. Wer war sie schon? Niemand. Also sollte sie nur denken, was sie wollte. Das berührte ihn nicht. Er lebte nicht, um anderen zu gefallen.

Aber Erwin Horak nahm auch zur Kenntnis, dass er ein solch eigenartiges Gespräch schon lange nicht mehr geführt hatte, wenn überhaupt. Sie schien einigermaßen unberührt von seiner deutlichen Ablehnung, wobei, so deutlich war diese heute gar nicht. Wahrscheinlich war er selbst schuld daran, wenn er sich jetzt einen Monolog über seine ach-so-schlechte Einstellung anhören musste. Er kaute auf seiner Zigarre und war fest entschlossen, nicht mehr auf ihre Fragerei einzugehen.

Herr Peter, der am Tisch vorbeiging, deutete das Schweigen auf die leeren Gläser und fragte, ob die Herrschaften noch etwas bestellen wollten.

»Ja bitte, bringen Sie mir noch ein Achterl«, sagte Elfriede und auch Erwin bestellte sich ein weiteres Bier, was Elfriede als Zeichen verstand, dass er durchaus noch zu einer Unterhaltung bereit war. Und trotz aller Vorsätze, auf das Thema nicht weiter einzugehen, sagte sie dann doch: »Sie scheinen nicht wirklich gern Lehrer zu sein.«

Er zuckte mit den Schultern und sagte: »Mit der größten Begeisterung.«

»Wieso üben Sie einen Beruf aus, den Sie nicht gern machen?«

»Was weiß ich. Sagen Sie es mir.«

»Aus Freude an Ihren Fächern?«

»Wenn Sie das sagen.«

»Was sagen Sie?«

»Wozu? Sie werden es sowieso besser wissen.«

»Ich nehme an, es sind die Fächer.«

»Ich bitte Sie!«, entrüstete sich Erwin.

»Könnte ja sein. Man könnte annehmen, dass Sie etwas für Ihre Fächer übrig haben.«

»Könnte man, ja.«

Herr Peter kam und stellte die Getränke ab.

»Danke«, sagte Elfriede zu ihm und fragte Erwin Horak: »Warum sind Sie Lehrer geworden?«

Er zuckte mit den Schultern.

»Nun, es wird doch einen Grund geben, warum Sie studiert haben.«

»Irgendetwas studiert jeder.«

»Nein, ich habe nichts studiert.«

Horak nickte.

»Und selbst, wenn. Es gibt doch einen Grund, warum man ein Fach studiert und nicht ein anderes«, fuhr Elfriede fort.

Erwin Horak sah sie nur an. Als könnte er die Aufforderung, die Frage zu beantworten, nicht verstehen, und Elfriede dachte nach, weil sie es wirklich wissen wollte, aber noch nicht sicher war, wie sie es aus diesem Mann herausholen sollte. Und Horak war zum ersten Mal amüsiert, nein, nicht in seinem Leben, aber auf jeden Fall zum ersten Mal an diesem Abend. Er sah Elfriede Steiner deutlich an, dass sie weiterfragen wollte, aber nicht wusste, wie. Er wartete geduldig, sie würde schon nicht aufgeben, dachte er, und umso mehr überraschte ihn ihre nächste Aussage.

»Sie haben recht, es ist eigentlich egal, mir zumindest«, sagte sie.

»Auf einmal?«

»Ja, nein. Es ist egal.«

»Das ist es auf jeden Fall.«

Und wieder herrschte Schweigen an ihrem Tisch. Ein Schweigen, das Erwin Horak aber gar nicht gefiel. Egal? Seit wann war ihr etwas egal? Und wo war die Moralpredigt? Es war doch das Mindeste, was er sich erwarten durfte, dass sie sich zu einer großen Rede über die große Herausforderung des Lehrerberufs und seine schändliche Einstellung aufschwang.

»Nun, es ist wirklich egal. Denn es ist wie es ist. All das Reden ändert auch nichts«, brach er das Schweigen, das ihm unheimlich wurde.

»Da haben Sie recht«, sagte sie.

Er war sich nicht sicher, aber sie gab ihm zum ersten Mal recht und er konnte das nicht wirklich als Sieg verbuchen. War ihm wirklich ihre Fragerei, nein, ihre Bohrerei, lieber gewesen?

»Wenn Sie es unbedingt wissen müssen, bitte sehr. Ich möchte nicht, dass Sie meinetwegen eine schlaflose Nacht haben werden«, sagte er unvermittelt.

»Da haben Sie mal keine Sorge«, antwortete Elfriede Steiner amüsiert.

»Mein Vater war Lehrer und mein Großvater auch, sein Vater ebenso. Also...«

»Familie. Das kenne ich. Das ist in Arztfamilien genauso. Nicht, dass Sie denken, ich wäre Ärztin, oder einer meiner Elternteile, aber trotzdem, Familientradition, das kenne ich. Da kommt man schwer raus.«

»So ist es«, sagte Erwin, der beschlossen hatte, dass es egal war, Elfriede Steiner manches zu sagen. Er kannte sie kaum und sie kannte ihn kaum. Mit ein bisschen Glück würde sie nicht mehr ins *Hummel* kommen.

»Irgendwie war das bei mir genauso. Denke ich zumindest«, sagte Elfriede Steiner.

»Also auch keine Bestimmung zum Beruf gemacht?«

»So würde ich das auch nicht sagen. Es ist anders. Vielleicht bin ich dazu bestimmt. Also, zumindest hatte ich noch nicht das Bedürfnis, meine Kunden zu verprügeln«, sagte Elfriede spitz.

Horak verzog das Gesicht.

»Obwohl sich manche auch recht dumm benehmen.«

»Sehen Sie!«, triumphierte er.

»Das Geschäft hat meiner Mutter gehört. Ich habe nie daran gedacht, das zu tun, was ich heute tue. Es war einfach so, dass ich ihr half, wenn sie mich brauchte, und so hat es sich ergeben, dass ich heute dort stehe, wo ich nun einmal stehe. Aber ich bin nicht wirklich unglücklich darüber«, erzählte sie.

»Sind Sie sicher?«, fragte Erwin.

»Ja, doch, das bin ich. Sie wissen, ich bin gern unter Menschen und in dem Geschäft bin ich den ganzen Tag über mit Menschen zusammen. Manchmal fällt es mir leicht, an manchen Tagen auch wieder nicht, aber so im Großen und Ganzen kann ich sagen, dass ich es gern tue.«

Erwin Horak nickte und trank einen Schluck von seinem Bier.

»Es ist eine Trafik. Ich arbeite in einer Trafik, falls Sie das interessiert.«

»Muss man dazu nicht...«, fragte Erwin und deutete mit der flachen Hand auf seinen Kopf.

»Nein! Ja, man bekommt eine Trafik nur, wenn man behindert ist, wenn es das ist, was sie mit der netten Geste andeuten wollten.«

»Wusste ich es doch!«, sagte Erwin und grinste.

Elfriede registrierte das erste Lächeln ihres Gegenübers, aber es gefiel ihr nicht besonders. »Oder Kriegswitwe«, sagte sie.

»Ich dachte, Sie sind geschieden? Haben Sie davor schon einen im Krieg verloren?«

»Nein! So alt bin ich nun auch wieder nicht.« Elfriede schmollte, aber nicht lange. »Meine Großmutter«, sagte sie, »Meine Großmutter war Kriegswitwe. Meine Mutter hat die Trafik von ihr übernommen und ich von meiner Mutter.«

»Und Sie müssen dazu gar nichts sein?«

»Tochter.«

»Ah ja«, kommentierte Erwin Horak, der tatsächlich etwas Neues erfuhr.

»Bevor Sie fragen, nein, ich werde das Geschäft nicht an meine Tochter übergeben.«

»Sie haben Kinder?«, fragte Erwin, der sich das gar nicht vorstellen konnte.

»Natürlich. Sie nicht?«

»Das würde mir gerade noch fehlen«, brummte Horak, der sich nicht eine Sekunde lang vorstellen wollte, er hätte die Fratzen auch außerhalb der Schule um sich.

»Klar. Was frage ich auch«, sagte Elfriede.

»Und warum geben Sie das Geschäft nicht an sie weiter?«

»An meine Tochter? Nein, das möchte ich nicht. Sie hat ihr eigenes Leben und das soll sie für sich gestalten. Sie hat sich im Grunde nie dafür interessiert, das Geschäft zu führen, da werde ich es ihr nicht aufzwingen.«

»Aber Ihnen wurde es aufgezwungen.«

»Erstens: Nein, das wurde es nicht. Ich bin vielleicht ein komischer Mensch, ich dachte, ich müsste das tun, der Mutter helfen und in ihre Fußstapfen treten. Zweitens: Warum sollte ich das meiner Tochter antun?«

»War nur eine Frage«, sagte Horak verteidigend.

»Außerdem, das muss ich auch anmerken, bei diesem Theater, das sie in letzter Zeit um die Zigaretten machen, wird nicht viel bleiben, das ich weitergeben könnte. Die Trafik hat wirklich schon bessere Tage gesehen.«

Horak machte eine wegwerfende Handbewegung und sagte: »Das ist wirklich ein blödes Theater im Moment um das Rauchen. Als hätte man vorher nicht gewusst, dass es nicht unbedingt gesund ist.«

»Nein. Wir dachten doch alle, dass wir unser Leben damit verlängern«, sagte Elfriede.

»So ist es.«

Elfriede Steiner und Erwin Horak waren sich zum ersten Mal wirklich einig, verbunden durch ein Laster, verbunden durch eine Angewohnheit, welche ganz plötzlich im Blickfeld der Gesellschaft stand.

»Wir werden alle an irgendetwas sterben«, bemerkte Erwin Horak.

»Ganz sicher! Und niemand achtet auf die Trinker, dabei richten diese viel mehr Schaden an. Wem kann ich schon etwas tun, wenn ich beim Autofahren rauche? Aber das ist natürlich etwas ganz anderes.«

»Das ist wie immer logisch durchdacht von unseren sauberen Herrn Politikern. Keine Ahnung von irgendetwas, aber Gesetze beschließen.«

Elfriede Steiner nickte.

»Es ist idiotisch, wie fast alles, was ihnen heutzutage einfällt. Und dieses Theater um die Nichtraucher. Als müsste man sie plötzlich vor irgendetwas schützen. Und wer beschützt mich vor den Betrunkenen, die in der Nacht vor meinem Fenster rumgrölen? Dagegen sollten sie was tun.«

»Ja, das ist Ruhestörung und das würde einem Raucher nicht einfallen«, sagte Elfriede belustigt, weil sie sich Horak vorstellen konnte, wie er sich in der Nacht über einen lauten Passanten aufregte.

»Eine vertrottelte Gesellschaft ist das, in der wir leben.«

»Nun…«, setzte Elfriede Steiner an, kam aber nicht weit.

Erwin unterbrach sie: »Aber ja doch! Wir brauchen in jedem verreckten Gässchen Radwege, am liebsten auf beiden Seiten der Fahrspur, damit sie sich nicht gegenseitig über den Haufen fahren, wir brauchen Gebrauchsanweisungen für einen Hammer, damit wir ihn uns nicht auf den Schädel hauen, und wir brauchen gigantische Warnhinweise auf den Zigarettenpackungen, weil wir sonst nicht kapieren, dass es gesundheitsschädlich sein könnte. Wir brauchen Verbote, weil der Anstand uns nichts mehr gebietet, und wir brauchen Warnungen, weil wir über keinen gesunden Menschenverstand mehr verfügen. Vertrottelt, einfach vertrottelt.«

Elfriede Steiner musste lachen. »Entschuldigen Sie bitte. Aber Ihre Sicht hat etwas Herzerfrischendes.«

»Ist es denn nicht so?«, fuhr Erwin auf.

»Doch, irgendwie schon. Auf jeden Fall ist es nicht richtig, dass im Moment so gegen das Rauchen gehetzt wird. Ich finde da nichts dabei. Also, wenn ich jetzt zum Beispiel an die Kinder denke, dann ist mir der Gedanke zehn Mal lieber, dass sie heimlich rauchen, als dass sie zum Beispiel Drogen nehmen. Aber das ist im Moment gar kein Thema, als wäre das kein Problem.«

»Nein, ist es auch nicht. Ein Drogensüchtiger ist so benebelt, was kann der schon groß tun. Er sitzt zuhause, zugedröhnt, und das Leben geht an ihm vorbei.«

»Interessante Theorie«, sagte Elfriede Steiner amüsiert.

»Natürlich! Was glauben Sie, warum unserer Politik die abertausenden Trinker so egal sind.«

»Ich hoffe nicht, dass das der Grund ist, warum wir im Moment so ein Theater wegen des Rauchens haben.«

»Aber ja doch!«

Elfriede Steiner spielte mit ihrem Päckchen Zigaretten, das vor ihr am Tisch lag. Irgendwie verspürte sie große Lust, sich gleich wieder eine Zigarette anzurauchen. Horak war ihr gegenüber da im Vorteil, er war noch immer mit seiner Zigarre beschäftigt.

»Dann rauchen Sie aus beruflichem Interesse?«, fragte er.

»Das wäre ein guter Grund, nicht wahr? Nein, ich habe erst kürzlich damit angefangen.«

»Wirklich? Das ist untypisch.«

»Finden Sie?«

»Ja.«

»Sie dürfen mich nicht fragen, warum ich damit angefangen habe, denn ich weiß es nicht so recht. Aber wissen Sie was, es ist ein Hochgenuss«, sagte Elfriede Steiner, zog sich jetzt doch noch eine Zigarette aus der Packung und entzündete diese.

»Ist wahrscheinlich auch weniger interessant«, sagte er.

»Was?«

»Der Grund, warum Sie angefangen haben.«

»Das weiß ich nicht. Wahrscheinlich schon, aber ich denke nicht darüber nach. Ich will gar nicht darüber nachdenken. Ich habe nach meiner Scheidung beschlossen, nur mehr Dinge zu tun, die mir Freude bereiten, und nicht viel darüber nachzudenken. Und wissen Sie was, es geht mir gut dabei.«

»Solange Sie nicht allein zuhause sitzen.«

»Nun, man könnte einfach sagen, das macht mir nicht besonders viel Spaß.«

»Nett formuliert«, sagte er.

»Es wird sicher auch Dinge geben, die Sie nicht gern tun.«

»Haben Sie eine Ahnung.«

»So viele?«

Horak nickte.

»Warum tun Sie es dann?«

»Manchmal bleibt mir nichts anderes übrig, wie es scheint«, sagte er und deutete auf Elfriede. Allerdings sah Elfriede in seinem Blick, dass das jetzt nicht wirklich gegen sie gerichtet war. Trotzdem verstand sie.

»Sind Sie wirklich so gern allein?«, fragte sie.

Horak nickte nur.

»Warum?«

»Weil man sich über andere nur ärgern muss.«

»Müssen Sie sich denn auch über mich ärgern?«

»Das fragen Sie nicht wirklich?«

»Sie haben recht. Ich ziehe die Frage zurück. Ich würde gern noch etwas sitzen bleiben.«

»Ich wüsste nicht, was ich jetzt noch dagegen tun könnte.«

»Manchmal finde ich Ihre Einstellung richtig vernünftig«, sagte Elfriede und nahm einen Schluck von ihrem Weinglas.

»Was ist mit Ihrer Familie?«, fragte sie.

»Ich hab Ihnen doch bereits gesagt, dass ich keine Familie habe.«

»Jeder Mensch hat Familie. Sie sind gewiss nicht vom Himmel gefallen.«

»Das nicht, nein.«

»Na bitte. Wir waren schon so weit, dass Ihr Vater Lehrer war...«

Erwin Horak nickte.

»Weiter?«

»Nichts weiter. Das Übliche, würde ich sagen.«

»Jetzt bin ich aber sehr interessiert, was bei Ihnen das Übliche ist.«

»Na, sicher habe ich Eltern.«

»Leben Ihre Eltern noch?«

»So alt bin ich auch wieder nicht.«

»Ich frage ja nur. Sie erzählen schließlich nichts von sich aus«, verteidigte sich Elfriede Steiner.

»Und Geschwister?«, fragte sie weiter, nachdem von Horaks Seite nicht besonders viel kam.

»Irgendwelche Brüder oder Schwestern?«, ließ sie nicht locker.

»Ja, einen Bruder«, sagte Horak.

»Ist nicht zu fassen! Von Ihrer Sorte gibt es zwei!«

»Kaum«, sagte er trocken.

»Ich wage die wilde Spekulation, dass Sie sich nicht besonders verstehen.«

»So kann man das sagen.«

»Und? Sehen Sie sich oft?«

»Nein.«

»Was ist nicht oft?«

»Gar nicht.«

»Gar nicht? Sie sehen Ihren Bruder gar nicht?«

»So ist es.«

»Warum?«

»Weil er mir auf die Nerven geht, wie Sie mir jetzt auf die Nerven gehen!«

»Und Ihre Eltern?«

»Gut. Wissen Sie was, ich habe keine Lust, weiter Ihre Fragen zu beantworten«, stellte Horak in den Raum.

Elfriede tat überrascht: »Da wäre ich nie draufgekommen.«

Erwin Horak zog sich eine Zigarre aus dem Sakko und entzündete diese, er trank sein Bier aus und winkte dem Kellner.

»Ich hoffe, wir trinken noch ein Gläschen«, sagte Elfriede.

Erwin Horak nickte und sagte zum Kellner, der an den Tisch kam: »Bringen Sie uns noch eine Runde.«

»Selbstverständlich, Herr Professor.«

Elfriede Steiner lächelte zufrieden. »Ich habe schon befürchtet, ich hätte es mir jetzt mit Ihnen verscherzt.«

»Und weiter?«, fragte er.

»Na, dass Sie gehen.«

»Wozu? Sie werden aller Wahrscheinlichkeit nach morgen wieder an meinem Tisch sitzen. Also...«, er hob resigniert beide Arme.

»Das finde ich ausgesprochen nett von Ihnen. Danke, ich nehme gerne an«, sagte Elfriede.

Horak hob die Augenbrauen und dachte bei sich, wie individuell sich manche doch die Welt gestalten konnten.

18

»Soll ich Ihnen sagen, warum Sie keinen Kontakt zu Ihrer Familie haben?«, fragte sie.

»Ach je, eine Psychologin!«, stöhnte er.

Sie überging seinen Kommentar. »Sie verschanzen sich hinter einer Mauer aus Grant und sind bedacht darauf, dass diese keiner durchdringt.«

»Damit scheine ich ja unwahrscheinlich erfolgreich zu sein, wie man sieht.«

»Sie verschließen sich, Sie verschließen sich vor anderen, indem Sie diese von sich stoßen. Sie machen das ständig. Sie versuchen, andere vor den Kopf zu stoßen, damit sich niemand mit Ihnen beschäftigt. Und ich denke, nein, ich bin sogar sicher, dass die meisten das nicht verstehen.«

»Bin ich froh, dass Sie es tun«, sagte er trocken.

»Die meisten sehen nur Ihre ruppige Art, aber nicht Ihren verletzlichen Kern, den Sie mit aller Kraft schützen.« Sie machte eine gehaltvolle Pause, dann sagte sie: »Ich bin mir sicher, Sie sind ein unwahrscheinlich sensibler Mensch.«

»Sind Sie fertig?«

Sie nickte.

»Ganz wunderbar. Haben Sie wirklich keine anderen Sorgen, als mir unendlich auf die Nerven zu gehen?«

»Nein«, sie schüttelte lachend den Kopf, »im Moment nicht.«

»Mir bleibt aber auch wirklich nichts erspart«, sagte er mehr zu sich, zu Elfriede sagte er: »Das ist der größte Blödsinn, den ich seit Langem gehört habe.«

»Doch, Sie machen zu. Sie tun es ja schon wieder.«

»Einen Schmarrn tu ich. So ein Unfug! Nur, weil ich auf Ihre dämlichen Analysen nicht einsteige, mache ich noch lange nicht zu. Würde ich hier sitzen und mir Ihre eigenartigen Gedanken anhören, wenn Sie recht hätten?«

»Wissen Sie was, das wundert mich auch ein wenig.«

»Na perfekt.«

»Was?«

»Nichts weiter, es ist einfach perfekt.«

»Ach, kommen Sie! Jetzt machen Sie es schon wieder. Warum sagen Sie nicht, was Sie denken? Immer nur diese hingeworfenen Kommentierungen.«

»Ihnen scheint das ja zu reichen. Nicht auszudenken, was Sie mir über mich präsentieren würden, wenn ich mehr dazu sagen würde.«

»Ich würde es an Ihrer Stelle riskieren.«

»Danke, nein.«

»Warum denken Sie, dass Sie das tun?«, fragte Elfriede.

»Dass ich was tue?«

»Sich verschließen.«

»Das tue ich überhaupt nicht!«, polterte Erwin. »Was Sie alles behaupten! Sie kennen mich gar nicht.«

»Aber ich würde gern etwas daran ändern«, sagte sie mit einem gewinnenden Lächeln.

»Oh nein, dafür ist es viel zu spät. Sie haben es sich mit mir endgültig verscherzt«, sagte er, musste aber nach einem kurzen

Augenblick schmunzeln.

Elfriede sah ihn fragend an.

»Ach nichts«, sagte er. »Mir fällt nur auf, dass wir trotzdem weiterhin hier sitzen werden und Sie mir Löcher in den Bauch fragen werden.«

»So ist es. Und nicht zu vergessen, dass ich morgen wiederkomme.«

»Ist das eine Drohung?«

»Nein, ein Versprechen.«

»Aha.«

Auf eine eigenartige Weise genoss er die Konversation. Er konnte bis vor Kurzem nicht genau sagen, warum, aber jetzt wusste er es. Es war so ganz anders, sich mit ihr zu unterhalten, als mit jedem anderen Menschen. Bei den meisten wusste er, wie sie reagieren würden, aber bei ihr war alles offen. Sie ließ jede Gelegenheit aus, mit ihm zu streiten, sie hatte es bisher unterlassen, zu moralisieren, und selbst jetzt, als sie sich doch noch zu einer Beurteilung seines Lebens hinreißen ließ, musste er ihr lassen, dass sie es nicht bewertend angelegt hatte. Und, was ihn am meisten amüsierte, sie unterstellte ihm, er würde sich verschließen, und versuchte gleichzeitig, ihn besser kennenzulernen. Sie war entweder inkonsequent in ihrem Denken, oder nahm sich selbst nicht ernst. So oder so, er konnte sich an keine derartige Unterhaltung in seinem bisherigen Leben erinnern.

»Also, was ich jetzt gern wissen würde, ist, warum Sie jeden Abend hier sitzen. Von mir wissen wir es schon, ich pflege jeden Abend hier zu speisen. Aber von Ihnen wissen wir noch gar nichts«, sagte Erwin Horak.

»War das gerade das königliche Wir, oder schließen Sie mich schon mit ein?«

»Königlich, selbstverständlich.«

»Na ja, dass ich wohl doch nicht so gern allein bin, wie ich dachte, das haben wir schon abgeklärt«, sagte Elfriede und musste bei *wir* schmunzeln.

»Und weiter?«, bohrte Erwin, der sich in der neuen Rolle gefiel.

»Weiter... komme ich immer mehr darauf, dass es gar nicht so sehr Ihre Unhöflichkeit ist, die mir von Anfang an gefallen hat, sondern Ihre Ehrlichkeit. Sie sind sehr direkt, das muss man Ihnen lassen. Vielleicht ist das nicht immer angebracht oder taktvoll, und auf gar keinen Fall nett, aber Sie sind immer ehrlich. Und das ist wahrlich nicht jeder.«

Eine solche Direktheit hatte sie im Grunde noch nie bei jemandem erlebt. Und schon gar nicht im Umgang mit Männern, oder ihrem Mann, der alles andere als direkt war. Ihre Ehe war von Höflichkeiten geprägt, leeren Höflichkeiten.

»Ich bin mir nicht ganz sicher, ob ich mich darüber freuen soll, was Sie gerade gesagt haben.«

»Aber ja doch.«

»Ich weiß nicht so recht. Zum einen weiß ich nicht, ob ich es brauchen kann, dass Sie meine Gesellschaft zu schätzen beginnen, zum anderen finde ich das Kompliment zweifelhaft«, sagte Erwin Horak.

»Warum?«

»Na ja, Sie könnten versuchen, mir auf diese Art zu sagen, dass ich freundlicher sein sollte.«

»Wieso denn das? Ich sagte doch, dass ich das Gegenteil an Ihnen zu schätzen beginne.«

»Ja, und damit sollten Sie wissen, so frei nach Ihrer Theorie zu meiner Person, dass ich meine Taktik ändern könnte und plötzlich nett zu Ihnen wäre.«

»Das wäre geheuchelt.«

»Natürlich! Und damit wäre es mit der von Ihnen angepriesenen Direktheit dahin.«

»Denken Sie immer so verworren?«

»Ich nicht, Sie aber sicher.«

»Nein. Oder denken Sie so verworren, weil Sie denken, ich würde so denken?«

Horak nickte.

»Das ist interessant. Also das heißt, Sie denken ums Eck, damit Sie die Gedankengänge der anderen nachvollziehen können?«

»Haben Sie eine Ahnung, wie verworren die Logik der meisten Menschen ist.«

»Ja, das habe ich. Und genau deswegen sitze ich gern hier mit Ihnen. Es ist erfrischend, einmal nicht ums Eck denken zu müssen. Es ist sogar befreiend, Ihnen zu folgen und zu sagen, was ich denke.«

»Ach so?«, Erwin war erstaunt.

»Ja, das ist es. Ich weiß auch nicht genau, wie Sie das anstellen, aber, wenn ich mit Ihnen zusammen bin, dann bekomme ich ein Gefühl dafür, wer ich bin, oder sein könnte.«

»Ich weiß jetzt nicht, ob es mir gefällt, dass Sie das hier als Zusammensein bezeichnen.«

»Das hätte ich mir denken können.«

Elfriede Steiner lehnte sich zurück und nippte an ihrem Glas. »Wissen Sie was, streichen Sie den letzten Satz und lassen Sie uns das Gespräch woanders neu anknüpfen.«

»Wie Sie wollen«, sagte Erwin. »Obwohl, das würde mich jetzt doch interessieren, warum befreiend?«

»Eine Unterhaltung mit Ihnen?«, fragte Elfriede.

»So haben Sie es zumindest gesagt.«

Sie nickte: »Weil man sich meistens überlegen muss, was man sagt, was man sagen kann, was man sagen darf, was von einem erwartet wird. Bei Ihnen spielt das keine Rolle.«

»Ich habe schon bemerkt, dass Ihnen egal ist, was ich mir erwarte, nur, das ist nicht wirklich generell so bei mir.«

»Jetzt sagen Sie bloß, es wäre Ihnen lieber gewesen, ich hätte mich nie an Ihren Tisch gesetzt.«

»Jetzt haben Sie mich so weit, dass ich mir nicht sicher bin, ob ich direkt antworten darf.«

Elfriede lachte, Erwin schmunzelte.

»Das glaube ich Ihnen nicht«, sagte sie.

»Ich werde mich einer Antwort enthalten.«

»Nur keine Angst, ich liebe Ihre Unhöflichkeiten mittlerweile.«

»Und irgendwie nimmt mir das die Freude.«

»Das habe ich mir gedacht«, sagte sie.

»Es ist sogar mehr. Ich denke, ich suche Ihre Unhöflichkeiten sogar«, sagte Elfriede. »Irgendwie bringen diese eine Seite an mir zum Vorschein, die mir gefällt.«

»Und die wäre?«

»Das ist schwer zu sagen...«, begann sie.

»Aufsässigkeit, Lästigkeit und Penetranz fallen mir da so als Schlagworte ein, falls Ihnen das hilft«, unterbrach er sie.

»Ach so? Soll ich mir auch ein paar nette Schlagworte für Sie einfallen lassen?«

»Gibt es eine Möglichkeit, Sie davon abzuhalten?«

»Oh ja, da würde mir schon etwas einfallen«, sagte Elfriede Steiner verschmitzt.

»Ist wohl besser, Sie sagen es einfach, denn im Grunde ist es mir egal.«

»Und genau das glaube ich Ihnen nicht.«

»Was glauben Sie nicht? Mir ist sehr vieles egal, was andere für wichtig erachten.«

»Auch, was andere von Ihnen denken?«

»Ganz besonders das«, sagte er.

Elfriede dachte nach. Sie rauchte sich eine Zigarette an und nippte an ihrem Glas.

»Sie haben recht. Wirklich, das haben Sie. Es sollte einem wirklich komplett egal sein, was andere über einen denken.«

Erwin Horak nickte zustimmend.

»Nur, ich weiß nicht, ob das bei allen Menschen gelten sollte. Also, ich spreche jetzt nicht von unserer Situation hier heute Abend, sondern generell.«

»Auf einmal?«, unterbrach er sie.

»Es sollte schon Menschen geben, bei welchen es einem wichtig ist, dass sie einen richtig verstehen, und vor allem sehen.«

»Ach so? Und wie war das in Ihrer Ehe?«

»Ja, das ist natürlich ein guter Punkt. Vielleicht, vielleicht hätte es mir nicht ganz so wichtig sein sollen, was mein Mann über mich dachte.«

»Sondern vielmehr, was Sie selbst über sich denken, richtig?«

»Vielleicht.«

»Ihnen werden doch nicht etwa die Worte ausgehen?«, stichelte Erwin, weil er merkte, er hatte gepunktet.

»Interessanterweise schon. Es fällt mir schwer, Ihnen jetzt zu sagen, wie ich es sehe. Aber generell, ja, wahrscheinlich sollte es einem wirklich nicht so wichtig sein, was andere über einen denken, selbst wenn es den eigenen Mann betrifft. Nur, trotzdem halte ich daran fest, dass es einem schon irgendwie wichtig sein sollte. Vielleicht nicht ganz so wichtig, aber dann doch. Ich weiß, das klingt jetzt verworren, aber so denke ich eben«, sagte sie.

»Und Sie meinen, ich denke ums Eck? Na gut.«

Elfriede Steiner musste lachen.

»Also gut, ich finde Sie störrisch, dickköpfig und schrecklich launisch, aber wissen Sie was, von mir aus müssen Sie daran nichts ändern«, sagte Elfriede dann doch.

»Das ist ja wahnsinnig nett von Ihnen«, sagte er trocken.

»Weil ich genau weiß, Sie würden es auch nie tun.«

»Womit Sie verdammt recht haben.«

»Ein alter Esel lernt nicht mehr«, sagte Elfriede und Erwin überging den Kommentar. Er wollte sich nicht mit ihr in Sachen Nettigkeiten messen, denn dabei hatte sie keine Chance. Irgendwie wollte er ihr das jetzt nicht antun, und wusste nicht genau, warum.

»Wenn von Ihnen kein Kommentar zurückkommt, dann möchte ich nicht wissen, was Sie sich gedacht haben«, sagte Elfriede.

Horak zuckte mit den Schultern.

»Es hat immer nur Streitigkeiten gegeben«, sagte Erwin Horak unvermittelt. »Streitigkeiten und Vorwürfe. Wissen Sie, wenn Sie ständig zu hören bekommen, Sie wären eine Rübe, hören Sie irgendwann auf, den anderen das Gegenteil zu beweisen.«

»Ich bin jetzt nicht ganz sicher...«, begann Elfriede, »Sprechen Sie von Ihrer Familie?«

Er nickte. »Es ist irgendwie müßig, sich dauernd kritisieren lassen zu dürfen. Wenn sie mit mir nicht zurechtkommen, dann kann ich ihnen das ersparen«, sagte er und beschäftigte sich mit seinem Bierglas.

Zum ersten Mal an diesem Abend musste Elfriede Steiner darüber nachdenken, was sie sagen sollte. Sie verstand ihn und sie konnte es nachvollziehen, gleichzeitig wusste sie, dass sie nie so einfach ihrer Familie den Rücken zudrehen könnte.

»Na ja, Familie. Das ist nie problemlos«, sagte sie schließlich.

»Auf Ihren Kommentar habe ich jetzt gewartet!«, fuhr Erwin auf.

»Was habe ich denn gesagt?«

»Nichts, aber...«

»Jetzt regen Sie sich nicht schon im Vorfeld auf. Sie können doch gar nicht wissen, was ich sagen wollte.«

Erwin Horak grummelte ein wenig, wandte aber nichts weiter ein.

»Ich wollte ja nur sagen, dass es in jeder Familie Streitigkeiten gibt. Und auch unerfüllte Erwartungen.«

»Wollen Sie mir jetzt sagen, ich übertreibe?«

»Aber nein. Meine Güte, Sie sind wirklich empfindlich. Ist ja auch egal«, sagte Elfriede.

»Was ist jetzt schon wieder egal?«

»Sagen Sie das nicht selbst ständig? Wir müssen das nicht diskutieren. Ich habe Sie gefragt, Sie haben geantwortet. Dabei können wir es auch bewenden lassen.«

Er nickte, mehr oder weniger zufrieden.

»Es ist nicht so, dass ich Ihren Kommentar brauche«, sagte er.

»Das habe ich schon verstanden. Ich würde nur gern wissen, ob Sie wollen würden, dass die Situation anders wäre.«

»Nein. Sie sind mir ziemlich egal.«

»Kann man das? Also, ich frage mich nur, und das ist jetzt in keiner Weise eine Kritik, sondern es würde mich wirklich interessieren. Kann man die Familie wirklich wegschieben, sodass sie einem egal ist?«

»Sicher.«

»Ich habe schon drüber nachgedacht. Von einem Ehemann kann man sich scheiden lassen, aber nicht von der Familie. Also nehmen wir meine Tochter als Beispiel, sie kann sich von ihrem Vater nicht so leicht trennen, wie ich das getan habe.«

»Möchte sie das denn?«

»Nein. Ich hypothetisiere jetzt nur. Aber ich wollte mit ihm nicht mehr leben, also habe ich mich scheiden lassen. Sie kann sich aber von ihrem Vater nicht scheiden lassen. Er wird immer ihr Vater bleiben, nicht aber mein Mann«, sagte sie.

»Sicher geht das. Ich habe keine Familie. Aber das wollen Sie mir ja nicht glauben.«

»Doch, irgendwie glaube ich Ihnen das auch. Ich gehe jetzt nur von mir aus, ich würde trotzdem an meine Eltern denken, oder an meinen Bruder. Ich meine, ich habe keine Geschwister, mir aber immer eine Schwester gewünscht. Meine Familie ist nicht groß. Wie Sie wissen, ist mein Großvater im Krieg gefallen, deshalb ist meine Mutter ein Einzelkind.«

»Ihre Großmutter hat nicht wieder geheiratet?«

»Nein, sie liebte meinen Großvater. Das hätte sie nie tun können.«

»So etwas kann ich nicht nachvollziehen. Sie hätte doch nach dem Krieg einen anderen Mann finden können.«

»Und das aus dem Mund von jemandem, der nie verheiratet

war!«, sagte Elfriede mit einem Lächeln, von dem sie hoffte, dass es die Aussage entkräften würde.

»Sehr witzig«, sagte Erwin.

»Na ja, auf jeden Fall, mir würde es keine Ruhe lassen, wenn ich wüsste, dass irgendwo da draußen mein Bruder ist.«

»Auch nicht, wenn Sie wüssten, dass er ein Trottel ist?«

»Keine Ahnung«, sagte Elfriede Steiner gedankenverloren.

»Sagen Sie, waren Sie wirklich niemals wenigstens knapp daran zu heiraten?«, fragte sie und er schüttelte den Kopf.

»In einer Lebensgemeinschaft?«

Wieder schüttelte er den Kopf.

»Eine Beziehung, die wenigstens ein bisschen länger dauerte?«

»Nein. Ich bin überzeugter Junggeselle und werde es auch immer bleiben. Das wollte ich alles nie. Danke, nichts für mich!«

»Wirklich?«

»Natürlich *wirklich*! Dieses ganze Theater ums Heiraten und Kinder kriegen, das war nie etwas für mich.«

»Nun, aus dem Alter sind Sie jetzt auch irgendwie schon raus, wenn Sie das beruhigt.«

»Die Spitzfindigkeiten sind mir vorbehalten.«

»So, denken Sie?«, kokettierte Elfriede.

»Ich habe nie jemanden gebraucht, brauche auch jetzt niemanden und werde zukünftig niemanden brauchen.«

»Was macht Sie da so sicher?«

»Ich weiß es einfach. Ich brauche keine Einmischung in mein Leben. Ich bin wie ich bin, und bin nicht bereit, davon einen Schritt abzuweichen.«

»Es hätte sich ja eine Frau finden können, die Sie so nimmt, wie Sie sind.«

»Ach«, Erwin Horak machte eine verächtliche Handbewegung. »Das glauben Sie ja selbst nicht. Es läuft immer auf etwas Gemeinsames hin, gemeinsame Ziele, gemeinsame Interessen, gemeinsames Leben. Ich bin gern allein. Ich habe meine Ruhe, ich muss mich mit niemandem herumstreiten.«

»Keine Damenbekanntschaften?«

»Wer hat das schon wieder gesagt? Nur spielen Sie keine Rolle, und so ist es mir recht.«

»Einen Moment mal…«, sagte Elfriede.

»Was dachten Sie denn?«, fuhr Erwin Horak auf.

»Nichts weiter. Ich dachte nur, es gibt keine Frau in Ihrem Leben.«

»Gibt es auch nicht. Und so war es mir über all die Jahre mehr als recht. Frauen kommen, Frauen gehen.«

»Das ist eine prima Einstellung«, stellte Elfriede fest.

»Sie brauchen gar nicht so sarkastisch werden, ich bin bisher gut damit beraten gewesen.«

»Das glaube ich Ihnen nicht.«

»Was Sie alles nicht glauben! Finden Sie Ihr Leben so viel besser? Sie sind geschieden und frustriert. Danke, aber das habe ich mir erspart.«

»Also, ich würde jetzt nicht frustriert sagen, enttäuscht vielleicht.«

»Und Sie meinen, das klingt besser?«

»Ein wenig, ja.«

»Sie können sich selbst einreden, was Sie wollen. Ich weiß einfach, dass es mir so lieber ist. Ich bin für mich, ich lebe mein Leben, wie es mir gefällt, muss auf niemanden Rücksicht nehmen, muss mich niemandem gegenüber rechtfertigen«, sagte er.

»Dafür wartet auch niemand auf Sie.«

»Und das finde ich verdammt gut.«

»Sie haben ja keine Ahnung, was Ihnen entgeht. Was ist mit Liebe?«

»Ah, die Expertin. Ich dachte, Sie hätten nie geliebt?«

Elfriede Steiner schwieg eine Weile und betrachtete ihr mittlerweile leeres Glas.

»Ich weiß nicht so recht, aber ich denke schon, dass ich weiß, was Liebe ist.«

»Und, was hat sie Ihnen gebracht?«

»Kann ich nicht sagen. Und Ihnen?«

»Nichts«, antwortete Horak impulsiv.

»Aha«, sagte sie triumphierend.

Der Kellner unterbrach die Unterhaltung. Herr Peter trat an den Tisch, weil er die leeren Gläser bemerkt hatte. »Darf ich den Herrschaften noch etwas bringen?«, fragte er.

Horak nickte, Elfriede überlegte kurz und sagte dann: »Aber ja, bringen Sie mir noch ein Achterl, bitte.«

Der Kellner ging.

Elfriede sah auf ihre Uhr. Es war spät geworden, aber sie wollte die Unterhaltung jetzt nicht abbrechen, noch nicht.

19

Sie müssen morgen früh aufstehen?«, fragte Erwin, der ihrem Blick gefolgt war.

»Ja. Wie jeden Morgen.«

»Haben Sie keinen Angestellten, der das für Sie übernehmen kann?«

»Schon lange nicht mehr. Das, was das Geschäft heutzutage einbringt, reicht gerade einmal für mich.«

»Dann gehen Sie. Wir können unsere Unterhaltung morgen fortsetzen.«

»Das hätten Sie gerne! Keine Chance«, sagte Elfriede.

Erwin Horak zog sich eine Zigarre aus dem Sakko und Elfriede rauchte sich eine Zigarette an. Der Kellner brachte die Getränke und Elfriede bohrte endlich nach, darauf hatte sie sich die letzten zehn Minuten schon gefreut.

»Ich habe es gewusst. Es gibt ja doch eine Frau, die Sie gern in Ihrem Leben gehabt hätten.«

»Unsinn.«

»Sie können es ruhig leugnen, aber Sie haben sich bereits verraten. Ich habe Ihnen doch gesagt, man kann etwas mitteilen, ohne dass man es sagt.«

»Ah ja, das habe ich vergessen, Sie sind ja Psychologin.«

»Leidenschaftliche.«

Er schüttelte den Kopf: »Nein, gibt es nicht.«

»Aber es gab eine. Was ist passiert?«

»Nein, es gab auch keine. Ich brauche niemanden in meinem Leben. Ich sage es Ihnen gern noch hundert Mal, da ist kein Platz für eine Frau in meinem Leben.«

»Ich bin mir ziemlich sicher, dass da doch jemand gewesen ist, für den Sie ein Plätzchen gefunden hätten. Was ist passiert? Jetzt sagen Sie es schon!«

»Nichts ist passiert. Sie gehen mir wirklich schwer auf die Nerven mit Ihrer Fragerei.«

»Hat sie sich nicht für Sie interessiert?«

»Das hätten Sie gern!«

»Hat sie Ihnen das Herz gebrochen?«

»Ah, das wäre Ihnen sicher noch lieber!«

»Die Frau eines Freundes?«

»Auch nicht.«

»Sie haben nie den Mut gefunden, sie anzusprechen?«

»Das ist es. Jetzt haben Sie mich durchschaut.«

»Hm. Viel mehr fällt mir da jetzt auch nicht ein«, sagte sie. »Außer, Sie haben selbst irgendetwas getan, wodurch Sie sie verloren haben.«

Auf Erwin Horaks Schweigen sagte sie: »Was könnte das gewesen sein? Ihr Charme? Der kann schon abschreckend sein, aber das würden Sie sicher noch voller Stolz zugeben. Ihre Lebensgewohnheiten können es nicht sein, so als Lehrer, nein, das auch nicht.«

»Würden Sie das jetzt beenden? Das ist komplett lächerlich.«

»Sie haben sie betrogen«, stellte Elfriede in den Raum.

»Ich war noch nie veranlasst, einer Frau treu zu sein.«

Elfriede hätte gern gejubelt, hielt das aber doch für etwas

unpassend. Stattdessen sagte sie: »Aber dieser, dieser einen wären Sie es im Nachhinein gerne gewesen?«

»Warum können Sie nicht endlich Ihren Mund halten?«, fuhr sie Erwin an.

Elfriede lehnte sich beleidigt zurück. Sie war schließlich stolz auf sich, dass sie das noch herausgefunden hatte, und sah im Moment so gar nicht ein, warum er das nicht nachvollziehen konnte. Na ja, vielleicht ein wenig. Im Grunde war sie auch nicht wirklich beleidigt.

»Das ist alles schon Jahrzehnte her. Also nerven Sie mich nicht wegen Dingen, an die ich selbst keinen Gedanken verschwende.«

»In Ordnung«, sagte sie.

»Warum nicht eher?«

»Ist schon gut. Ich wollte es ja nur wissen.«

»Wozu? Sind Sie jetzt glücklicher?«

»Nein, das nicht, aber...«

»Wenn wir schon dabei sind. Sagen Sie mir lieber, ob Sie immer so die brave Ehefrau waren.«

»Leider, ja. Ich stand immer hinter meinem Mann, hielt zu ihm, war ihm immer treu.«

»Leider?«

»So im Nachhinein betrachtet, ja.«

»Sagen Sie jetzt bloß, er war der einzige Mann in Ihrem Leben.«

»Ganz so schlimm ist es auch wieder nicht.«

»Ah ja, dann hatten Sie zwei.«

»Das klingt irgendwie nicht besonders gut aus Ihrem Mund.«

»Und Sie wollen mir etwas über zwischenmenschliche Dinge erzählen? Nach zwei Männern in Ihrem Leben? Sie sind diejenige, die keine Ahnung hat.«

»Das könnte unter Umständen so sein«, räumte Elfriede ein, weil sie im Moment sowieso mit ihrem Leben etwas ins Wanken geraten war.

»Hören Sie«, sagte Erwin Horak, dem es genauso wie Elfriede nicht besonders gefiel, in welche Richtung sich das Gespräch entwickelt hatte, »wir müssen das hier nicht weiterführen.«

»Das ist ein guter Vorschlag«, sagte sie.

Beide nippten an ihren Gläsern.

»Im Grunde wird das alles sowieso überbewertet. Also das mit den Beziehungen. Man ist, wer man ist und sollte sich nicht durch Beziehungen definieren«, sagte Elfriede.

»Endlich ein vernünftiger Satz aus Ihrem Mund!«

Ein kurzer Waffenstillstand dominierte die Stimmung am Tisch. Beide tranken von ihren Gläsern und Erwin Horak beschäftigte sich mit seiner Zigarre.

»Denken Sie an Ihre Pension?«, fragte er.

»Nein. Ob Sie es glauben oder nicht, dafür bin ich noch zu jung.«

»Aha.«

»Aber danke für das Kompliment.«

»Ein Freund von mir ist gerade in Pension gegangen. Sie kennen ihn, wir haben gestern zusammen Karten gespielt.«

»Kurt? Richtig?«

»Genau. Und irgendwie… Also, das verstehe ich nicht ganz, aber, er ist nicht wirklich glücklich darüber, im Grunde gar nicht. Und für mich wäre es der schönste Tag, wenn es endlich so weit wäre.«

»Na ja, da ist jeder anders, nehme ich an. Manche können es kaum erwarten, andere fühlen sich dann nicht mehr gebraucht.«

»Genau so dürfte es bei ihm auch sein. Aber ehrlich, wer braucht einen alten Lehrer?«

»So ist das aber auch nicht«, sagte Elfriede.

»Natürlich! Ich verstehe nicht, warum wir Lehrer nicht früher in Pension gehen können. Wieso sollen die Kinder auf jemanden hören, der ihr Großvater sein könnte?«

»Ich dachte, damit hätten Sie keine Probleme?«, stichelte sie.

»Ich hypothetisiere nur.«

»Na dann. Nur zu.«

»Ich fange einfach mit den jungen Leuten von heute nichts mehr an. Da ist nicht nur eine Generation dazwischen, da sind Welten dazwischen. Ich verstehe sie nicht, ich finde ihre Kleidung furchtbar, ihr Benehmen schrecklich und ihre Sprache schlampig. Sie sind mir fremd, trotzdem erwartet der Staat von mir, dass ich ihnen etwas fürs Leben mitgebe.«

»So zumindest ist es gedacht, nur wusste ich noch nicht, dass Ihnen das ein Anliegen ist.«

»Ist es auch nicht, aber es ist mir sehr wohl ein Anliegen, dass Lehrer früher in Pension gehen können.«

»Bis zu einem gewissen Grad kann ich das auch nachvollziehen. Ich würde auch sagen, dass der Altersunterschied etwas groß ist. Vielleicht zu groß. Die Kinder nehmen wohl eher weniger etwas von jemandem an, der fünfzig Jahre älter ist als sie.«

»Vierzig«, knurrte Erwin.

»Das kommt ganz darauf an. Sie haben doch Schüler von zehn Jahren aufwärts.«

»Trotzdem sind es keine fünfzig Jahre. Wenn es so wäre, bräuchte ich nicht mehr auf meine Pension zu warten.«

»Tun Sie das denn?«

»Ja.«

»Warum?«

»Weil mir alles schrecklich auf die Nerven geht.«

»Haben Sie nicht gerade Ferien?«, fragte sie.

»Ja, aber trotzdem.«

»Ich weiß nicht so recht, ob ich mir die Pensionierung wünsche. Manchmal ist mir das frühe Aufstehen schon recht mühsam, obwohl es das früher nicht war, und manchmal denke ich schon, dass ich froh wäre, wenn ich es nicht mehr müsste. Auf der anderen Seite würde es wohl reichen, ich würde mir einen anderen Beruf suchen.«

»Warum tun Sie das dann nicht?«

»Vielleicht bin ich nicht ganz so flexibel, wie ich es gern wäre.«

»Aber«, sagte sie weiter, »in Pension möchte ich eigentlich auch noch nicht gehen. Ich schätze, ich würde mich unbrauchbar fühlen so ganz ohne Beruf.«

»Sie werden sich doch außerhalb Ihrer Trafik etwas anzufangen wissen.«

»Ja, sicher, aber trotzdem.«

Erwin Horak schüttelte den Kopf voller Unverständnis.

»Und? Was haben Sie Ihrem Freund gesagt?«

»Dass er ein Idiot ist. Dass er froh sein soll.«

»Prima. Da haben Sie ihn sicher aufgemuntert.«

»Ja was, wenn es doch stimmt. Es ist einfach idiotisch, Dingen nachzuhängen.«

»Das kann Ihnen nicht passieren.«

»Kaum.«

»Und Sie glauben wirklich, das macht Sie sicher im Leben?«

Erwin Horak sah sie nur an. Er war sich nicht sicher, wie er das eben Gehörte auffassen sollte.

»Irgendwie habe ich bei Ihnen das Gefühl, Sie sind viel zu sehr damit beschäftigt, sich abzusichern, damit Sie nichts erschüttern kann«, sagte sie.

»Tun wir das nicht alle? Und außerdem, nein, damit bin ich nicht beschäftigt!«

»Geben Sie es ruhig zu. Nehmen wir nur das hier. Sie sitzen jeden Abend im selben Restaurant, essen womöglich die gleichen Speisen und treffen sich wahrscheinlich seit Jahrzehnten mit demselben Freund, wahrscheinlich noch am selben Tisch. Das würde ich als zwanghaftes Festhalten an Gewohnten bezeichnen. Und so wie ich das sehe, tun Sie das, damit Sie nichts verletzen kann.«

»Das ist ein ausgesprochener Blödsinn. Ich gehe einfach gern ins *Hummel.* Daran ist auch nichts verkehrt. Ich sehe nicht ganz ein, warum ich woanders hingehen sollte, nur weil sich manche eigenartige Menschen darüber Gedanken machen könnten.«

»Ist schon recht«, sagte Elfriede, nicht ohne zu schmunzeln.

»Wenn Sie es schon unbedingt wissen müssen, es ist verdammt nah, das *Hummel*, und es ist bequem hier. Ich sehe das *Hummel* als mein Wohnzimmer.«

»Sie können nicht kochen«, bemerkte Elfriede.

»Zumindest nicht so gut wie der Koch hier.«

Elfriede Steiner sah sich im Lokal um, und sie musste dem grantigen Professor recht geben, es war gemütlich, und ja, sie konnte sich auch vorstellen, das *Hummel* zu ihrem Wohnzimmer zu machen. War ja im Grunde ein angenehmes Wohnzimmer, so mit Service und so.

»Und man trifft interessante Menschen«, sagte sie.

Er sah sie an.

»Nein, ich meine nicht Sie«, sagte sie und fügte an: »Nicht nur.«

»Ach so? Wen haben Sie denn sonst noch getroffen? Sie dürften dazu ja nicht allzu viel Gelegenheit gehabt haben, wenn Sie dauernd an meinem Tisch sitzen.«

»Eine ältere Dame, sehr interessante Person.«

»In Ihrem Alter?«

»Nein!«, gab sich Elfriede entrüstet. »Aber egal«, sagte sie weiter. »Jedenfalls haben wir uns sehr gut unterhalten. Aber wie es scheint…«, sagte sie und sah sich im Lokal um, »kommt sie nicht ganz so häufig her wie Sie.«

»Heißt das, Sie wären eventuell in einer Verlegenheit, wenn Sie eines Abends uns beide im *Hummel* sitzen sehen?«

»Nicht wirklich. Nein, sie ist eindeutig ein freundlicherer Mensch als Sie und sie sitzt gern im Gastgarten, etwas, das ich extrem schätze. Sie müssen ja immer sonnenscheu in der Stube hocken.«

»Na bitte, dann könnte sich ja doch demnächst wieder eine Gelegenheit ergeben, dass ich in Ruhe meine Zeitungen lesen kann.«

»Wenn der Mensch die Hoffnung nicht hätte«, stellte Elfriede Steiner in den Raum.

»Wissen Sie, worauf ich hoffe?«, fragte sie.

Er schüttelte den Kopf: »Gedankenlesen habe ich noch nie können.«

»Dass ich meinen Rhythmus wiederfinde.«

»Haben Sie den denn verloren?«

»Eindeutig, ja.«

»Und ich dachte, Sie hätten Ihren Rhythmus überhaupt noch nicht gefunden.«

»Womöglich…«, begann sie, unterbrach sich dann aber: »So gern ich noch weiter hier mit Ihnen plaudern würde, so muss ich aber auch schön langsam nachhause.«

»Ein Jammer«, sagte er trocken.

»Aber wissen Sie, was ich vorher gern noch gemacht hätte?«

»Hm?«, fragte er gelangweilt.

»Ich finde, es ist an der Zeit, dass wir endlich per Du sind. Was halten Sie davon?«

»Werden Sie wirklich morgen wieder herkommen?«, fragte er.

»Und Sie?«

»Auf jeden Fall. Ich werde mir von Ihnen nicht meine jahrelange Routine zerstören lassen.«

»Dann bin ich auch hier.«

»Erwin«, sagte er und hob sein Glas.

Sie stieß mit ihrem Weinglas an und sagte: »Elfriede.«

Er nickte.

20

Am selben Abend saßen Kurt und Resi zuhause. Der Fernseher lief, aber diesmal nicht aus Gewohnheit. Kurt Gruber hatte in letzter Zeit etwas dagegen, Dinge aus Gewohnheit zu tun.

»Das Leben kann uns noch so viel bieten«, hatte er gesagt. »Da können wir es doch nicht an leere Gewohnheiten verschwenden.«

Resi hatte ihm recht gegeben, und war begeistert von ihrem Mann. Er blühte förmlich vor ihren Augen auf und das war eine Wohltat, nach den Wochen, in welchen er sich nur von einem Tag zum nächsten gehangelt hatte.

Es war eine aktive, reif überlegte Entscheidung gewesen, den Fernseher aufzudrehen. Sie hatten sich eine Flasche Sekt zum Couchtisch geholt. So, fand Kurt, konnten sie sich in gebührender Stimmung den Krimi ansehen, den Resi ausgesucht hatte.

Sie saßen beisammen, Resis Kopf ruhte an Kurtis Schulter, beide hatten ihr Glas in der Hand und folgten dem Geschehen am Bildschirm, als Kurt plötzlich zusammenzuckte.

Er stellte sein Glas am Tisch ab und ein stechender Schmerz fuhr ihm durch die Brust. Er beugte sich vor, weil der Schmerz sich ausbreitete und nach seiner linken Körperhälfte griff. Dann ließ er nach, nur um kurz darauf heftiger, plötzlicher, brennender wiederzukommen.

Der Puls dröhnte in Kurts Ohren, sein Körper verkrampfte sich, der Schmerz war gewaltig, nahm ihm den Atem.

Dann spürte er nichts mehr, tat nichts mehr, merkte nichts mehr. Er sackte vornüber dem Boden entgegen, stieß mit dem Kopf gegen den Couchtisch, sein Glas fiel und sein Körper ebenso, beide landeten am Teppich.

Kurt Gruber hörte nicht, dass seine Frau ihn rief, dass seine Frau fragte, was los sei, spürte nicht, dass sie seinen Arm ergriff und ihn rüttelte, zog und versuchte zu halten, er bemerkte nicht, dass er ihr Angst machte, dass sie entsetzt nach Atem rang, nicht wusste, was sie tun sollte. Er bekam nicht mit, dass sie zu weinen begann, dass sie entsetzt war, als er fiel, dass sie sich zu ihm warf, dass sie weiter versuchte, eine Reaktion zu bekommen, von ihrem Mann, den sie seit vierzig Jahren mehr liebte als alles andere auf der Welt, ohne den sie nicht einen einzigen Tag aushalten konnte. Er konnte nicht sehen, wie das Entsetzen ihr Gesicht entstellte und Panik, er könne sie verlassen.

Theresa Gruber war außer sich.

»Kurti! Kurti! So hör mich doch!«, rief sie.

»Kurti, du darfst jetzt nicht gehen! Was soll ich ohne dich!«

Sie kniete neben Kurt Grubers Körper und berührte ihn vorsichtig. Sie wagte es nicht mehr, ihn zu rütteln, und sie wagte es noch viel weniger, ihn zu bewegen.

»Das geht doch nicht! Du hast doch selbst gesagt, unser Leben fängt erst richtig an.«

Doch von Kurt kam keine Antwort und Resi weinte die bittersten Tränen ihres bisherigen Lebens. Die Tränen flossen einfach, endlos, und schnürten ihr die Kehle zu. Sie starrte auf den Körper ihres Mannes, dann sah sie in sein Gesicht.

Nackte Panik ergriff sie, sie musste etwas tun. Aber was? Sie war ratlos. Sie war knapp daran, die Nerven zu verlieren, hysterisch zu werden, die Situation ließ ihr aber keinen Platz für Überlegungen. Sie lief zum Telefon, Rettung, sie musste die Rettung rufen. Sie stand mit dem Hörer in der Hand da und ihre Finger konnten die Nummer nicht wählen, ihr Kopf war leer. Sie blickte immer wieder zu Kurt, der regungslos am Boden lag. Dann, plötzlich, wählten ihre Finger von selbst, automatisch und unbewusst, sie wählten und Resi dachte nicht mehr darüber nach.

Sie war überrascht, als ihr ältester Sohn abhob.

»Hallo«, meldete er sich.

Resi sagte nichts. Sie hatte nicht mit ihrem Sohn gerechnet, wusste aber auch nicht genau, mit wem sie gerechnet hätte, und sie wusste nicht, was sie sagen sollte.

»Mama? Bist du das?«, fragte er, der die Nummer seiner Eltern am Display gesehen hatte.

»Ja«, stieß sie hervor. Ihre Stimme erschreckte sie selbst, ihre unnatürlich hohe Stimmlage, schrill und atemlos, verängstigt, wie ein kleines Kind, das sich im Schrank verstecken wollte.

»Was ist passiert?«, fragte ihr Sohn geistesgegenwärtig.

»Papa…«, sagte sie.

»Ist etwas mit ihm? Geht es ihm nicht gut?«

»Nein, gar nicht! Überhaupt nicht«, plötzlich strömte wieder Energie durch ihren Körper. »Er, ich weiß es nicht, er ist plötzlich zusammengebrochen. Er hatte große Schmerzen. Und jetzt rührt er sich nicht mehr.«

Thomas Gruber war still am anderen Ende der Leitung, aber nur kurz. »Du musst die Rettung rufen.«

»Das wollte ich eigentlich. Aber…«

»Ist schon gut. Bleib ganz ruhig. Ich mache das. Mach dir keine Sorgen, ich kümmere mich darum«, sagte er, aber seine Sorge war deutlich zu hören.

»Mama, kontrolliere seinen Puls und seinen Atem.«

»Ja«, sagte sie und legte den Hörer zur Seite.

Es waren endlose Augenblicke für Thomas Gruber, in welchen er darauf wartete, dass seine Mutter zurück an den Apparat kam.

»Ja«, sagte sie, »ja, ich habe seinen Puls gefühlt und er atmet, aber unregelmäßig.«

»Ich lege jetzt auf. Bleib bitte bei ihm. Wenn er nicht mehr atmen sollte, musst du ihn beatmen. Weißt du, wie das geht?«

»Ja«, sagte Resi und ihr Sohn legte auf.

Er rief die Rettung an und setzte sich selbst in sein Auto, um zu seinen Eltern zu fahren. Er konnte nicht tatenlos warten.

Theresa Gruber kniete sich neben ihren Mann und legte ihre Hand seitlich an seinen Hals. Sie zitterte am ganzen Körper, weil sie ihren Sohn angelogen hatte, sie hatte nicht die geringste Ahnung, was sie tun sollte, wenn Kurti zu atmen aufhören würde.

Sie sprach mit Kurt, während sie, allein auf seinen Atem konzentriert, neben ihm verharrte, die Hand an seinem Puls.

Die Zeit blieb für sie stehen, die Welt drehte sich nicht mehr. Sie hatte unendliche Angst vor dem, was sie nicht mal zu denken wagte. Das gleichmäßige Ticken der Pendeluhr hämmerte ihr gegen die Schläfen, ihre Fingerspitzen wurden kalt und Übelkeit ergriff sie.

»Wir schaffen das! Wir schaffen das ganz sicher! Du schaffst das, Kurti! Ich weiß genau, dass du es schaffst. Es darf gar nicht sein. Du kannst nicht ohne mich gehen! Wir haben noch so viel vor!«

Sie legte sich neben ihren Mann, der in sich gekrümmt auf dem Boden lag, und umfing ihn umsichtig und ohne ihn zu sehr zu beengen mit ihren Armen. Sie legte ihre Wange an seine Wange, vorsichtig, ohne ihren Kopf auf dem seinen abzulegen.

»Du bist ein starker Mann, das warst du immer schon. Du schaffst das. Ich bin bei dir«, flüsterte sie ihm ins Ohr. Sie blieb genau in dieser Position, bis es an der Türe läutete. Sie schreckte auf. Sie hatte das Gefühl, als wären Stunden vergangen, seit sie mit ihrem Sohn telefoniert hatte.

Die Rettung war eingetroffen und Resi öffnete die Türe und wies wortlos und mit weit aufgerissenen Augen auf ihren Mann. Die Sanitäter verstanden und eilten ins Wohnzimmer.

Resi stand daneben, ratlos, fassungslos. Alles kam ihr so unwirklich vor. Dann war auch ihr Sohn da und mit ihm die Zuversicht, dass alles gut ausgehen würde. Ganz sicher.

21

Bezeichnenderweise lief gerade *Stolen Moments*, gespielt von Oliver Nelson, als das Telefon Erwin Horak am Nachmittag aus seiner Entspannung holte. Eigentlich wollte er nicht rangehen, denn es fiel ihm absolut niemand ein, der ihn anrufen sollte – und den er auch sprechen wollte, wohlgemerkt. Aber nachdem der Anrufer nicht so bald aufzulegen schien und ihn das Klingeln zu nerven begann, erhob Horak sich mit einem gewaltigen Seufzer bewusst schwerfällig aus seinem Ledersessel.

»Wer stört?«, knurrte er ins Telefon.

»Hallo«, sagte zaghaft die Stimme am Telefon. »Hallo, Erwin? Resi spricht«, sagte sie, »Theresa Gruber«, fügte sie sicherheitshalber an, da sie noch nicht besonders oft mit Erwin telefoniert hatte.

»Was gibt´s?«, fragte er knapp, weil ihm beim besten Willen kein Grund einfallen wollte, warum er zwei Abende die Woche mit Kurt verbringen und dann auch noch mit seiner Frau telefonieren sollte.

»Ja, also«, sagte Resi, die merkbar unsicher war.

Die Nacht war schrecklich für sie gewesen. Heute kam ihr alles fremd und fern vor und sie hoffte, das würde es auch für immer bleiben. Am liebsten hätte sie alles vergessen, die Nacht, die Sorge, die Angst, ihre Gedanken, ihre Unsicherheit, ihr Entsetzen.

Sie hatte noch immer nicht geschlafen, sie konnte es einfach nicht. Die Ärzte hatten mehrmals versucht, sie heimzuschicken, doch sie hatte ausgeharrt. Erst als am Nachmittag des darauf folgenden Tages ihre drei Söhne im Spital neben dem Bett ihres Mannes gestanden waren und ihr vergewissert hatten, sie würden nicht von seiner Seite weichen, ließ sie sich von Thomas heimfahren. Nur für ein, zwei Stunden, hatte sie sich selbst gesagt.

Doch dann zuhause hatte sie nicht schlafen können. Sie war auf der Bank im Wohnzimmer gesessen und hatte die Wände angestarrt, zu nichts fähig, nicht zu einem einzigen Gedanken. Kurz darauf hatte sie bei Erwin angerufen.

Aber plötzlich wusste sie nicht mehr, warum. Doch, sie wusste warum, aber sie wusste nicht, was sie sagen sollte, sie hatte zuvor nicht darüber nachgedacht. Der Gedanke war ihr plötzlich gekommen, während die Stille in der Wohnung sie zu erdrücken drohte und sie eigentlich am liebsten sofort wieder zurück ins Spital fahren wollte.

»Ich...«, begann sie.

»Entschuldige, Resi«, sagte Erwin, der erst spät die Unsicherheit in ihrer Stimme bemerkte. Er schloss, dass irgendetwas mit Kurt war. Weinte sie? Und er ärgerte sich, er war so schlecht in diesen Dingen. Er war schlecht, wenn es um Anrufe weinender Ehefrauen seiner Freunde ging. Nun, zum Glück hatte er auch wenige Freunde, also, im Grunde nur Kurt.

»Ich habe nicht mit dir gerechnet«, rechtfertigte er sich.

»Ich, ja, nein, ich muss mich entschuldigen. Ich bin noch immer ganz neben mir. Ich hätte vielleicht etwas später anrufen sollen.«

»Nein, schon in Ordnung. Sag einfach, was los ist«, sagte er und biss sich auf die Unterlippe. Das kam jetzt sicher nicht so an, wie er es beabsichtigt hatte. Horak wurde unrund, wieder einmal.

»Es ist wegen Kurt. Er ist im Spital. Er hatte einen Herzinfarkt«, sagte sie.

Erwin Horak sagte nichts, es fiel ihm beim besten Willen nichts ein, was er sagen konnte.

»Aber es geht ihm schon wieder gut«, sagte Resi schnell, weil sie Erwins Schweigen richtig deutete.

»Ah, gut«, sagte er.

»Na ja, gut ist vielleicht etwas übertrieben. Es war aber nur eine leichte Attacke, so haben es die Ärzte zumindest gesagt. Er hat es überstanden, ist auch am Vormittag wieder aufgewacht.«

»Das ist gut«, wiederholte sich Erwin.

»Ja«, sagte Resi.

Erwin hörte, wie Resi am anderen Ende der Leitung zu weinen begann. Er stand da und es fehlten ihm die Argumente, wie er sie bremsen konnte, oder zumindest dazu bringen konnte, nicht jetzt zu weinen.

»Entschuldige«, sagte sie. »Ich bin einfach am Boden zerstört. Du kannst dir nicht vorstellen, wie das ist. Es war schrecklich, der gestrige Abend war einfach entsetzlich. Wir haben einen wunderschönen, gemütlichen Abend verbracht, dann ist es passiert. Einfach so, ohne Vorwarnung. Und was mich am meisten erschreckt, ich habe nicht gewusst, was ich tun sollte.«

»Natürlich«, sagte er, »damit rechnet man nicht.«

»Es ist komisch, denn einerseits bin ich erleichtert, dass es ihm besser geht, aber andererseits... trotzdem... Vielleicht war auch der Schreck zu groß.«

»Sicher«, sagte er.

»Er wurde in der Nacht noch operiert. Thomas war da, er war die ganze Zeit bei mir. Ich weiß nicht, wie ich diese Zeit sonst überstanden hätte. Drei Stunden, drei ganze Stunden lang haben sie uns warten lassen, haben sie uns nicht gesagt, was los ist. Aber dann haben sie gesagt, dass es nur eine leichte Attacke war und dass er rechtzeitig gebracht wurde, dass er sich erholen wird.«

»Vollständig?«, fragte Erwin.

»Ja.«

Er konnte hören, dass auch Resi sich zu erholen begann.

»Er ist am Vormittag bereits aufgewacht, kurz nur, aber es hat gutgetan, es hat gutgetan, mit ihm ein wenig zu sprechen. Dann ist er wieder eingeschlafen.«

»Das ist normal nach einer längeren Operation«, sagte Erwin.

»Ja, und er, na ja, nein, er sieht nicht gut aus, aber er sieht besser aus, er sieht viel besser aus als gestern Nacht.«

»Gut«, sagte Erwin wieder.

»Ich bin so froh, dass mein Sohn so schnell reagiert hat, dass er rechtzeitig versorgt worden ist, denn ich war wirklich hilflos. Ich hätte es mir nie verziehen, wenn es ihm wegen mir schlechter ergangen wäre. Du kannst dir gar nicht vorstellen, wie vollkommen dumm man sich in solch einer Situation verhält.«

»Doch, das kann ich.«

»Nein, wirklich. Ich mag gar nicht daran denken, was gewesen wäre, wenn die Rettung nicht so schnell gekommen wäre. Oder wenn es doch nicht nur ein leichter Infarkt gewesen wäre.«

»Das solltest du auch nicht.«

»Nein, ich weiß. Ich werde es auch einfach nicht machen. Es ist nur, ich mache mir schon Vorwürfe. Weißt du, ich hätte es vielleicht kommen sehen sollen. Aber ich denke nach und denke nach, es fällt mir nichts ein. Es schien ihm wirklich gut zu gehen. In den letzten Tagen sogar besser als zuvor. Er war richtig zu neuem Leben erwacht nach, nach... na ja, nach den Wochen, in denen er vielleicht nicht in so guter Verfassung war.«

»Ist mir aufgefallen.«

»Vielleicht hätte ich ihm nicht so schwere Sachen kochen sollen.«

»Aber nein...«, Erwin wusste nur, dass er einen Einwand hatte, nicht aber, welchen.

»Vielleicht hätte ich ihn auch zu mehr Bewegung ermutigen sollen. Vielleicht hätte ich ihn auch öfter zum Arzt schicken sollen.«

»So darfst du nicht denken. Diese Dinge passieren einfach.«

»Ja, das tun sie. Nur nicht meinem Kurt!«

»Aber ich weiß schon«, sagte sie weiter, »all das sind sinnlose Gedanken, und ich weiß selbst nicht, warum ich sie habe. Vielleicht sollte ich auch etwas Schlaf nachholen, aber ich kann mich jetzt einfach nicht hinlegen.«

»Bist du zuhause?«

»Ja, die Kinder haben mich heimgeschickt, sie sind bei Kurt.«

»Na, auf jeden Fall, ich wollte dich nur wissen lassen, dass es ihm schon besser geht, dass er aber sicherlich noch ein paar Tage im Spital bleiben wird«, sagte sie.

»Danke«, sagte er, »Danke für deinen Anruf. Und Resi, halte durch. Er wird schon wieder.«

»Ja, das wird er«, sagte sie.

Dann verabschiedeten sie sich.

Resi setzte sich wieder auf das Wohnzimmersofa und fühlte sich tatsächlich etwas besser. Es hatte ihr gutgetan, mit jemandem reden zu können. Wenn es ihr besser gegangen wäre, hätte sie womöglich schmunzeln müssen über die Wortkargheit von Erwin. Erwin war einfach Erwin und würde immer Erwin bleiben. Da war Beständigkeit dahinter. Aber heute war sie einfach froh, dass er abgehoben hatte. Trotzdem war sie unruhig, viel zu unruhig. Sie würde nicht schlafen können, dabei steckte die Müdigkeit in jedem ihrer Knochen.

Sie hörte das Pendel der Uhr, sie hörte die Autos aus weiter Ferne, dumpf, vorbeifahren. Sie lehnte sich zurück, ließ den Kopf nach hinten sinken und schloss die Augen. Und sah Kurt vor sich, wie er am Abend zu Boden fiel, wie sein Körper dalag, zusammengekrümmt, sein Gesicht fahl, und sie diese Panik spürte, er könnte die Augen nie wieder aufmachen.

Sie setzte sich mit einem Ruck gerade auf. Nein, sie konnte jetzt nicht schlafen gehen und sie wollte jetzt auch nicht an gestern denken, sie wollte nie wieder an gestern denken. Die Kinder meinten es gut mit ihr, natürlich, aber sie konnte nicht so einfach schlafen gehen, ihr Kopf war viel zu wach, zu viele Gedanken tanzten hindurch und sie wollte nur eines, jetzt Kurtis Hand halten, einfach seine Hand halten, da sein für ihn, seine Nähe spüren und ihn ihre Nähe spüren lassen.

Sie verließ das Haus und fuhr wieder zurück ins Spital.

Erwin legte den Hörer auf und nahm abrupt den Tonarm von der Platte, etwas, was er bei Oliver Nelsons *Blues and the Abstract Truth* sonst nie tun würde, sie gehörte zu seinen Lieblingsplatten, auch wenn er diese nie so bezeichnen würde. Er konnte jetzt nicht weiterhören.

Er ließ sich in seinen Ledersessel fallen und legte die Füße am Tisch hoch, stützte den Ellenbogen seitlich auf und legte den Kopf in die aufgestellte Hand. So schnell kann das gehen, dachte er bei sich. Dabei hatte er am Mittwoch noch topfit ausgesehen.

»Wahnsinn, der Gruber, ein Herzinfarkt«, sagte er in den Raum und schüttelte den Kopf.

Er saß noch lange genauso da.

22

Horak saß bei einem Bier im *Hummel*, Zeitungen hatte er keine in der Hand, auch nicht neben sich. Er blickte ins Leere, eine Zigarre im Mundwinkel, die linke Hand am Glas, als sich Elfriede Steiner zu ihm setzte.

»Guten Abend, Erwin«, sagte sie.

Er blickte weiter nirgendwohin und nickte.

»Guten Abend«, wiederholte sie.

Wieder ein Nicken, diesmal verbunden mit einem kurzen Blick.

»Das ist ein Rückschritt«, stellte sie fest. »Gestern hast du mir ebenfalls einen guten Abend gewünscht!«

»Abend«, brummte Horak, bemüht mürrisch und unwillig.

»Weißt du was, ich nehme alles zurück. Ich bin jetzt doch mit nicken einverstanden, das war eindeutig warmherziger.«

Erwin Horak nickte wieder, diesmal zufriedener, und rang sich ein Lächeln ab.

Elfriede Steiner kramte in ihrer Handtasche nach den Zigaretten und ihrem Feuerzeug und rauchte sich eine Zigarette an. Sie hatte sich auf den Besuch im *Hummel* schon gefreut, aber, so musste sie feststellen, nicht so sehr, wie sie sich gefreut hatte, Erwin wieder zu sehen, den grantigen Professor. Sie sah ihn an und er verharrte in seiner Position, bis ihm ihr durchdringender Blick zu viel wurde, dann ließ er sich gegen die Rückenlehne der Bank fallen und sah zurück.

»Keinen guten Tag gehabt?«, fragte sie.

»Nicht unbedingt, nein«, antwortete er.

»Was hast du denn heute gemacht, wenn ich fragen darf?«

»Verschiedenes.«

»Ah ja«, sagte sie.

Der Kellner trat an den Tisch.

»Grüß Sie«, sagte Herr Klaus, nicht ohne zu schmunzeln. Er freute sich, den Professor wieder in Gesellschaft der Dame zu sehen.

»Guten Abend«, grüßte Elfriede.

»Was darf ich Ihnen bringen?«

»Ich nehme einen Eistee, fürs Erste.«

»Selbstverständlich«, sagte er und entfernte sich, um kurz darauf das Getränk zu bringen.

»Ich habe übrigens über unser Gespräch von gestern nachgedacht«, begann sie, nachdem sie feststellen musste, dass Erwin Horak heute nicht unbedingt gesprächiger war als an den Tagen zuvor, was sie sehr schade fand.

»Hast du wirklich nichts Besseres zu tun?«

Elfriede stieg auf das eben Gehörte nicht weiter ein. »Auf jeden Fall wollte ich noch zu dem Gespräch von gestern sagen, dass dich keine Schuld wegen deiner Familie trifft. Also...«

Erwin Horak verdrehte die Augen. Dafür hatte er im Moment überhaupt keinen Kopf.

»Ich finde, dass deine Familie daran schuld ist, dass sie dich nicht zu sehen bekommen. Sie hätten es nicht so einfach hinnehmen dürfen, dass du den Kontakt abgebrochen hast. Das würde ich bei meiner Tochter auch nicht. Niemals.«

»Okay«, sagte er.

»Und meine Mutter würde das auch nicht akzeptieren.«

Erwin Horak nickte.

»Ja, das wollte ich nur gesagt haben.«

»Freut mich, dass ich deine Absolution habe. Aber ehrlich, es ist mir recht egal, wer an was und warum Schuld hat.«

»Das glaube ich dir nicht.«

»Ist aber so.«

Elfriede Steiner beschloss, nicht weiter nachzuhaken, sie hatte gesagt, was sie sagen wollte, und sie war sich sicher, er würde schon noch darüber nachdenken. Zumindest hatte sie es gesagt.

Sie zog sich die Speisekarte heran.

»Hast du schon bestellt?«, fragte sie.

»Nein.«

»Wirklich?«

»Du schienst gestern recht euphorisch über das Warten. Also...«

»Das finde ich ja ausgesprochen reizend!«

Erwin Horak verzog das Gesicht.

»Und hast du schon ausgesucht?«

Er nickte. »Ja, Scholle.«

»Gute Wahl. Darf ich wieder?«

»Könnte ich etwas dagegen unternehmen?«

»Du müsstest nur sagen, wenn es dir nicht recht ist.«

»Passt schon.«

»Gut.«

Erwin Horak winkte dem Kellner, der ganz in der Nähe stand.

»Bringen Sie uns zwei Mal die Scholle«, sagte er.

Herr Klaus nickte und gab die Bestellung an die Küche weiter.

Elfriede Steiner vermerkte positiv, dass er für sie bestellt hatte, auch wenn sie das normalerweise nicht besonders mochte. Aber irgendwie hatte es etwas für sich, miteinbezogen zu werden, vor allem von ihm.

»Was macht eigentlich ein Lehrer in den Sommerferien?«

»Einiges.«

»Wieder sehr gesprächig heute. Was hast du heute gemacht?«

»Was hast du gemacht?«, fragte Erwin zurück.

»Gearbeitet, was sonst. Mir geht es nicht so gut wie dir. Aber ich bin gerade nicht das Thema. Mein Tag war soweit in Ordnung.«

»Das freut mich.«

»Ja dann, behalte es einfach für dich. Soll mir auch recht sein«, sagte Elfriede Steiner.

»Ich habe gewusst, dass du mich damit nicht in Ruhe lassen würdest.«

»Meine Güte, ich bin einfach kein oberflächlicher Mensch. Sicher interessiert es mich, warum du heute so schlechte Laune hast.«

»Ich habe nie gute Laune, daran kannst du dich gewöhnen, nur für den Fall, dass das mit dem täglichen Treffen so weitergehen sollte.«

»Selbstverständlich.«

Elfriede sah Erwin herausfordernd an. Sie war nicht bereit, irgendein anderes Thema anzuschneiden, denn, so dachte sie bei sich, es sollte nicht so schwierig sein, sich über den verbrachten Tag zu unterhalten.

»Gelesen, Musik gehört. Ich war unterwegs. Aber das ist nicht weiter wichtig«, sagte er schließlich, dann machte er eine Pause. »Kurt geht es nicht besonders.«

»Deinem Freund? Mit dem du Karten spielst?«

Er nickte.

»Und was fehlt ihm? Oder meinst du von der Stimmung her?«

»Wenn es nur so wäre«, sagte Erwin. »Nein, seine Stimmung war zuletzt für meinen Geschmack sogar zu euphorisch.«

»Was nicht viel heißen will.«

»Wie auch immer. Er hatte einen Herzinfarkt.«

»Wirklich?«, Elfriede war betroffen. »Das ist ja furchtbar!«

Erwin nickte. »Ja, irgendwie schon.«

»Er hat es aber gut überstanden«, sagte Erwin, weil Elfriede für seinen Geschmack zu ruhig dasaß.

»Oh, zum Glück! Das erleichtert mich. Das muss ein furchtbarer Schock gewesen sein. Bitte, richte ihm von mir die besten Wünsche und gute Besserung aus.«

Das hätte ich Resi sagen können, dachte Erwin bei sich, und ärgerte sich einmal mehr über seine Unfähigkeit, etwas Vernünftiges zu sagen, als er mit ihr telefoniert hatte.

»Wirklich«, sagte Elfriede, »das tut mir sehr leid für ihn. Ich hoffe, dass er bald wieder auf die Beine kommt.«

»Ja, mir auch. Er und Resi haben sich gerade dazu entschlossen, spontan Urlaub zu machen. Sie wollten am Montag wegfliegen. Na ja, das können sie wohl vergessen.«

»Resi ist seine Frau?«

Erwin nickte wieder.

»Die Ärmste! Wie geht es ihr?«

»Schlecht, sehr schlecht, würde ich sagen.«

»Natürlich. Das muss ein ungeheurer Schreck für sie gewesen sein. Und dir?«

»Ja, ich weiß es nicht. Ich muss ständig daran denken.«

»Woran?«

»Wie plötzlich es ihn erwischt hat. Ich meine, er hatte Glück, zumindest hat Resi das gesagt, es war nur ein leichter Infarkt und er wird wieder auf die Beine kommen.«

»Das ist eine gute Nachricht. Er wird wieder vollständig gesund?«

»Ja. Zumindest hat sie das so gesagt.«

»Resi?«

»Ja.«

»Also hat er es gut überstanden?«

»Ja.«

»Sehr gut. Man hört so schlimme Geschichten. Und wenn man ehrlich zu sich selbst ist, dann hat man vor nichts mehr Angst als vor einem plötzlichen Herzinfarkt. Du kannst einfach nie wissen, ob dir schnell genug geholfen wird.«

»Er ist gerade erst pensioniert worden, oder?«, fragte sie weiter, da Erwin nichts sagte.

»Ja. Und er hat es auch noch furchtbar schwergenommen, wäre am liebsten bis zu seinem Tod Lehrer geblieben. Na ja, fast hätte er es ja geschafft.«

»Erwin!«

Er sah weg. Ganz so war das jetzt nicht gemeint gewesen, wie es angekommen war.

»Du machst dir Sorgen um ihn?«

»Es ist nur, er hat endlich wieder seine Lebensfreude gefunden, hat beschlossen, das Leben könnte ihm noch viel bieten, und dann das.«

»Ja. Das ist schlimm. Sehr schlimm. Stell dir das nur vor. Viele Menschen arbeiten ihr Leben lang schwer und denken, sie könnten in ihrer Pension Versäumtes nachholen. Aber, wer sagt, dass sie eine Pension erleben werden?«

»So etwas in der Art habe ich mir auch gedacht.«

»Man sollte daraus etwas lernen. Also, dein Freund Kurt, er hat eine zweite Chance bekommen. So sehe ich das zumindest. Er sollte nicht weiterhin Dingen nachhängen, die vorbei sind. Aber du wirst sehen, er wird es wissen, er wird jeden Tag von jetzt an genießen.«

»Ich glaube, das hat er seit letzter Woche schon so gesehen.«

»Unfair ist das Leben. Es kann manchmal wirklich unfair sein.«

»Ganz meine Meinung.«

»Und jetzt denkst du über dein Leben nach?«

»Nein!«, sagte Erwin, zu heftig für Elfriedes Geschmack, aber sie fragte nicht nach.

»Er hat Glück gehabt. Wir sollten uns vielmehr für ihn freuen«, sagte sie stattdessen.

Erwin nickte.

»Etwa nicht?«

»Doch, doch. Sicher. Ich kann mir das alles nur einfach nicht vorstellen. Ich meine, Kurt, also, ich hätte nie angenommen, dass Kurt einen Herzinfarkt haben könnte.«

»Und, wie geht es ihm?«

Erwin zuckte mit den Schultern. »Gut«, sagte er.

»Hast du ihn gesehen?«

Erwin schüttelte den Kopf. »Resi hat mich angerufen.«

»Und du bist nicht gleich ins Spital gefahren?«

»Nein. Weißt du, ich muss ständig an dieses Telefonat denken. Es war eigenartig.«

»Sie war sicher aufgelöst«, sagte Elfriede.

»Ja. Und ich hatte auch das Gefühl, dass sie darüber reden wollte.«

»Und, habt ihr nicht darüber gesprochen? Ich dachte...«

»Ja, schon. Es ist ärgerlich. Ich bin nicht wirklich gut in diesen Dingen«, sagte er, und Elfriede konnte ihm den Ärger deutlich ansehen.

»Ich glaube, ganz ehrlich, das ist niemand.«

»Na ja«, sagte er und trank einen großen Schluck von seinem Bier.

»Und warum warst du nicht im Spital? Ich meine ja nur, du scheinst dir Sorgen zu machen.«

»Nein, wenn Resi sagt, es geht ihm gut, dann wird das schon stimmen.«

»Aber sie hat bei dir angerufen.«

Erwin Horak sah sie an.

»Na, könnte es nicht sein, dass sie dich informieren wollte, damit du ihn besuchen kannst?«

»Das hätte sie sicher gesagt.«

»Aber ich bitte dich! Das sagt man doch nicht. Du bist ein erwachsener Mann, du solltest schon alleine auf die Idee kommen, deinen Freund im Spital zu besuchen.«

»Ich habe noch niemanden im Spital besucht.«

»Vielleicht hat auch noch keiner deiner Freunde einen Herzinfarkt gehabt?«

Nachdem Erwin nichts antwortete, sagte Elfriede weiter: »Ihr seid doch Freunde?«

Er nickte.

»Dann solltest du ihn besuchen gehen.«

»Ja, gut, wahrscheinlich.«

»Nicht nur wahrscheinlich. Ich sehe doch, dass du dir Gedanken machst, da kannst du auch hingehen.«

»Ist ja schon gut.«

»Du solltest gleich hingehen. Du denkst ja sowieso den ganzen Abend an ihn.«

»Nein, es ist zu spät.«

»Es ist gar nicht zu spät. Die meisten gehen am Abend ins Spital, wenn sie Freunde oder Verwandte besuchen.«

»Ich kann Spitäler nicht ausstehen.«

»Niemand mag Spitäler. Aber darum geht es nicht. Es geht um deinen Freund.«

»Ich weiß einfach nicht, was ich in solch einer Situation tun soll«, sagte er schließlich und tat sich sichtlich schwer mit dieser Offenbarung.

»Da wäre ich jetzt nie darauf gekommen. Aber Erwin wirklich, du solltest das tun.«

»Ich...«, suchte er nach Argumenten. Das kam ihm jetzt zu plötzlich, darauf war er nicht eingestellt.

»Du wirst es überleben, wenn du einen Abend nicht im *Hummel* sitzt.«

»Nein, das ist jetzt...«, begann Erwin, dann sagte er: »Wir haben schon bestellt.«

Elfriede musste schmunzeln. »Der Kellner wird das ganz sicher verstehen«, sagte sie.

»Nein. Elfriede, lass es für heute gut sein. Wenn du unbedingt willst, dann können wir ja morgen hingehen. Am Nachmittag vielleicht.«

»Wir?«, Elfriede war überrascht.

»Na ja, es scheint auch ohne mein aktives Zutun so gekommen zu sein, dass sich eine Frau in mein Leben gedrängt hat.«

»Ach ja?« Das verzeichnete Elfriede als sehr charmant, in Anbetracht der Person, welche ihr gegenübersaß.

Erwin Horak zuckte mit den Schultern.

Sie sah ihn lange an. Wenn man sich bemühte, dann konnte man ihn im Grunde als recht nett bezeichnen. Es war etwas an ihm, das ihr gefiel. Und irgendwie, ja, sie konnte in dem grantigen Herrn den Frauenhelden von einst erahnen, zumindest – und das fand sie recht interessant – fühlte sie sich geschmeichelt.

»Dann könnte man sagen, wir sind zusammen?«

»Wenn du das sagst.«

23

Der Morgen brach an in der Josefstadt. Die Sonne schob sich vorsichtig über die Häuserreihen und versprach wieder einen ausgesprochen heißen Sommertag, nur war das heute dem Wiener recht, ganz besonders recht, denn es war Sonntagmorgen und am Sonntag durfte es heiß sein. Im Grunde erwartete der Wiener nichts anderes, als dass der Sonntag verregnet und trüb war. Die ganze Woche, ja natürlich, da war es warm, aber der Sonntag, nein, der war stets verregnet und trüb, so der Wiener, aber in diesen Dingen war er, der Wiener, etwas negativ. Warum? Wahrscheinlich, weil er gern vom Negativen ausging, darüber ausführlich jammerte, nur, damit er sich dann vielleicht positiv überraschen lassen konnte, es war ja schließlich möglich, aber damit rechnete er nicht, wäre auch schlecht, sonst wäre er womöglich enttäuscht.

Auf jeden Fall, es versprach ein wunderschöner, wolkenloser Sommertag zu werden, und das an einem Sonntag. Die Josefstadt lag friedlich da, am Sonntag ganz besonders friedlich. Kein Auto fuhr durch die Gassen, kein Geräusch von den Straßen trübte die Idylle, die Vögel fingen dem Sonntagsfrieden entsprechend ganz zaghaft zu zwitschern an. Ein leichter Windstoß bewegte die Blätter der Bäume und ein junger Mann kam von der Josefstädterstraße die Albertgasse hinab, langsam und trotzdem zügig, müde, aber trotzdem aufgekratzt, seine Schritte unkonzentriert. Er fuhr sich durchs

Haar, dann beschleunigte er seine Schritte. Er ging die Albertgasse entlang und bog dann in die Pfeilgasse ein, stadteinwärts, dann hörte man ein Haustor zufallen und der junge Mann war von der Straße verschwunden.

Das Haustor der Pfeilgasse 24 öffnete sich und Herr Oberndorfer trat mit seinem Hund Moritz heraus. Er trug eine Jogginghose, eilig angezogen, und ein T-Shirt, der Hund zog ihn sofort zum nächsten Baum, er hatte es eilig, sein morgendliches Geschäft zu erledigen. Er ließ den Hund den weiteren Weg bestimmen, da er noch zu verschlafen war, selbst eine Runde zu wählen. Moritz kannte seine Route.

Ein Radfahrer überquerte die Albertgasse, den Radweg in der Pfeilgasse benützend, stadtauswärts.

Die Sonne stieg über die Häuserfronten langsam empor und weckte die Tauben auf den Dächern Wiens. Die Wärme berührte ihre Federn und sie begannen sich zu recken, den Kopf zu heben, manche gurrten zufrieden, andere schliefen einfach weiter, der Tag war noch jung.

Das Haustor der Pfeilgasse 26 öffnete sich und ein Mann mittleren Alters trat heraus, Jeans über den Pyjama gezogen, das würde man deutlich sehen, wenn ihn jemand beobachten würde, doch noch war niemand an dem Treiben auf der Straße interessiert, es bot auch recht wenig, außer, dass jener Mann kein Geld in die Büchse warf, bevor er sich die Zeitung aus dem Plastik zog. Ja, der Sonntag, der verführte kleine Diebe, oder solche, welche es im Tiefsten ihres Herzens gern wären, denn im Grunde, na ja, die Zeitungsverlage wussten wohl, warum sie die Zeitungen offen hinhängten. Manche spendeten freiwillig in die Büchse, andere wieder nicht, und kamen sich vielleicht recht verwegen vor, vielleicht auch nicht. Jener Mann zumindest kehrte recht unberührt mit der Zeitung unter den Arm geklemmt wieder zurück zu dem Haustor, aus welchem er gekommen war.

Drei Tauben stritten sich um ein Stückchen Brot, das sie zwischen zwei parkenden Autos gefunden hatten.

Ein Auto fuhr durch die Albertgasse, zügig.

Herr Oberndorfer kehrte vom Ammerlingpark zurück, dessen Hundezone sich Moritz für sein Geschäft ausgesucht hatte. Er war noch immer nicht richtig wach, jetzt freute er sich auf den Kaffee. Er wollte seine Frau erst später wecken, denn sie hatte eine anstrengende Woche hinter sich.

Irgendwo in der Ferne bellte ein Hund, ein Mal, ein zweites Mal, dann war es wieder still. Moritz ließ dies unberührt.

Ein Auto fuhr langsam durch die Pfeilgasse, fuhr rechts ran und blieb vor einer Einfahrt stehen, in zweiter Spur. Aber darüber machte sich der Mann, welcher den Wagen fuhr, recht wenig Gedanken, er war ganz auf seinen Beifahrer konzentriert, Beifahrerin, um genau zu sein. Er ließ den Motor laufen, nahm den Gang heraus, zog die Handbremse an, dann ergriff er die Hand der Frau. Sie sahen sich an, sie sprach, dann sprach er. Ihre Gesten zaghaft, behutsam, einfühlsam, verliebt, dann küssten sie sich lange.

Eine Taube machte es sich am Fenstersims des zweiten Stocks der Pfeilgasse 26 bequem, sie lief in die eine, dann in die andere Richtung, reckte ihre Flügel, putzte sie dann, gurrte zufrieden und machte es sich gemütlich. Dann unterhielt sie sich mit einer Taube am Fenstersims des gegenüberliegenden Hauses, vielleicht tauschten sie Neuigkeiten aus, vielleicht flirteten die beiden gar, so genau war das nicht zu bestimmen.

Das Fenster der jungen Frau in der Pfeilgasse 27 stand offen, wie immer, wenn es das Wetter zuließ. Sie hielt es bei geschlossenem Fenster nicht aus, warum, darüber machte sie sich wenig Gedanken. Sie wachte auf, die Sonnenstrahlen griffen nach ihr. Sie drehte sich auf ihrer Matratze, streckte sich, um die Fernbedienung der Stereoanlage zu erreichen. Dann drehte sie Musik auf.

Das Paar im Auto saß noch immer da, tauschte Blicke aus, redete und hielt sich an den Händen.

Eine ältere Dame trat aus dem Haustor der Albertgasse 12, eine leere Flasche in der Hand. Sie schritt entschlossen den Glascontainern entgegen, fest in eine Wollweste gehüllt. Morgens war ihr immer kalt, es brauchte seine Zeit, bis ihr Körper gut durchblutet war, bis ihr Kreislauf in Gang kam. Sie war schon eine Weile munter, sie schlief die letzten Jahre schlecht und im Grunde recht wenig. Sie hatte ihre Wohnung aufgeräumt und mit der Flasche gewartet, schließlich wollte sie die Nachbarschaft nicht wecken, aber jetzt, um Punkt sieben, erschien ihr die Zeit genau richtig. Anständige Bürger schliefen nicht länger, sonst würden sie es nicht rechtzeitig in die Kirche schaffen.

So marschierte sie zum Weißglas und warf ihre Flasche hinein.

Die Taube erhob sich erbost durch diese Störung vom Fenster und flog wieder hinauf zu den Dächern.

Und Erwin Horak fuhr auf. Das durfte doch nicht wahr sein, schimpfte er in sich, zuvor hatte ihn das Gurren der Tauben leicht geweckt, dennoch war er zuversichtlich gewesen, dass er weiterschlafen würde, aber mit dem lauten Knall der zerschellenden Flasche war die Ruhe dahin. Die sind ja alle komplett verrückt, dachte er bei sich, welcher Idiot hat am Sonntag in aller Früh keine anderen

Sorgen, als sein Altglas wegzuwerfen? Er war drauf und dran, zum Fenster zu springen. Dann drang das Nageln des Diesels an der Hausecke zu ihm empor, der Motor lief immer noch, die beiden konnten sich nicht trennen. Doch das wusste Horak nicht, alles was er wusste, war, dass er dieses Geräusch keine Sekunde länger aushalten würde.

Er warf die Decke zur Seite, um mit einem Satz aus dem Bett zu springen und das Fenster zu öffnen, doch dann besann er sich eines anderen. Der Körper neben ihm bewegte sich, rollte sich ein, ein kurzes Murmeln war zu hören. Er sah hinüber und in Elfriedes schlafendes Gesicht.

Er beschloss, den Unruhestiftern auf der Gasse dies ausnahmsweise durchgehen zu lassen, er konnte das nächste Mal dafür umso heftiger für Ruhe sorgen, denn er wollte sie nicht wecken. Stattdessen zog er die Decke wieder über sich, drehte sich zu ihr und betrachtete sie lange, sehr lange, während Elfriede Steiner friedlich weiterschlief.

Danksagung

Zuerst muss ich mich bei den beiden Herren bedanken, die ich im Café Hummel bemerkt habe, als sie sich zum Kartenspielen trafen. Der eine kam herein und sagte zum anderen: »Du sitzt da und hast noch nicht hergerichtet!« Ich habe sie nicht belauscht und weiter beobachtet, aber durch die herzliche Begrüßung hat bei mir gedanklich diese Geschichte begonnen, die darauf folgend geschrieben werden musste.

Und allem voran bedanke ich mich beim Café Hummel. Die Familie Hummel und ihr Team sorgen dafür, dass man das Hummel zum zweiten Wohnzimmer machen kann.

Besonderer Dank gilt meinem ersten Testleser, Christian, der mir begeistert von dem Buch berichtet hat und dabei völlig vergessen hat, dass ich es geschrieben habe. Das hat mich extrem gefreut und mir sehr viel Kraft gegeben, aus dem Manuskript ein Buch zu machen.

Besonderer Dank gilt dem Lektor Johann Auer, der mit seinem kritischen Blick zum Gelingen eines spannenden Buches beigetragen hat.

Und ganz besonderer Dank gilt Ihnen, da Sie dieses Buch gekauft und gelesen haben. Ich hoffe, Sie hatten genauso viel Spaß damit, wie ich beim Schreiben!

Karoline Cvancara

geboren 1974 in Wien, Studium der Publizistik, Musikwissenschaften und Psychologie, lebt und arbeitet in der Wiener Josefstadt. War zehn Jahre tätig als Musikjournalistin.

1993 Gründung der Jazz-Zeitschrift »Jazz & More«.

Seit 2002 literarische Veröffentlichungen in den Zeitschriften »Dum«, »Wienzeile« und »&Radieschen«. Mitglied der Grazer Autorinnen Autoren Versammlung.

2006 erschien ihr erster Roman »Schlaflos« – VIZA edit.

2015 »Am Tiefpunkt genial« – Verlag Wortreich

Karoline Cvancara
Am Tiefpunkt genial
Roman / Hardcover mit Schutzumschlag
ISBN 978-3-903091-02-3
264 Seiten

Verlag Wortreich

LESEPROBE:

1

Paul, warum unternehmen wir nicht öfter etwas mit Markus? Es war gestern ein wirklich lustiger Abend.«

Wer würde sich schon etwas dabei denken, wenn seine Freundin nebenbei eine solch belanglose Frage stellte? Nun, zumindest nicht ich.

Zwar lag in dieser Frage schon eine gewisse Sympathie für Markus, die mich hätte hellhörig werden lassen können. Aber ich war stets der Meinung, dass solche Dinge nur anderen passieren. Vielleicht, weil ich im Grunde fest daran glaubte, dass wir uns perfekt arrangiert hatten, Stefanie und ich. Und ich war überzeugt davon, dass sie das ganz genauso sah wie ich. Mein Fehler?

Ich war nie der eifersüchtige Freund, der mit Argusaugen jeden Schritt seiner Freundin überwacht. Stefanie und ich legten beide sehr viel Wert auf unsere Freiräume. Sie hatte ihre Leute, ich hatte meine, und mir kam das auch alles ganz in Ordnung vor.

War das der springende Punkt? Hätte ich nicht aufhorchen müssen, als sie begann, sich mehr für meine Freunde zu interessieren, statt mich in Sicherheit zu wiegen? Aber mal abgesehen davon, dass ich erst begriff, was vor sich ging, als es schon zu spät war, wusste ich auch im Nachhinein nicht, was ich hätte tun sollen. Wie verhielten sich Menschen, deren Partner oder Partnerinnen sich von ihnen abwandten?

Ich dämpfte meine Zigarette aus und ging wieder nach vorne in den Verkaufsraum. In dem Geschäft, wo ich arbeitete, gab es hinter der Ladentheke ein kleines Büro, abgetrennt durch einen Vorhang, in das ich mich gern auf eine Zigarettenpause zurückzog.

Stefanie und ich, wir kamen von Anfang an gut miteinander aus, auch ohne viele Worte. Wir haben nie viel diskutieren oder aushandeln müssen. Irgendwie gehörte sie auf einmal zu meinem Leben, und als sie dann bei mir eingezogen ist, ist das schon eine großartige Sache gewesen, nur dass meine Mutter damals vor Freude ständig anrief.

Meine Mutter konnte mich, ihr einziges Kind, schwer loslassen, auch nachdem ich die 30 bereits überschritten hatte und ihre Fürsorge mich zunehmend erstickte. Aber ich brachte es nicht übers Herz, ihr das zu sagen, sondern hob einfach nicht ab, wenn sie anrief und blieb tagelang unerreichbar für sie. Bis sie mich doch irgendwann im Geschäft erwischte, zur allgemeinen Erheiterung meines Chefs und meiner Kollegin.

Stefanie verstand sich ausgezeichnet mit meiner Mutter, obwohl ihre ständigen Anrufe sie amüsierten und sie, meine Mutter imitierend, ›Schätzchen‹ zu mir sagte. Es wurmte mich außerordentlich, dass meine Mutter mich auch in Stefanies Beisein so nannte, doch es gelang mir einfach nicht, ihr deshalb wirklich böse zu sein, da sie es eigentlich nur nett meinte.

Ich fühlte mich Stefanie sehr verbunden, obwohl wir in ziemlich unterschiedlichen Welten lebten. Verbunden hat uns jedenfalls, dass wir beide gern lasen. Dieser Umstand hatte auch dazu geführt, dass wir uns kennenlernten. Sie kam in Helmut Kleins Buchhandlung, um Bücher zu kaufen. Und ich arbeitete dort seit einer halben Ewigkeit und verkaufte Bücher. Das war nicht unbedingt mein Plan gewesen. Aber der kleine Buchladen auf der Josefstädterstraße unweit des Theaters, mit seiner liebevollen Ausstattung und dem leicht staubigen Retro-Charme, war mir längst ans Herz gewachsen.

Im Laden war recht viel los. Der Frühling machte den Menschen offensichtlich Lust darauf, zu lesen, obwohl eher anzunehmen war, dass es sich im Winter am besten las, wenn es draußen kalt und ungemütlich war. Doch jetzt, Anfang April, ließ der Frühling auch noch auf sich warten. Er zeigte sich zwar in dem einen oder anderen sonnigen und schon wärmeren Tag, aber alles in allem gab es immer noch genug Gründe, die Wohnung nicht zu verlassen. Ich bediente eine junge Frau mit einer netten Buchliste. Nett, weil die Liste äußerst abwechslungsreich war. Das fand ich immer gut, denn Einseitigkeit hing meistens auch mit Engstirnigkeit zusammen. Und Engstirnigkeit konnte ich nicht ausstehen. Ein paar Bücher von ihrer Liste hatten wir lagernd, die übrigen bestellte ich ihr.

Manche Entscheidungen kommen plötzlich, manche brauchen eine Ewigkeit, und nichts ist endgültig. Meine Entscheidung, nach der Matura etwas Vernünftiges zu studieren, kam plötzlich und war klar. Weniger klar war, was ich studieren sollte. Jus und Anwalt werden wie mein Vater? Oder Arzt? Das klang mir fast zu vernünftig. Wirtschaft, so wie die meisten meines Jahrgangs? Zu langweilig. Und bloß kein Lehramt. Was blieb, waren interessante Studiengänge mit mäßigen Berufsaussichten. Also doch kein vernünftiges Studium. Ich war jung und glaubte, unendlich viel Zeit und Möglichkeiten vor mir zu haben. So nahm ich eine elegante kleine Auszeit und einen Nebenjob, der es mir erlauben sollte, meine Zukunft zu planen und gleichzeitig auf eigenen Beinen zu stehen.

Eines Tages auf dem kurzen Weg von meiner Wohnung in der Pfeilgasse bis zur Buchhandlung wurde mir bewusst, dass ich dort, wo ich war, glücklich war. Ich war bereits angekommen. Die Arbeit interessierte mich, und sie machte mir Spaß. All die ehrgeizigen Pläne führten mich ohnehin in keine sichere Zukunft. Warum also sollte ich meinen Nebenjob nicht zum Hauptberuf machen?

Am selben Tag sprach ich darüber mit Helmut Klein, dem Besitzer der Buchhandlung. Wir wandelten meine Halbtagsstelle in eine Vollzeitanstellung um. Mir ging es gut damit, denn ich hatte mein Hobby zum Beruf gemacht. Ein solches Glück haben wohl nicht viele Menschen. Und Helmut ging es auch gut damit, da er meine Literaturkenntnisse und mein Verkaufstalent zu schätzen wusste.

Ein Kunde zog meine Aufmerksamkeit auf sich, nicht nur, weil er schon länger mit drei Büchern in der Hand unschlüssig in der Ecke stand, sondern weil er sich ständig umdrehte und zu uns herübersah. Ich hatte nie begriffen, wieso manche Menschen auf die Idee kamen, in einem kleinen Laden wie unserem Bücher zu stehlen. Ich beschloss, die Nerven des Mannes ein wenig zu überprüfen, ging zu ihm hin und fragte, ob ich behilflich sein könne, obwohl meine

Kollegin Elisabeth erst vor wenigen Minuten bei ihm gewesen war.

»Nein, nein, ich überlege noch!«, lautete seine Antwort.

Allerdings wirkte er so fahrig, dass ich ihn nicht mehr aus den Augen ließ. Was er offenbar auch bemerkte, denn er entschloss sich recht schnell, keines der Bücher zu kaufen und die Buchhandlung zu verlassen.

Ich deklarierte mich zwar gern und stolz als Genussmensch, doch mochte ich nicht ohne Aufgaben und Herausforderungen leben. Übertriebener Ehrgeiz war mir fremd, aber Arbeit stand auch in meinem Leben im Mittelpunkt. Zum einen war Arbeit für mich wie für die meisten anderen Menschen notwendig, um Geld zu verdienen und mir die Dinge zu gönnen, die ich genoss. Zum anderen brauchte mein Ego eine Bestätigung. Ich war in der Buchhandlung unentbehrlich, zumindest nahm ich das an. Dadurch bekam vieles einen Sinn. Deshalb stand ich in der Früh auf und ging mit Freude in die Arbeit. Und es war mir relativ egal, dass montags eine ganze Arbeitswoche vor mir lag oder der nächste Urlaub noch in weiter Ferne war. Wobei jetzt nicht der Eindruck entstehen sollte, jeder Tag sei eine Erfüllung gewesen, das wäre schlichtweg falsch. Es gab Zeiten, in denen ich nichts weiterbrachte, mich unglaublich überwinden musste und mir die Freizeit um einiges kostbarer erschien. Auch Zweifel ob meiner Entscheidung überkamen mich dann. Wäre es besser, ehrgeizig zu sein und einen Beruf zu wählen, mit dem sich viel Geld verdienen ließ, aber auf Kosten der Freizeit? Oder war ein Beruf mit genug Freiraum und dafür geringem Verdienst doch richtig für mich?

Es war sechs, und wir konnten den Laden zusperren. Helmut und ich standen noch beisammen und rauchten eine Zigarette. Elisabeth leistete uns Gesellschaft, auch wenn sie nicht rauchte. Wir besprachen die größere Buchbestellung eines Kunden, die heute eingelangt war und die ich bearbeiten würde. Dann machte ich mich auf den Heimweg.

Ich wohnte zur Miete im vierten Stock eines Altbaus auf einer Wohnfläche von 90 Quadratmetern, was mir eigentlich ein wenig zu groß war. Doch ich liebte den achten Bezirk im Herzen Wiens und war froh, hier eine Wohnung gefunden zu haben. Und ich liebte es, mich an Feierabenden aus dem Fenster zu hängen, eine Zigarette zu rauchen und das Treiben unten in der Gasse zu beobachten.

2

An dem Tag, als Stefanie zum ersten Mal in die Buchhandlung kam, wäre ich eigentlich gar nicht da gewesen. Doch Elisabeth war krank geworden und ich war für sie eingesprungen. Schicksal, hätte man sagen können, nur glaubte ich nicht an Schicksal. Stefanie sprach mich an, was mich nicht weiter verwunderte, denn schließlich war sie gekommen, um ein Buch zu kaufen.

»Haben Sie die Stadtgeschichten von Maupin?«, fragte sie.

Und da hatte sie mich schon. Gut, ja, auch andere Kunden fragten nach den *Stadtgeschichten*, aber die sahen bei Weitem nicht so gut aus und verfügten nicht über einen so offensichtlich guten Geschmack. Die Frauen, die ich sonst kennenlernte, lasen Grisham, Pilcher oder Donna Leon. Nicht dass ich das verurteilte. Erstens lasen verschiedene Menschen verschiedene Bücher gern, und das war gut so, und zweitens war ich zu sehr Verkäufer, um die Nase über irgendwelche Lektürevorlieben zu rümpfen.

Es war damals kurz vor Ladenschluss, eine geniale Fügung, denn als wir zusperrten, war Stefanie noch da. Ich nahm all meinen Mut zusammen und fragte sie, ob sie Lust hätte, mit mir noch auf einen Kaffee zu gehen. Der Rest ergab sich von allein.

Stefanie faszinierte mich, und sie stellte meinen Alltag bald auf den Kopf. Dabei war sie nicht besitzergreifend, was mich erleichterte. Ihr Musikgeschmack war, freundlich ausgedrückt, nicht vorhanden, und meine nicht gerade zahlreichen Freunde fand sie langweilig. Sie liebte die Fotografie, der ich nichts abgewinnen konnte. Sie liebte schicke Clubbings, wo ich nicht hinpasste. Einmal brachte sie mich dazu, zu einem solchen Event mitzugehen, doch ich hielt die übertriebene Selbstdarstellung der meisten meiner Geschlechtsgenossen dort nicht aus. Stylische Outfits vom aktuell angesagten Designer als Must – da war ich, der bislang gedacht hatte, Anzug sei Anzug, absolut fehl am Platz. Nachdem ich Stefanie mit meinen abfälligen Bemerkungen über die Leute den Abend dort gründlich verdorben hatte, war das Thema Clubbing zwischen uns ein für allemal erledigt und ich konnte wieder in Ruhe daheim bei meiner Musik und Büchern bleiben.

Stefanie sah sehr gut aus und hatte eine tolle Figur, und war sich dessen bewusst. Deshalb sah sie in Designersachen, die sie ausschließlich trug, so verdammt gut aus. Warum sie jedoch im Bad immer Stunden brauchte, um sich zurechtzumachen, bevor sie ausging, entzog sich meiner Logik, denn ich fand, dass sie das absolut nicht nötig hatte. Doch vielleicht war das einfach wichtig in ihren Kreisen, in denen ein perfektes Erscheinungsbild von immenser Bedeutung war.

Markus war kein enger Freund von mir, und schon gar nicht mein bester, wozu es nach allem, was passiert war, auch nicht mehr kommen würde. Was hätte ich tun sollen? Ganz filmreif zu ihm gehen und ihn zusammenschlagen, weil er mir die Freundin ausgespannt hatte? Dafür war ich nicht der Typ und würde es wohl auch nie werden. Doch wie sollte ich ihm gegenübertreten? Er hatte mir etwas gestohlen, das mir wertvoll gewesen war, und ich wollte ihm den Triumph nicht gönnen.

Oder sollte ich Stefanie anrufen und sie anflehen zurückzukommen? Auch das brachte ich nicht über mich. Hätte ihr etwas an mir gelegen, wäre sie nicht ausgezogen und hätte sich nicht Markus an den Hals geworfen. Ich bezweifelte auch, dass mir die richtigen Argumente eingefallen wären, warum sie hätte zurückkommen sollen. Wegen meiner CDSammlung? Wegen meiner aufregenden beruflichen Aussichten? Wegen des Freiraums, den ich ihr ließ? Oder gar, weil meine Mutter ganz verrückt nach ihr war? Ich war sicher, dass keines dieser Argumente sie beeindruckt hätte.

Nicht nur sauer, sondern stocksauer war ich nach Stefanies Auszug darüber, dass meine alte Couch ihr zum Opfer gefallen war. Ich hatte sie von daheim mitgenommen, als ich auszog. Sicher war sie nicht mehr die schönste und das Leder mit den Jahren speckig geworden, aber sie war bequem, und sie war meine. Ich hatte mich hartnäckig geweigert, mich von ihr zu trennen. Doch nachdem Stefanie nicht aufhörte, abfällige Bemerkungen über den Geschmack von Männern im Allgemeinen und über die Couch im Besonderen zu machen, hatte ich mich vor einem halben Jahr schließlich geschlagen gegeben, und es wurde ein neues Sofa gekauft, das sie ausgesucht hatte. Auf dem saß ich nun. Ein hässliches Polsterungetüm in einem Rot, das ich viel zu grell fand, und unbequem, weil man komplett darin versank. Ich erwog, es ihr und Markus, bei dem Stefanie ja jetzt wohnte, einfach zu schenken.

Unschlüssig stand ich wieder mal vor meinem Regal und ging die CDs durch, auf der Suche nach der Musik, die zu meiner Stimmung passte. Ich pflegte die Auswahl der Musik, die ich hören wollte, gern zu zelebrieren, entschied mich je nach Stimmung für etwas anderes und wechselte die CDs, wenn sie nach ein oder zwei Nummern nicht mehr passten. Das war Stefanie meistens auf die Nerven gegangen, sie nannte es ›flatterhaft‹.

Coltranes *Ballads* schienen mir ungeeignet, Davis' *Kind of Blue* ebenso. Ich entschied mich für Charlie Rouse, der mir jedoch bald zu ruhig und zu nachdenklich wurde, so dass ich schließlich zu Van Morrisons *Astral Weeks* griff. Musik, die ich lange nicht gehört hatte und die mich um Jahre zurückversetzte. Doch schon nach der zweiten Nummer, *Beside You,* stoppte ich sie ab und legte die Rolling Stones auf. Die Stones, stellte ich fest, waren perfekt, wenn man verlassen in der leeren Wohnung saß.

Christian Mähr
Aber das Bild war noch da
Roman / Hardcover mit Schutzumschlag
ISBN 978-3-903091-26-9
312 Seiten

Der namhafte Politiker Oswald Obwalter hätte nie versuchen sollen, einen Roman zu schreiben. Das zeigt sich, als er den Krimiautor Martin Fries niederschlägt und damit Amt und Karriere verliert. Aber einfach aufgeben liegt nicht in Oswalds Natur, ebensowenig wie in der seiner Frau Lukrezia, die ihre eigenen Pläne spinnt, um den verlorenen Wohlstand wiederherzustellen. Als Bluttaten unausweichlich werden, wird aber klar, dass sie etwas Unkontrollierbares entfesselt haben. Das merkt auch Fries, der unversehens Teil der Intrigen wird. Alles scheint mit diesem seltsamen Bild des genialen Malers Cannizzaro zusammenzuhängen. Als dann auch noch ein zwielichtiger Kunsthändler auf den Plan tritt, spitzt die Situation sich weiter zu, der Blutzoll wächst. Wer mit dem Teufel aus einem Napf essen will, muss einen langen Löffel mitbringen…

Mähr erweist sich einmal mehr als großer Meister der Kunst, ebenso literarisch faszinierend wie subtil spannungstreibend zu schreiben.

Wolfgang A Niemann Wilhelmshavener Zeitung

Volker Kaminski
Rot wie Schnee
Roman / Hardcover mit Schutzumschlag
ISBN 978-3-903091-18-4
248 Seiten

In seinem spannend und temporeich erzählten Roman zeigt Volker Kaminski die Kunst als akribische Forschungsarbeit, als Grenzwanderung zwischen Rationalem und Irrationalem und als große Reise ins eigene Herz.

»Tom war sich sicher, dass der Junge nach ihm rief. Er glaubte seine helle Stimme zu hören, während er den Flur zwischen Küche und Atelier durchquerte. Er knipste das Neonlicht an und betrat das Atelier. Mach dich nicht verrückt, dachte er, es ist doch nur ein Bild.«